La Reine de la nuit

Ce livre est déjà paru sous le même titre
aux Editions Crapule

Titre original : *The Queen of the Night*

106, boulevard Saint-Germain
75006 Paris

ISBN 2-86930-572-9
ISSN 0764-7786

Marc Behm

La Reine de la nuit

Traduit de l'américain
par Nathalie Godard

*Collection dirigée par
François Guérif*

rivages / noir

Du même auteur
dans la collection Rivages/Thriller

A côté de la plaque

dans la collection Rivages/noir

Trouille (n° 163)

RENCONTRE DANS LA FORET

Quelle belle nuit, je pense que je vais rentrer à pied.

Ainsi parlait Henry Baskerville juste avant sa rencontre avec le terrible chien. Et combien d'innocentes héroïnes dans d'innombrables films d'horreur ont dit exactement la même chose tandis qu'au loin carillonnaient les douze coups de minuit et qu'elles se rendaient d'un pas léger à leur rendez-vous avec un abominable démon.

J'ai vu mon démon alors que j'avais onze ans.

Je me promenais le long d'une route de campagne déserte non loin de Freehold, New Jersey. C'était le crépuscule, quelque part dans les bois un oiseau criait. C'était également l'année où j'avais lu *Macbeth* et, bien entendu, immédiatement la scène deux de l'acte trois me vint à l'esprit.

La lumière s'épaissit et le corbeau
gagne de l'aile le bois sombre

Incidemment, sur cette même route de campagne déserte se trouvait une maison vide que l'on disait hantée. J'avais fait des kilomètres rien que pour la regarder. Peut-être verrais-je un fantôme ! Super !

Tout ceci contribuait à créer l'humeur macabre propice à ce qui allait suivre.

Soudain, un énorme doberman surgit des buissons juste devant moi. Je me figeai, pétrifié de peur. Il restait là, immobile, ses yeux jaunes aussi gros que des abricots me regardant fixement.

Je levai la main et me mis à caresser son horrible tête. Il grogna et saisit mon poignet entre ses mâchoires géantes.

Et il me sourit.

Parole ! Il me sourit !

Il ne m'attaqua pas. Il ne me mordit même pas. Il se contenta de rester là, souriant, à me mordiller doucement — très doucement — les veines de la main. Puis finalement, il me lâcha et disparut parmi les arbres.

Je n'avais jamais raconté cette histoire. Qui m'aurait cru ? De plus, un écrivain devrait garder de telles anecdotes pour ses livres.

Mais depuis ce moment, et toute ma vie, je n'ai jamais marché dans un bois, ou un parc ou un jardin, sans être conscient qu'il était là, caché quelque part, à m'attendre, à me regarder, souriant.

Il est le Minotaure, le Dragon, Moby Dick, l'Elkring, le Basilic, Hitler — tout ce qu'on veut — et malheur à celui qui ne croit pas à son existence, car il sera pris par surprise.

Ne cherchez pas d'autre explication à *la Reine de la nuit*.

Edmonde dit elle-même, juste avant qu'on la pende, « tout ce que j'ai jamais demandé à la vie, c'est de faire de longues promenades avec mon père, tous les deux, côte à côte. Sûrement aurions-nous vécu dans la Maison du Seigneur à jamais. »

Hélas ! Il n'en fut pas ainsi.

En chemin pour le Royaume de Dieu, elle rencontra le loup dans la forêt et il la dévora. Ainsi que l'Allemagne.

Marc Behm
Miguel azuza, Mexico
1988.

Je hais les meubles et les clowns.

Mon père m'a emmenée au cirque, une seule fois, en mai 1922, et nous sommes ressortis presque immédiatement. Tout était si consternant. Et les clowns tellement macabres !

Et après la disparition de ma mère, en mars 1925, on a peu à peu jeté toutes les chaises, armoires, tables, tabourets et chiffonniers jusqu'à ce que la maison soit pratiquement vide.

J'ai commencé à fumer à onze ans. Des Wings, une marque américaine. Herr Dorpmuller nous en donnait chacune un paquet, à Lisa et à moi, chaque fois qu'on le laissait nous emmener dans son arrière-boutique de la Ludwigstrasse. On déboutonnait notre corsage pour lui montrer notre gorge et il se tenait là, devant nous, ses mains en mouvement dans ses poches, grognant et reniflant.

On s'y rendait le lundi et le vendredi.

Puis Lisa est partie à Dresde. Comme je redoutais de l'affronter seule, j'ai arrêté de fumer.

Lisa s'est pendue à Berlin, en 1945.

Je suis venue au monde à Bad Tolz le 13 janvier 1915. Enfant légitime, catholique, de sexe féminin, je pesais trois kilos à la naissance.

Ma mère vénérait Wagner et voulait me donner un

nom d'opéra. Elle hésitait entre Brunhilde, Sieglinde, Isolde, Ortrud, et Elsa. Mais papa, qui traduisait *Hamlet, le Roi Lear* et *Richard III*, insistait pour m'appeler Edmonde, en l'honneur de son traître préféré, Edmund, fils bâtard de Gloucester, dans *Lear*. On me baptisa donc Edmonde Sieglinde Kerrl...

Je suis du Capricorne. Entêtée et renfermée, froide et solitaire, indépendante. Mais je déteste l'astrologie. C'est tellement allemand, tribal.

J'adore Shakespeare. Dans *le Conte d'hiver*, Leonte explique sa jalousie par ces mots : « J'ai bu, et j'ai vu l'araignée ! »

Et quand on avertit Prospero qu'il n'est plus en exil, qu'il est libre de retourner à Milan, il dit : « Chaque troisième pensée sera ma tombe. »

Mon Dieu ! Ce sont les vers d'un génie !

J'adore aussi *Die Zauberflöte*. Je l'ai vu six fois. J'ai vu *Don Giovanni* quatre fois et *Le Nozze di Figaro* deux fois.

Pour fumer nos Wings, Lisa et moi avions l'habitude de nous cacher dans le garage de papa. Elle était blonde et argentée, avec de longues jambes, et des yeux brillants d'un gris d'étain. Elle était ma Pamina. Souvent je la serrais fort contre moi, à lui couper le souffle, en lui chantant :

Zum Leiden bin ich auserkoren
Denn meine Tochter fehlet mir.
Durch sie ging all mein Glück verloren,
Ein Bösevicht entfloh mit ihr.

Nous avons fait l'amour pour la première fois un après-midi d'été de 1929, j'avais quatorze ans et elle seize. Nous étions à la maison, dans le boudoir de ma regrettée mère, une petite pièce verte, avec deux portes blanches et un tapis gris. Je l'avais peinte moi-même, et acheté le tapis sur mon argent de poche. Mille marks. Et il n'y avait pas un seul meuble ! Les murs étaient complètement nus à l'exception d'une photo de la divine actrice américaine, Louise Brooks.

Lisa et moi avons soudain décidé de commettre ensemble un péché mortel, alors nous nous sommes entièrement dévêtues, et nous nous sommes embrassées sur les lèvres. Je lui ai mordu les épaules et le cou, elle m'a caressé les hanches.

Un bonheur fou m'a envahie, et elle aussi. Nous avons pleuré et léché nos larmes. Nous avons fait mille choses trop invraisemblables pour qu'on y croie.

Elle s'y connaissait un peu mieux que moi en la matière, car elle m'a fait mettre à genoux pour enfouir mon visage entre ses jambes. Mais c'est moi qui ai découvert qu'on pouvait le faire simultanément.

Combien d'après-midi avons-nous passés, des heures et des heures la bouche enfouie dans nos corps, comme des souris dans une ruche à dévorer notre miel jusqu'à en tomber, hébétées de fatigue.

Une fois, on s'est profondément endormies sur le tapis, et la bonne nous a presque attrapées.

Le père de Lisa était un directeur du Kaiser Willhem Gesellschaft. Il s'est trouvé mêlé à un terrible scandale homosexuel avec un jeune communiste. C'est pourquoi la famille a dû partir à Dresde.

Et pendant la bataille de Berlin, Lisa s'est tuée, dans le sous-sol de la maison Harnack.

Mon père était le dramaturge bavarois de renommée internationale Erich Kerrl. Non, ce n'est pas vrai, je ne devrais pas être sardonique. Il n'a jamais été aussi connu ni prodigieux qu'il le prétendait, pauvre homme, mais il était assez populaire, et certainement doué.

Il a joué tous les jeunes premiers de Shakespeare. Hamlet, Troïlus, Roméo, Périclès, Malcolm et, naturellement mon homonyme, Edmund, dans *le Roi Lear*, qu'il avait traduit et mis en scène lui-même.

On adorait tous les deux Edmund. C'est un monstre

beaucoup plus charmant et gai que Iago, Claudius ou Richard, et tellement plus malfaisant !

En parlant de Regan et Goneril, il raille :

To both these sisters have I sworn my love ; ...
... Which of them shall I take ?
Both ? one ? or neither ?... [1]

Hah ! Hah ! Hah ! Papa partait toujours d'un rire joyeux, et le public applaudissait, avec une volupté de confident.

Pendant la guerre, papa était l'Oberlieutenant Kerrl de Jasta 12/JG2. Il pilotait un Fokker D VII avec un éclair peint sur le fuselage. Ce n'était pas un as ; il n'a abattu que deux avions. A ce qu'il disait. Mais l'a-t-il vraiment fait ? « Les deux ? Un ? Ou aucun ? » Qui sait ?

Enfin, il connaissait la plupart des héros. Voss (quarante-huit victoires), Von Richtofen (quatre-vingts), Dörr (trente-cinq), et les autres. Hermann Göring (onze victoires), alors commandant de Jasta 27, était venu passer deux semaines dans notre maison de Bad Tölz. Je n'avais que trois ou quatre ans, à l'époque, et je n'en garde aucun souvenir, mais les voisins n'arrêtaient pas d'en parler.

Ma mère travaillait dans une banque d'Augsburg. Papa l'a épousée en 1914.

Je hais les banques. Elles n'évoquent que débits, saisies, inflation.

Après la guerre, papa a joué dans une centaine de films. Des films muets. Il n'y a nulle part d'enregistrement de sa voix, sauf dans ma mémoire.

Il a été abattu dans une émeute, à Munich, en 1930.

J'ai déjà mentionné la disparition de ma mère. Elle s'est enfuie à Londres avec un médecin britannique en 1925. On ne l'a jamais revue.

1. A ces deux sœurs j'ai juré mon amour... Laquelle prendrai-je ? Toutes deux ? Une seule ? Ou bien aucune ?

C'est à peu près à ce moment qu'avec papa, nous avons commencé nos longues, longues promenades. Sur les rives du fleuve dans les bois, dans toutes les rues, les ruelles et les traverses de Bad Tölz et sur les boulevards de Munich.

Nous connaissions chaque centimètre carré de Munich. Chaque parc, chaque place, chaque chemin. Ah, nous avons dû marcher un millier de kilomètres, côte à côte, en parlant de tout et de rien.

L'après-midi de sa mort, je devais le rejoindre dans un salon de thé de la Kaiser Ludwig-Platz, et le soir nous devions aller voir Louise Brooks dans *The Canary Murder Case.*

Mais j'ai dû me rendre à la morgue de l'hôpital, identifier son corps.

Je me suis occupée des funérailles moi-même. J'ai affirmé à l'entrepreneur des pompes funèbres que j'attendais un héritage fabuleux, alors il m'a accordé tout le crédit dont j'avais besoin. Je ne l'ai jamais payé.

J'étais inscrite à l'Ecole des jeunes filles de Mlle de Marigny, dans Kaulbachstrasse, près de l'Englischer Garten.

Je n'en avais plus les moyens, mais les trimestres passaient sans que Mlle de Marigny soulève jamais la question du paiement, donc j'y suis restée.

Puis son assistante, Fräulein Liebel, m'a offert de travailler au bureau, de cinq à sept, à taper des lettres. Et je suppose que ça payait ma prétendue éducation.

J'étais également chargée de la comptabilité, ce qui me permettait de prélever un millier de marks, de temps à autre, pour mon usage personnel.

Grâce à papa, mon anglais était presque parfait. En tout cas j'étais la seule dans l'école, et probablement dans tout Munich, à connaître cinq pièces de Shakespeare par cœur. Maintenant je parlais de mieux en mieux le français, et j'ai lu les œuvres complètes de Molière, Balzac, *le Comte de Monte-Cristo, Fantômas,* Flaubert et Racine.

Avec à mon actif trois langues et les fonds de l'école, je ne doutais pas de trouver ma place dans le monde.

J'adore le français. Je n'ai jamais oublié une petite chanson que Mlle de Marigny nous a apprise dans la *sixième classe*. Je n'avais alors que neuf ou dix ans, mais je peux m'en rappeler chaque vers :

Promenons-nous dans les bois
Pendant que le loup n'y est pas,
Si le loup y était,
Il nous mangerait,
Mais comme il n'y est pas
Il nous mangera pas.

J'adore l'allemand et l'anglais, mais le français est exquis. C'est une troisième langue parfaite, à garder à l'abri dans son porte-monnaie en cas d'urgence.

Fräulein Liebel était, à vingt-huit ans, une femme incroyablement belle. Elle aurait fait une Portia idéale.

Elle a été ma deuxième expérience féminine.

Un dimanche après-midi, nous étions dans la bibliothèque, en train de lire *Psychopathia Sexualis* de Krafft-Ebing. Mlle de Marigny et les autres jeunes filles étaient parties en ville pour assister à un concert de Furtwängler, nous laissant toutes seules. L'école était aussi silencieuse qu'un mausolée.

Anna trouvait Krafft-Ebing excessif, carrément choquant même. Elle admettait avoir eu un violent penchant pour sa maîtresse de gymnastique, quand elle était étudiante, mais apparemment, elles n'avaient pas poussé la fredaine au-delà de quelques sonnets épistolaires. L'idée que deux jeunes filles puissent effectivement se laisser aller à des pratiques physiques réciproques ne l'effleurait même pas.

Quand je lui ai mentionné, en passant, mon « aventure » avec Lisa, elle en a été ébahie. Elle voulait savoir ce que nous avions fait, précisément.

Au fond de la bibliothèque, il y avait une petite salle poussiéreuse, remplie de registres et de boîtes d'archives. Une fois à l'intérieur, nous avons verrouillé la porte.

Assises sur un banc, nous avons échangé des baisers en nous tenant la main. Le désir m'étouffait au point de me rendre folle furieuse ! Mais je suis restée assise, aussi réservée qu'une poupée, ma tête sur son épaule, la laissant me caresser les poignets.

Mon Dieu ! Je bouillais d'excitation, quelle merveille !

Cependant, incapable de le supporter plus longtemps, je me suis levée d'un bond pour ôter mon chandail et ma jupe. Dessous, je portais mon maillot de bain, car j'avais eu l'intention d'aller nager, cet après-midi-là. Je m'en suis débarrassée. Elle était moins facile à dévêtir. Bardée de boutons, de boucles, d'agrafes et de nœuds. Mais elle s'est enfin retrouvée aussi nue que moi.

Et quelle surprise !

Elle avait un corps superbe. Pas du tout comme le mien, ou celui de Lisa. Étonnant ! Lisa et moi étions étroites et angulaires. Mais Anna était *immense* ! Avec des espaces infinis ! Que ses hanches étaient loin, loin de ses épaules ! Elle n'avait rien d'aigu, n'était que courbes, courbes partout, que circuits qui descendaient, descendaient, s'enroulaient autour de ses hanches, le long de sa colonne vertébrale, de sous ses bras jusqu'à son derrière, par les cuisses jusqu'à ses genoux et...

Un vrai paysage !

Je m'imaginais être dans le Fokker de papa, avec un éclair sur le fuselage. Je survolais les pics de ses montagnes, ses vallées et ses savanes. Je piquais dans sa forêt encore et encore, je sillonnais ses rivages et ses criques, jusqu'à en avoir mal aux mâchoires.

Elle se mordait le bras pour s'empêcher de crier.

Elle vibrait sous moi comme un tremblement de terre, et m'arrachait presque les cheveux du crâne, mais j'y ai à peine prêté attention.

Je ne me lassais pas de goûter sa saveur, son odeur, de suivre ses chemins, les pistes de ses jungles, tout au bout. Il y avait toujours un autre isthme à explorer, un autre orifice sur lequel fondre, une parcelle desséchée à irriguer, même si j'avais la langue engourdie, les lèvres à vif.

La séance finie, elle est restée étalée sur le sol, comme la carte du traité de Versailles, ses frontières de guingois, ses villages en ruine, ses voies ferrées et ses routes démolies.

Il était quatre heures et demie. Je suis partie à la piscine.

Avec tout ça, je demeurais vierge. Je ne connaissais qu'un seul garçon, Hans Breker. Sa mère, l'actrice Rosl Breker, avait joué dans tous ces films d'alpinisme assommants. Elle était également une des anciennes petites amies de papa.

Hans était garde du corps, et plus ou moins mon fiancé.

A mon arrivée à la piscine, il était, comme dirait mon *Dictionnaire d'argot américain : lit to be tied* — dans une colère noire. La piscine était fermée le dimanche, et nous avions décidé de profiter de cette intimité pour pulvériser mon pucelage. Mais il arguait de sa nervosité manifeste pour ajourner le passage à l'acte.

Pas question. J'ai insisté pour qu'on en finisse et nous sommes passés dans les douches. Pour la seconde fois cet après-midi-là, je me suis dévêtue.

J'avais déjà aperçu son pénis, je l'avais même tenu dans ma main en plusieurs occasions. Mais pour la première fois, je l'ai vu dans son intégralité, dans le décor naturel de sa nudité.

Après le festival du corps nu d'Anna, la révélation

était peu appétissante. On aurait dit une de ces saucisses de bœuf haché, tordues, pleines de taches, qui pendaient aux chevrons d'une auberge.

Je devais également présenter une vision singulièrement déprimante, car il a tout juste été capable de me regarder bouche bée, révulsé comme s'il venait de se faire écraser par un tramway.

Nous avons tout tenté. En vain. Je me suis agenouillée devant lui pour prendre son truc dans ma bouche. Mais mon pauvre maxillaire devait être hors d'usage, parce que c'est resté là, à pendouiller.

Le projet était à l'eau. On est allés voir Greta Garbo dans un film parlant, *Anna Christie*.

Je ne l'avais jamais entendue parler. Cette voix ! Elle avait un accent bien sûr, mon anglais était cent fois meilleur, mais la rhapsodie grave de ces notes ! Ah, ce velouté ! Mon Dieu ! C'était extraordinaire. J'avais envie de m'étendre sur elle et de caresser ses cordes vocales du bout des doigts.

Mais Hans, l'idiot, est passé complètement à côté de sa performance. C'était l'histoire d'une immigrante qui, arrivée aux Etats-Unis, devenait putain après s'être fait violer par une famille de paysans. Donc, naturellement, d'après lui, le film ne faisait que commenter la dégénérescence américaine.

Nous sommes allés dans une taverne boire de la bière. Nous y avons rencontré Röhm.

Laissez-moi vous parler de *Roméo et Juliette,* une pièce que papa n'aimait pas particulièrement. Il y a, au premier acte, une scène absolument étonnante. Roméo et Mercutio (papa a joué les deux rôles dans des productions différentes) et plusieurs de leurs amis marchent dans les rues de Vérone pour se rendre à une fête.

Mercutio, un insupportable casse-pieds, commence à leur raconter un rêve qu'il a fait la nuit précédente.

Il s'agit bien sûr de la fameuse tirade sur la reine Mab, et les acteurs, les metteurs en scène, les érudits, et même le public, sont persuadés que Shakespeare a écrit cette scène uniquement pour donner une chance à Mercutio de se mettre en valeur, de même que Mozart et Beethoven donnaient à jouer une cadenza aux pianistes, pendant les concerts.

C'est un monologue insipide, pénible, grossièrement écrit, et interminable !

Si, comme tout le monde le croit, Shakespeare avait vraiment eu l'intention de composer un morceau d'authentique poésie, il s'en serait bien mieux sorti, croyez-moi.

Mais la vérité est qu'il se fichait complètement de la reine Mab. Il cherchait seulement à créer un hiatus qui, telle une flèche, marquerait l'un des moments les plus sublimes de l'histoire du drame.

Après que Mercutio eut jacassé pendant des heures, l'un des garçons, Benvolio, je crois, lui dit finalement de la fermer. S'ils ne vont pas à la fête maintenant, leur rappelle-t-il, ils seront en retard pour le souper.

Et Roméo réplique — là se situe la bombe dramatique de la scène : « en avance, j'en ai peur ».

Ils le regardent tous, perplexes devant cette remarque énigmatique. Alors, il lève les yeux au ciel, et dit ces quatre vers majestueux, que seul Shakespeare a pu écrire :

For my mind misgives
Some consequence, yet hanging in the stars
Shall bitterly begin his fearful date
With this night's revels...[1]

Ma *faithful date* à moi a été ma rencontre avec Röhm.

1. Bien trop tôt je le crains ; mon esprit appréhende
Une conséquence encore dans les étoiles
Et qui cruellement va commencer son cours
Avec cette fête nocturne...

Hans était membre d'une organisation appelée la Sturmabteilung : les gardes du corps du parti antisémite, anticommuniste, antitout, national-socialiste des travailleurs allemands de M. Hitler (le N.S.D.A.P.).

Ils portaient des uniformes minables, brun-gris, et tout le monde les appelait les Chemises brunes, les Bruns, ou les Tanneurs — une astuce sur le mot allemand *braünen*, parce qu'ils étaient armés de barbares matraques de cuir dont ils se servaient, comme ils l'admettaient eux-mêmes, pour tanner la peau.

Ils couraient toujours par les rues, comme des *amok*, se livrant à des voies de fait, brisant des vitrines, faisant brûler des synagogues. C'est au cours d'une de leurs rixes avec les Rouges que papa a été tué.

Ernst Röhm était chef d'état-major de la Sturmabteilung. A notre entrée, il se trouvait assis avec quatre ou cinq autres Bruns. En nous voyant, il s'est levé brusquement et a rejoint notre table d'un air crâne. Hans s'est également levé, et tous deux ont dressé le bras, comme pour cueillir des cerises. Le salut du N.S.D.A.P. Le comique de cabaret munichois, Willi Olbricht, l'appelait le « salut à Jérusalem ». Ils se sont donné des grandes claques sur les épaules avec des hennissements de rire.

Röhm était un homme charnu, avec un visage carré, bovin, une petite moustache et un timide regard oblique, à la Clara Bow. Il avait des doigts velus et une haleine fétide d'alcoolique.

Il s'est assis avec nous, et tout en continuant à malmener Hans, m'a demandé ce que je pensais, d'abord, du nouveau plan, puis du crack américain et finalement du traité de restriction navale.

Simple femelle, j'étais supposée tout ignorer de ces sujets. Mais en fait, je me tenais au courant de l'actualité, et nous avons discuté trois heures d'affilée. Hans a consommé des lacs de bière et passé son temps à aller uriner.

Pendant l'une de ces absences, Ernst a posé la main sur mon genou et m'a demandé si j'étais prête à accomplir un grand sacrifice pour l'Allemagne. Je pensais qu'il allait m'inviter chez lui, et pour ça, pas question de me sacrifier ! Il était répugnant ! Mais non, il ne voulait que mille marks pour régler les consommations. Je les lui ai donnés. Il a griffonné mon nom dans un carnet, et m'a tendu une carte.

J'étais devenue membre, numéro 5365, du N.S.D.A.P.

Du lundi au vendredi, je vivais la vie de l'école, mais chaque week-end, je revenais à Bad Tölz.

La maison respirait la solitude. Le bureau de papa était comme une crypte. Il y avait bien ses bouteilles de whisky, ses piles de manuscrits et ses photos, mais lui, où était-il ?

J'éteignais les lumières et déambulais dans les pièces vides, à sa recherche, dans l'espoir de rencontrer son fantôme. Mais, redoutant probablement de m'effrayer, il restait toujours caché, silencieux. Je le suppliais de sortir de l'ombre, un instant seulement, que je puisse le revoir. Mais il ne me répondait jamais.

Pourtant, je savais qu'il était là. Et une fois, je l'ai entendu, au premier, marcher comme un éléphant sur la pointe des pieds, dans le boudoir. Je m'y suis précipitée : plus personne. Alors je lui parlais, parfois toute la nuit, de tout et de rien, comme pendant nos longues promenades.

Ce dimanche soir, je décidai finalement de vider mon sac. Je lui confessai tout, lui livrai tous mes secrets — Lisa, Anna, Hans, l'argent volé à l'école...

Je crois qu'il a ri. Non, ce n'était probablement que le vent dans la cour.

Enfin, il m'a entendue. Et il m'a pardonné. Bien sûr.

Un papa est si merveilleusement réconfortant ! Bien plus que Dieu dans une cathédrale pleine de courants d'air, ou que la lune ou les étoiles. Dans tout le vaste monde, il n'y a rien de plus apaisant qu'un père.

Il a percé mon désespoir comme un furoncle !

Mes entrailles ont explosé dans une agonie si réconfortante que je priais pour que cette extase ne finisse jamais. Le sang jaillissait de moi, éclaboussant mes genoux, inondant le sol. Des litres et des litres, épaissis de caillots boueux, un sang sombre, épais, fumeux. Je me suis vidée comme une bassine d'eau sale.

Je saignais et saignais. Puis, cette folie passée, je me suis retrouvée étendue dans un bourbier, au milieu du salon.

J'ai arraché mon pull-over pour le fourrer entre mes jambes. Je demeurai assise là jusqu'à l'aube, trop terrifiée pour faire un mouvement.

Puis, à six heures, je me suis mise à ramper pour téléphoner au Dr Gruber. Mais j'ai changé d'avis.

J'ai pris un bain, me suis enveloppée dans deux serviettes comme un paquet. Puis j'ai bu un verre de schnaps et mangé quatre pommes.

Vers midi, j'ai découvert que je pouvais marcher, et même enfiler mes chaussures. J'ai jeté mon pull dans la poubelle et nettoyé le désordre du salon.

Dans le train pour Munich, j'ai lu le chapitre dix des *Annales de la Rome impériale* de Tacite.

J'ai été « malade » trois jours. Mlle de Marigny et Anna m'ont installée dans la chambre d'amis, et un docteur onéreux est venu à l'école pour m'enfoncer une aiguille dans le derrière.

Une expérience paradisiaque.

La nuit, Anna se glissait dans ma chambre, me tenait la main en me mordillant les doigts. Elle était convaincue d'être responsable de mon état. Pauvre fille !

Un prêtre m'a rendu visite, le père de Haraucourt, ami de Mlle de Marigny, un bel homme avec une barbe à la Victor Hugo.

Anna était morte de peur, que je me confie à lui, que, comme dit mon *Dictionnaire d'argot américain : I spill the beans* — je vende la mèche.

Mais nous ne faisions que parler de Molière — lui, corrigeant mes fautes de prononciation, moi ses erreurs sur les personnages de *George Dandin, Dom Juan, Tartuffe*.

Il m'a offert un sac de bonbons à la menthe. J'adore les Français !

Avant de partir, il m'a dit quelque chose d'extrêmement bizarre. Sur le pas de la porte, il s'est retourné pour me lancer un regard pénétrant. Et il a chuchoté : *l'Allemagne, quel mystère*.

Papa aussi m'a rendu visite. Très tard, la deuxième nuit. Il se tenait tout près, il touchait presque l'oreiller. J'étais complètement éveillée. Je pensais que je dormais, mais ce n'était pas vrai. Je le distinguais très bien, debout, là, au clair de lune. J'ai pleuré, bien sûr, comme une imbécile, et il est parti.

J'espère qu'il n'a pas pensé que j'avais peur.

J'ai encore eu une hémorragie, mais minuscule.

Le week-end suivant, je ne suis pas allée à Bad Tölz. Hans m'a conduite à un meeting du N.S.D.A.P. dans un gymnase de la Rosenheimerstrasse, de l'autre côté du fleuve.

Il y avait plus d'une centaine de personnes, des Chemises brunes à l'allure de gangsters pour la plupart, quelques civils — du type instituteur — et seulement quatre ou cinq filles, dont moi.

Ernst, vêtu de son minable uniforme couleur chocolat, nous a accueillis à la porte et embrassés tous les deux, avec une sentimentalité alcoolique. Il était complètement cuit !

Puis, perché sur une estrade, devant un gigantesque drapeau à croix gammée, il a prononcé un discours totalement incompréhensible à propos, je crois, de l'inflation et du chômage. C'était hilarant, mais tout le monde a applaudi comme s'il s'agissait de l'oraison funèbre de César par Marc-Antoine. Tout à coup, un géant dodu en uniforme pimpant est apparu sur l'estrade à son côté. Ernst, radotant et tanguant, l'a étreint et présenté à la foule comme le camarade Göring.

Nouvelle tempête d'applaudissements et de hurlements.

J'en étais anesthésiée de surprise. Göring ! L'as ! Le célèbre invité de papa, le commandant de Jasta 27 !

Hans m'a dit que c'était l'un des hommes les plus importants du parti.

On a eu droit à un nouveau discours, une harangue antisémite pleine d'esprit, outrageusement vulgaire, mais, à côté du baragouin d'Ernst, un chef-d'œuvre de rhétorique. On gloussait tous comme des imbéciles. Mon Dieu ! Il a même raconté la vieille blague de papa à propos de Meyer et Dreyfus dans le bordel ! Seulement, dans sa version, Meyer était courtier, pas tailleur, et Dreyfus, banquier au lieu de camelot.

Il a conclu, non plus souriant, mais étrangement menaçant, que, non seulement la mère patrie avait été trahie par ses alliés occidentaux et les républicains de Weimar, mais que grâce à ce qu'on appelait le sionisme paneuropéen, elle avait été transformée en porcherie israélite, que Meyer et Dreyfus étaient en ce moment même au Reichstag, à Berlin, en train d'écrire une nouvelle constitution allemande, qu'ils appelleraient le Talmud.

Silence stupéfait, puis tout le monde dans le gymnase s'est levé d'un coup pour chanter : *Deutschland, Deutschland über alles*.

Par simple caprice, j'ai entonné *The Star Spangled Banner*.

A la fin du meeting suivant, je suis montée sur l'estrade pour me présenter à l'ex-Oberlieutenant Göring. Il ne m'a pas reconnue, même s'il prétendit le contraire. Naturellement il se rappelait papa. Quand il a découvert que j'étais membre du parti, j'ai cru qu'il allait pleurer de joie. Il a ôté son propre badge en forme de croix gammée de sa tunique pour le piquer à mon revers, tout en me caressant les seins de ses dix doigts potelés.

Hans rayonnait de fierté.

Il devait prendre un train pour Stuttgart à minuit et il nous a tous invités, Ernst, Hans et moi, à dîner dans le *Bahnhof Restaurant*.

Tout le long du repas, ils se sont disputés, avec Ernst, pour savoir qui allait payer la location du gymnase. Ils vociféraient comme deux mégères sur un marché. Hans restait figé dans son adoration pour les héros. J'ai mangé un gros steak et bu une demi-bouteille de tokay.

Est arrivé un nouveau venu, un individu au visage rond et mou, avec des lunettes, un pardessus noir et un borsalino. Il s'appelait Himmler. Il a fini par payer, non seulement pour le gymnase, mais aussi pour le repas.

Göring a sombré dans la nostalgie. Il s'est mis à parler de papa et de la guerre, de Von Richtofen, de Guynemer, de « l'avril sanglant » et de ses grands combats d'avions de chasse sur la Marne.

J'avais déjà eu droit à tout ça, chaque fois que papa avait un verre dans le nez. Ernst, visiblement, connaissait également la chanson. Il bâillait continuellement, nous bombardant de son haleine empestée de bière.

Herr Himmler, apprenant qui j'étais, m'a demandé, confidentiellement, si Conrad Veidt était vraiment juif.

Herr Veidt, un vieil ami à moi, était très juif. Nous avions souvent discuté de Shylock dans *le Marchand de Venise*. Mais il me semblait préférable de ne pas le mentionner en la présente compagnie. J'ai raconté à Herr Himmler qu'il était bouddhiste. Il m'a crue, vraiment.

A onze heures, ils ont commencé à se conduire

bizarrement... Ils gigotaient, regardaient leur montre, tambourinaient sur la table, marmonnaient et toussaient en se léchant les babines. Vraiment étrange, comme s'ils étaient saisis tous les trois en même temps du besoin urgent de se rendre aux toilettes.

A onze heures dix précises, ils se sont engouffrés dans une cabine, pour appeler quelqu'un à Berlin.

Hans m'a donné la clef de ce comportement insolite. Ils faisaient leur rapport au « chef », Herr Hitler lui-même.

Göring et Himmler ont pris leur train pour Stuttgart. Ernst nous a emmenés, Hans et moi, dans une fête, près de la Rundfunk Platz.

Ça se passait au dernier étage d'un immeuble neuf, au bord d'un terrain vague. On est montés dans un ascenseur tout de tek et de verre, jusqu'au dernier étage, pour sonner à une grande porte de cuir blanc.

Une fille ravissante nous a ouvert, en robe du soir couverte de perles.

Décontracté, Ernst nous l'a présentée. « Elle » s'appelait Erwin ! *Elle, elle* était un homme !

Papa m'avait parlé de ce genre de choses. Mais je n'avais jamais auparavant rencontré de garçon en robe. Et il n'était pas le seul. L'appartement fourmillait de dizaines de ces créatures, toutes vêtues de robes et d'ensembles très chics, qui avaient dû coûter des paniers de Reichsmarks, toutes portant des bas de soie et de somptueux bijoux, et maquillées comme de charmantes Pierrettes minaudières.

Les autres invités étaient des Bruns, affublés de leurs miteux uniformes *caca*. Mais ce soir-là, ils se montraient particulièrement pacifiques, et encore plus exotiques que les « filles ». Ils parlaient d'une voix aiguë, faisaient des tyroliennes, comme un chœur de *castrati*, emplissant la pièce de leurs bêlements de contralto. Ils se pavanaient en agitant des mouchoirs. Ils fumaient, avec de longs fume-cigarette en ivoire, mangeaient des biscuits en remuant leur derrière. Ils me montraient du doigt avec des cris stridents.

J'étais la seule et unique fille, et je commençais à avoir des doutes sur mon propre sexe.

Mais quelle nourriture sensationnelle ! Du jambon, de la dinde, du foie gras, des noix, des oranges, des pêches, et de la crème fouettée. Et des fromages ! Du camembert, du gruyère, du roquefort, et du *fromage de chèvre*. Et de la glace !

Comme un cochon, je goûtai à tout. J'ai dû prendre au moins cinq kilos. J'adore la glace et le fromage !

A deux heures du matin, tout le monde était irrévocablement cuit. J'allai chercher Hans, que j'avais perdu, dans la salle de bains. Deux jeunes femmes s'y trouvaient. L'une en train de sodomiser l'autre.

Je me suis précipitée dans la chambre. Et voilà mon Hans, allongé en état de stupeur dans une chaise longue, vêtu d'un seul soutien-gorge noir. Agenouillé, le pénis d'Hans dans la bouche, Ernst s'en régalait avec des bruits de fausset. Il s'est retourné pour me faire signe.

Trop interloquée pour réagir, je demeurai immobile. Alice au pays des merveilles.

Et Hans ! *Colossal !* Ernst ne tenait que le dôme de la chose entre ses lèvres. Le reste était un clocher ! un obélisque ! un promontoire !

S'il avait eu une telle érection dans les douches, le dimanche, ma virginité aurait été pulvérisée !

Un jeune homme avec un monocle, assis par terre, fumait un cigare en les observant. Je me suis assise à son côté, et nous nous sommes présentés. Il s'appelait Otto Kasper.

Persuadé que j'étais un travesti, il a fait danser ses doigts sous ma jupe, le long de mes cuisses, à la recherche d'un objet inexistant, déconcerté parce qu'il ne trouvait rien... Il s'est brusquement écarté de moi en s'excusant. Je lui ai également présenté mes excuses.

Puis Hans s'est mis à hennir. Son corps s'est arqué,

renversant presque Ernst de la chaise longue. Ernst glougloutait en avalant. Hans battait des bras comme si c'étaient des ailes.

Otto et moi, on a éclaté de rire. C'était vraiment comique.

A nouveau rabougri, Hans a roulé sur le côté, avec un sourire stupide. Le repoussant, Ernst s'est laissé tomber sur le dos. Il a baissé son pantalon, exposant son propre instrument, pareil à un gros escargot émergeant d'un nid de brindilles. Hans le regardait en clignant des yeux. Il le touchait avec son nez, lui murmurait des choses, le léchait. Ernst croassait de joie.

Otto s'est offert à me reconduire.

Il avait une américaine, une Packard neuve, une machine splendide qui ronronnait, comme si Furtwängler la conduisait. Nous avons flotté à travers les rues vides, pris la direction du sud pour une longue croisière le long du fleuve, avant de rejoindre la Kalbachstrasse.

A trois heures et demie, nous sommes arrivés devant l'école, et je connaissais toute l'histoire de sa vie.

Né à Brême en 1909, il avait arrêté ses études à treize ans pour travailler dans la boucherie de son père. Comme tous les bouchers, le vieux Herr Kasper avait fait fortune pendant les années de guerre, et il possédait actuellement des abattoirs à Hambourg,

Vienne, Berlin et Munich. Otto, responsable de l'import-export et de l'entreprise d'emballage, avait passé presque toutes les années vingt à voyager en Amérique du Sud. Rentré au parti il y a deux ans, il était devenu contrôleur financier des Chemises brunes, et responsable du comité de souscriptions.

Je lui ai demandé s'il connaissait le « chef ».

Il m'a fourni une réponse tout aussi étrange que le comportement de Göring et des autres au *Bahnhof Restaurant*, quand ils avaient passé leur coup de fil longue distance.

Il y avait quelque chose à propos de ce Herr Hitler ; la moindre allusion à lui se chargeait d'électricité haute tension !

Otto s'est raidi, comme un soldat au garde-à-vous, pour m'informer solennellement qu'il le connaissait. Il lui rendait régulièrement compte des questions financières, et l'été précédent, s'était réellement assis à son côté, au cours d'un banquet à Cologne. J'ai feint d'être impressionnée. Il secouait la tête, une lueur de folie dans ses yeux. Le « chef » était le plus grand homme d'Etat depuis Bismarck ! Le « chef » était la Jeanne d'Arc de l'Allemagne ! Il était le sauveur, le rédempteur ! Il était Siegfried, le tueur de dragons, et Parsifal en quête du saint Reichstag. Il était...

Je l'ai remercié de m'avoir déposée, et lui ai promis que nous déjeunerions bientôt ensemble. Au moment où je descendais de voiture, il a fait le salut du parti en levant le bras. Mais j'étais trop fatiguée pour ces bêtises.

Je hais les zélateurs !

Anna m'attendait. Ma croix gammée l'a mise hors d'elle. Une des étudiantes de Mlle de Marigny nazi ? Impensable ! Comment pouvais-je faire partie de ce troupeau de mauvaises graines et de meurtriers ?

Je couchais encore dans la chambre d'amis, il lui était donc possible de fulminer contre moi tout son gré.

Elle me fustigea impitoyablement. Qu'est-ce que je croyais ? Le national-socialisme était une abomination ! Et les Chemises brunes tous des ex-prisonniers et des voyous ! Adolf Hitler n'était même pas allemand ! Rien qu'un maquereau autrichien ! Et en plus, ça voulait dire quoi, de rentrer si tard ? A près de quatre heures !

Elle était, comme dit mon *Dictionnaire d'argot américain : madder than a wet hen* — dressée sur ses ergots.

Ça aurait pu continuer longtemps, mais elle portait

un kimono en soie, qui découvrait ses épaules et ses jambes nues, tandis qu'elle allait et venait dans la chambre en tanguant...

Dans mon brouillard éthylique je revoyais Hans et Ernst se repaissant des organes l'un de l'autre. Des bouffées de chaleur me couraient le long de la colonne vertébrale, me mouillant les aisselles. Des griffes d'araignées pernicieuses me pénétraient le ventre, grattant et chatouillant mes entrailles.

Vite, j'ai enlevé ma robe. Anna en est restée bouche bée. Je me suis approchée, j'ai ouvert son kimono. Je l'ai saluée à la N.S.D.A.P., Heil ! L'attirant contre moi, j'ai conduit ses lèvres sous mon bras levé. Elle en a avidement absorbé le parfum humide.

Et nous voilà toutes deux transformées en furies.

Nos ventres écrasés l'un contre l'autre, nos genoux pulvérisés dans un feu de joie, comme des vampires, nous nous sommes déchiré la gorge de nos canines, balafré les seins de nos ongles, arraché la langue, par la racine.

Hantée par l'image des « filles » dans la salle de bains, je l'ai retournée, et me suis tenue derrière elle, pour l'écraser contre le mur, et la meurtrir avec mes hanches. Complice et gémissante, elle s'est penchée pour entrer en moi, ses mains voletant le long de nos quatre jambes.

Nous nous sommes retrouvées au lit, têtes enfouies dans nos cuisses, nos palais se délectant au fil de notre crescendo.

En dehors de la comptabilité et de la dactylo, j'étais chargée de la blanchisserie, des feuilles de paye des employés et de tous les achats domestiques. Mlle de Marigny m'a confié tout un carnet de chèques en blanc, signés, pour régler les dépenses. En plus, comme je faisais pratiquement partie du personnel, elle m'a laissé garder la chambre d'amis.

Anna et moi couchions ensemble chaque nuit, de

vingt-trois heures trente à peu près à six heures. Juste après l'extinction des feux, elle se glissait dans mon lit, et nous faisions l'amour. Puis nous dormions. Puis nous nous réveillions, et le faisions encore. A l'aube, elle se hâtait de rejoindre ses quartiers.

De temps à autre, je passais la nuit dans sa chambre à elle, mais pas souvent car c'était trop dangereux. Elle se trouvait juste à côté de l'appartement de Mlle de Marigny, et une fois, nous l'avons réveillée, ou plutôt Anna l'a réveillée d'un de ses orgasmes carillonnants. Mademoiselle est entrée en coup de vent, me forçant à me cacher, comme chez Feydeau, dans l'armoire, tandis qu'Anna, verte de terreur, feignait une crise d'appendicite.

Je retournais rarement à Bad Tölz les week-ends parce qu'elle aurait insisté pour m'accompagner, et je ne voulais pas que papa assiste à nos matchs de catch.

Chaque mois, je m'arrangeais pour chaparder un gros paquet de liquide sur mes différents comptes, mais je ne savais pas où le cacher. J'étais trop jeune pour avoir un compte-chèques. En plus, toutes les banques fermaient, et l'argent ne valait plus rien.

Le comédien Willi Olbricht racontait une blague : un type achète une miche de pain pour un million de Reichsmarks, l'échange contre une Mercedes-Benz à deux millions de marks, la revend pour acheter un Lüger et braquer une banque, seulement la banque est devenue une boulangerie vendant des miches de pain à trois millions de marks, à condition de fournir la farine.

Donc, je dépensais mon argent en vêtements. Je me suis offert une nouvelle paire de bottes italiennes en cuir, un pull en laine irlandais, une chemise de velours américaine, une veste de daim d'Oslo épatante, et des dizaines de chemises d'homme, bien meilleur marché que les corsages. Je devenais tout à fait chic !

Anna a finalement rencontré Hans et Ernst. Nous l'avons tous persuadée d'adhérer au parti — eux, avec des arguments idéologiques, moi la suppliant, des larmes dans la voix, comme s'il s'agissait d'une question de vie ou de mort. Ce qui bien sûr n'était pas le cas. Simple précaution. Chaque fois que nous nous battions, ce qui arrivait malheureusement souvent, elle me menaçait de révéler mon nazisme à la Marigny.

A présent, complice dans la faute, elle se trouvait forcée de la fermer.

Tout d'abord, les Chemises brunes l'ont horrifiée. Elle était persuadée qu'ils voulaient l'emmener dans un sous-sol pour la violer en masse. Mais je lui ai assuré qu'il n'y avait aucun danger.

J'ai bientôt compris le pourquoi du comment chez les Bruns. Hans, Ernst, Otto Kasper, ceux de l'orgie — oui vraiment ! La Sturmabteilung dans son entier était une bande d'homosexuels exubérants !

Hans s'est mis à porter du rouge à lèvres.

Anna, une fois ses jolis yeux dessillés, se montrait enchantée. Elle s'est transformée en militante fanatique ; la mère poule du parti. Ils l'appelaient tante Annie, et au cours des meetings, elle avait le privilège de s'asseoir à côté d'Ernst, sur l'estrade.

Je me demandais jusqu'à quel point Otto était anormal. Nous déjeunions ensemble une fois par semaine, puis deux, et finalement chaque jour. Il me faisait toutes sortes de cadeaux — une montre, une croix gammée en diamants, un étui à cigarettes en jade, un fouet de gaucho. Il m'embrassait souvent, visiblement tourmenté par moi.

Mais je restais toujours vierge.

Puis, un samedi, nous sommes allés à Francfort dans sa Packard. Sur le chemin du retour, nous avons passé la nuit dans un hôtel, à Ulm.

J'ai attendu dans la chambre pendant qu'il prenait un verre au bar.

Mon Dieu !

Je me rappelais papa, au théâtre, chaque soir, tapi dans les coulisses, tremblant de trac, juste avant de faire son entrée. C'était exactement ce que je ressentais. Et aussi une folle joie. Enfin on allait me « pénétrer » !

Mais la séance s'est avérée typique des Chemises brunes. Il voulait tout de suite ma bouche, et j'ai consenti, sûre que ce n'était qu'un préliminaire. Je ne savais pas très bien comment m'y prendre, alors je l'ai simplement mangée comme un cornet de glace. Il m'a éclaboussé le visage, dans un bruit de klaxon.

Plus tard, il a rampé sur mon dos, en essayant de me pénétrer par là. Je ne sais pas s'il l'a fait ou non. Il braillait dans mon oreille, comme un coquillage, et je ne ressentais absolument rien.

La moindre caresse, des doigts, des lèvres, d'Anna ou de Lisa, suffisait à me faire dégouliner, éclater. Mais avec Otto, je ne ressentais que tristesse.

Il s'est endormi. J'ai fumé une cigarette en lisant *Der Sturmer*. Le lendemain nous rentrions à Munich.

Un mois plus tard, Otto démissionnait de la Sturmabteilung pour devenir un des aides de camp d'Himmler.

Himmler et Göring venant de plus en plus souvent à Munich, nous sommes devenus une « cohue ». Eux, Anna, Ernst, moi-même, Hans, Otto, tant qu'il était encore là, et une demi-douzaine d'autres.

Himmler demeurait un mystère. On ne retenait de lui que son crâne chauve et ses lunettes. Le reste était comme la partie cachée d'un iceberg. J'ai réussi à apprendre qu'il s'appelait Heinrich, et qu'il élevait des poulets.

Göring, d'un autre côté, avait tout du joyeux ours dansant. Impossible de ne pas l'aimer, malgré mon aversion pour les clowns.

On dit que le personnage de Falstaff était en fait Hamlet en exil à Londres. Göring, lui, était Don Giovanni déguisé en Leporello.

Un soir, nous sommes allés au théâtre, voir *Egmont*. Au milieu du deuxième acte, Göring a bondi de son siège, et trébuché dans l'allée jusqu'à la sortie. Je l'ai retrouvé dans le parking, en manches de chemise, tremblant et ahanant. Il se collait une seringue dans le bras.

Voilà comment j'ai découvert qu'il se droguait. Personne d'autre à Munich, et en fait dans toute l'Allemagne, ne l'a jamais su.

Cette nuit-là, nous avons partagé le même lit, dans l'appartement des travestis de la Rundfunk Platz.

Je me suis octroyé une injection, lui trois de plus.

Son corps était un Venusberg d'un blanc de baleine, et son pénis, pas plus long qu'un doigt de pied. Je le caressais, tandis qu'il me parlait des vingt-deux avions qu'il avait abattus. Je jouais à trois doigts un andante, plein de chagrin et d'humilité, sur un minuscule fifre.

Pauvre Hermann.

En 1932, Anna était nommée chef sténographe de la Sturbmabteilung bavaroise. Et moi, chef du département de presse étrangère. Ce qui revenait à dire que je traduisais les gros titres des journaux américains, britanniques et français pour Ernst.

Je commençais à me familiariser avec la troupe de personnages ridicules de la N.S.D.A.P.

Il y avait Ernst, et Göring, et le troisième assassin de l'ombre, Himmler.

Il y avait également deux adjoints, un nommé Hess, et son secrétaire, Bormann — deux grands prêtres sournois, responsables de l'idéologie du parti. Ils faisaient régulièrement une apparition à la Maison brune, pour écouter les rapports éméchés de Ernst sur la situation. Ils le regardaient, ils nous regardaient tous, comme deux hiboux. Puis ils se retiraient dans un coin, et tout en marmonnant, jetaient des notes sur le dos d'une enveloppe. Je les appelais Guildenstern et Rosencrantz. Mon Dieu ! Quels crétins ces deux-là !

Cependant, en comparaison des soi-disant intellectuels du parti, c'étaient des hypérons !

Un instituteur de Nuremberg, dénommé Julius Streicher, était l'éditeur de l'illettré *Der Sturmer.* Un homme tellement fanatique, raciste et bigot, qu'il appelait tous les non-Aryens — même les Français ! — des Mongols. Et dans le genre excentrique, il y avait un certain Rosenberg, auteur de la bible du N.S.D.A.P., *le Mythe du vingtième siècle.* Je n'ai jamais rencontré quelqu'un qui l'ait lue, parce que c'était illisible. Une monstrueuse tranche de pain d'épice teuton, rance. Dire que ces deux mufles étaient censés prouver aux masses que le national-socialisme n'était pas seulement un mouvement politique, mais aussi une philosophie !

Et, siégeant à Berlin, notre sempiternel trompetteur, un auteur-de-scénarios-raté-devenu-agitateur, du nom de Goebbels. Fervent admirateur des campagnes électorales américaines, il était chargé de faire du bruit autour du parti. Il étendait des bannières à croix gammée d'un bout à l'autre de l'Allemagne. Il portait également la responsabilité de ces slogans ostentatoires : *Une patrie, un Reich* qui ornaient les murs à perte de vue.

Et c'était aussi un des anciens ennemis de papa. Ils avaient failli se battre en duel pour une actrice. En 1928, critiquant une épopée de la U.F.A., dans un journal de Berlin, il écrivait : ... *Citons encore Erich Kerrl, l'air, comme toujours, de tricher aux cartes...*

Mais, contrairement aux autres chiffes molles, au moins, il était dynamique. Ernst passait de cuite en cuite, et jamais moyen de savoir si Hess était vraiment réveillé... Bormann, Streicher et Rosenberg, des mannequins de vitrine insipides ! Himmler... Qui était Himmler ? Ou quoi ? « Nosferatu. » Et Göring était Göring.

Et, bien au-dessus d'eux, régnant sur un nuage de folie, il y avait le chef *ex machina*, seul tenant du titre, alias Herr Hitler.

Malgré son omniprésence, il semblait que je ne le

rencontrerais jamais. S'il était à Munich, j'étais à Stuttgart. Il se rendait à Berlin, j'allais à Hanovre. Nous nous trouvions tous deux à Nuremberg, on l'exhibait sur un podium, entouré de cent mille lanciers, et moi j'étais assise très loin dans une tribune.

Mon seul contact réel avec lui a été la lecture de *Mein Kampf*. J'ai tenu jusqu'à la page trente, avant de jeter le livre.

Je travaillais, dînais, dansais, fréquentais les boîtes de nuit et les fêtes, voyageais, accomplissais mille choses avec ces gentlemen. A l'exception de Hitler et Goebbels. Bormann et Streicher ont été les seuls à tenter sérieusement de me séduire. Et tous deux ont échoué. Streicher paraissait trop stupide pour qu'on le prenne au sérieux. Et Bormann, entre autres défauts, était toujours sale et malodorant.

Ma virginité, comme une comédie à succès, tenait l'affiche saison après saison.

Assez étrangement, personne ne devinait, pour Anna et moi. Nous étions « les deux professeurs de français » ou « soldat Liebel et soldat Kerrl », ou encore « tante Annie et tante Eddy ». Mais personne ne se doutait de notre vraie relation.

J'ai rencontré Eva, et elle a su immédiatement.

Elle est venue à Berlin nous donner un coup de main pendant les élections. Elle occupait une position vaguement importante au sein du parti, et tout le monde à Munich la traitait comme une comtesse. Même Ernst. Il se montrait, en sa présence, d'une servilité répugnante.

Elle possédait des tonnes de Reichsmarks. Elle a emménagé dans un studio hors de prix, au centre de la Neuhauserstrasse, que je l'aidai à meubler.

Une expérience horrible !

Elle n'avait aucun goût, et le remplit à ras bord d'antiquités bidons, d'un piano, de chandeliers en cristal, d'ottomanes, de lions en porcelaine et d'abat-jour roses.

Je tentais désespérément de l'arrêter, mais elle ne voulait pas m'écouter. Finalement, les pièces étaient tellement surchargées de camelote qu'il devenait impossible même d'ouvrir une fenêtre.

Je me jurai de ne jamais lui rendre visite. Mais quand elle m'a invitée pour le thé, un après-midi, j'y suis allée.

Il n'y avait pas de thé, seulement du gin. Et on s'est cuitées toutes les deux.

Fanatique de cinéma, Eva connaissait plus d'acteurs et d'actrices que moi, particulièrement les nouveaux venus. Pour l'impressionner, il me fallait pousser jusqu'à Hollywood, et inventer des anecdotes affriolantes au sujet de papa et Gary Cooper, Jeanette Mac Donald, Maurice Chevalier, Richard Barthelmess, et Dieu sait qui d'autre. Elle buvait chacune de mes paroles. Ou pas ?

Nous avions l'air de parler cinéma. En fait, nous faisions tout autre chose. Je n'arrivais pas à saisir quoi exactement. Puis j'ai commencé à comprendre.

Elle observait sans cesse mes genoux, les boutons de ma chemise, mes chevilles. Une fois, elle m'a touché le bras. Elle se mordait fréquemment la lèvre et ses yeux avaient un éclat inquiétant.

Il s'agissait certainement de télégrammes sexuels.

Je n'ai pas eu besoin de beaucoup la pousser pour ouvrir une deuxième bouteille de gin. En un rien de temps, le mystère était résolu. Facile !

Il s'agissait bien de sexe.

Elle était la maîtresse de quelqu'un, près du sommet, à Berlin. Elle n'a pas voulu me dire qui, car c'était supposé rester secret. Mon Dieu ! Le badinage amoureux se menait là-bas avec bien plus de discrétion qu'à Munich. L'aventure d'Eva était en fait si discrète qu'elle devait dormir seule ! On ne l'avait pas touchée depuis plus d'un an !

Maintenant, elle se trouvait libre de toute attache dans la Bavière décadente. Mais elle n'osait pas accoster un homme parce que ça pourrait se savoir. Ciel ! Quel désastre ! Si son Abelard du Reichstag l'apprenait, ce serait la fin de tout ! En revanche, une infidélité impromptue avec une autre femme ne présentait quasiment aucun risque. Personne ne se souciait de telles peccadilles.

Et, a-t-elle conclu carrément, telle était la raison de ma présence.

Je ne parvenais pas à y croire. Elle me sollicitait. Moi ! Comme si j'étais un plombier qu'on appelle pour déboucher sa baignoire. Son sang-froid me renversait. Je lui ai jeté le gin à la figure avant de me lever pour partir.

Ses larmes ont jailli. A genoux, accrochée à mes jambes, elle a pleuré un bon coup, sangloté, en me suppliant d'être gentille.

Je la regardais, étonnée de cette effusion. J'étais tout à fait capable de reconnaître si une actrice, même la plus intelligente, simulait ou non. Et Eva n'était ni intelligente, ni actrice. Ce n'était pas du théâtre, c'était du vrai.

Touchant !

Elle n'avait rien de cynique, pauvre chérie. Elle était, comme dit mon *Dictionnaire d'argot américain : caught between the devil and the deep blue see* — entre l'enclume et le marteau.

Je l'ai prise dans mes bras pour l'aider à se relever. On s'est embrassées chastement.

Je nous ai déshabillées toutes les deux, et on s'est assises sur le tapis.

Elle refusait de prendre l'initiative. Oh non, ç'aurait été de la perversion. Je devais être l'agresseur, et elle, la victime.

Pas question pour moi de jouer le rôle du vil laquais. Jamais ! Je lui ai ordonné de commencer, d'abord en me baisant les coudes, puis les épaules, puis la nuque, et ensuite les pieds. Elle obéissait, timide, la bouche sèche.

Mais le pouvoir de la chair, de ses odeurs magiques et de ses nectars a été le plus fort. La panthère, si longtemps enfermée en elle, a bondi hors de sa cage, me lacérant presque. Galvanisée, elle a trouvé seule son chemin en moi. Je me suis allongée sur le dos, me laissant emporter par l'orage. Au cœur de l'affaire, elle s'est immobilisée. Elle n'avait jamais vu pareille chose ! Elle hésitait, émue, comme Edmond Dantes jetant un coup d'œil dans la caverne de Monte-Cristo. Des licornes et des griffons folâtrant dans le Tiergarten ne l'auraient pas plus surprise que cette révélation.

Je me suis redressée, tout en attirant ses jambes sur mon visage. Quel dommage que le gentleman de Berlin n'ait pas assisté au dénouement.

Ça lui aurait appris !

D'avoir deux femmes sur le dos ne me posait aucun problème. Anna et moi passions quinze heures par jour côte à côte, mais on se voyait à peine. On ne retournait jamais à l'école avant minuit, et nous étions alors trop fatiguées pour faire l'amour. Nous ne couchions plus ensemble, il aurait fallu se lever trop tôt pour éviter d'être découvertes. Et à la Maison brune, nous avions chacune mille choses différentes à accomplir.

A l'occasion, quand personne n'était en vue, elle s'agenouillait devant moi — ou vice versa — dans un placard, sous l'escalier, ou dans la cave, et nous nous soulagions vite fait bien fait, comme des pickpockets.

Elle passait de plus en plus de temps dans un bar de lesbiennes sinistre, sur St Anna Platz. Je refusais d'y mettre les pieds. Je préférais aller voir Eva.

Pauvre Eva !

Elle insistait pour qu'on en termine de notre petite bagatelle, mais elle ne cessait d'en repousser l'issue. Il y avait toujours une dernière fois, et ça a duré avril, mai, juin.

Son corps recelait, dans ses recoins les plus invraisemblables, d'ardentes zones érogènes. Dans les oreilles, sur les cils, dans les narines, autour des mollets, sur le duvet de ses bras. Un jour, j'ai provoqué un véritable cataclysme, rien qu'en effleurant de la pointe du sein un grain de beauté sur son dos. Remarquable ! Elle a été parcourue de spasmes, avant de tomber évanouie, la langue pendante. J'étais sûre qu'elle avait une crise d'épilepsie !

Lorsque je la grondais de son dévergondage, elle se contentait de hocher la tête en souriant. Nos corps étaient sa pitance et elle était affamée. Elle l'acceptait, de même que tout le reste, comme une évidence.

Nous avons passé deux semaines à Bad Tölz, mais je ne la touchais jamais intra muros. Nous faisions l'amour dans les bois et les bottes de foin. Elle l'acceptait pareillement.

Elle a récuré la maison de fond en comble. Elle frottait, lessivait, brossait tout comme une *hausfrau*, lavait les murs de la cuisine, polissait l'argenterie, secouait les couvertures par la fenêtre. Quelle gentillesse !

Dans l'ombre, papa nous regardait en pouffant de rire.

Nous dormions dans des chambres séparées. Une nuit, elle s'est réveillée, glapissant de peur. Elle jurait que quelqu'un lui avait chatouillé les pieds.

Je lui ai parlé du fantôme. Et même cela, elle l'a accepté. Et quand j'avais envie de me promener, elle m'accompagnait. Nous marchions, marchions, parcourions des distances dont papa et moi n'avions même pas rêvé. De Bad Tölz à Penseberg, et retour. De Munich à Pasing, à Dachau, et retour. Puis nous sommes parties à Stuttgart coller les affiches de Goebbels et nous avons rôdé dans tout Feuerbach, Ludwigsburg, Esslingen et Göppingen.

Au cours d'une de ces excursions, nous avons exploré la grotte d'une carrière. Perdues dans les profondeurs d'un labyrinthe, nous ne parvenions pas à retrouver la sortie.

Le plus naturellement du monde, elle a décidé qu'elle mourrait sur place. Comme ça ! Avec un baiser en guise d'adieu, elle m'a remerciée de m'être montrée si gentille envers elle.

J'étais sûre qu'elle plaisantait. Mais non, elle était terriblement sérieuse. Elle s'est assise sur le sol, pour attendre la fin. J'en avais froid dans le dos.

Il m'a fallu une heure pour trouver la sortie, et lorsque nous avons débouché à la lumière du jour, vacillantes, elle a regardé la trouée avec une ombre de regret.

J'ai sur-le-champ décidé que je l'adorais, et je lui ai fait l'amour au sommet d'un bloc de pierre.

Et puis, catastrophe !

Mlle de Marigny a fait venir à l'école des comptables de la banque, pour examiner les livres de comptes. Ils ont découvert un débit de huit cent soixante-quinze mille Reichsmarks.

En vingt-quatre heures j'étais arrêtée et mise en cellule. Le parti — pour citer une fois encore mon *Dictionnaire d'argot américain : dropped me like a hot potato* — m'a plaquée comme une crêpe. Ils n'ont même pas engagé d'avocat. Je me retrouvais soudain *persona non grata*, comme si j'allais leur refiler la lèpre.

Seul Ernst m'a rendu visite. La première et seule fois où je l'ai vu en civil. Il portait un horrible costume vert à veston croisé, et une casquette blanche. Il ressemblait à un voyou dans un film de Fritz Lang. Et bien évidemment, il était cuit.

Il m'a expliqué le problème. A l'approche des élections, la réputation du parti était déjà suffisamment équivoque. S'ils devaient, maintenant, s'associer à un procès pour détournement de fonds, la publicité serait catastrophique pour eux. L'ordre était donc arrivé de Berlin de me laisser tomber sans bruit.

Il m'a recommandé de tenir ma langue, et de garder

confiance. Et il m'a offert une boîte d'American Marvels.

J'ai été condamnée à dix ans, pour escroquerie.

Je n'avais que dix-sept ans, sinon, on m'aurait envoyée à la prison de Stadelheim.

Les choses étant ce qu'elles étaient, on s'est contenté de m'enfermer dans une institution pour enfants, à Landshut.

Pas si terrible que ça en avait l'air ! La chef intendante, une nazi, m'a forgé un certificat médical qui me permettait de dormir au dispensaire, généralement vide. L'école m'a envoyé mes livres, et j'ai relu les quatre volumes du *Comte de Monte-Cristo*, évoquant Eva à chaque page... *Vous ne vous laisserez point aller ainsi à vos mauvaises pensées. Ne pouvant m'avoir pour femme, vous vous contenterez de m'avoir pour amie et pour sœur...*

La nuit, je me caressais sous les couvertures, jusqu'à ce que je m'endorme ; alors, je rêvais de Lisa.

Lisa. Nous étions ensemble, en train de montrer nos seins à Herr Dorpmuller, pour deux paquets de Wings. Puis elle faisait demi-tour pour s'enfuir, et je la poursuivais dans les couloirs de mon esprit.

Comme je l'adorais !

Keats a dit : *Toute beauté est une joie éternelle.*

Ce n'est pas vrai !

La beauté est cruelle, faite pour être perdue. Et toute perte est trop épouvantable pour qu'on la supporte.

Tout ce qui est beau nous est ôté, alors on devient malheureux, malheureux à jamais.

Perdue Lisa, perdu papa, même Anna, perdus pour l'éternité.

Disparus, d'un instant à l'autre, nous laissant dans le noir, tâtonnant à leur recherche.

Où est la joie dans tout cela ?

Mieux aurait valu être née dans une grotte ou un

marécage, élevée avec les lézards et les scorpions, entourée de démons et de goules, de monstres boiteux au visage gangrené, n'avoir jamais aperçu la beauté.

Alors, à tout perdre, on ne perdrait rien.

Merde !

J'attendais que papa trouve son chemin jusqu'à moi.

Il était le seul à comprendre l'étendue de mon malheur. Il ne m'abandonnerait jamais.

Mais où était-il ?

Il est arrivé par une nuit d'orage. C'était bien de lui ! Au milieu des éclairs et des mugissements sinistres du vent. J'étais seule au dispensaire. La porte s'est ouverte. Elle était fermée à clef. J'en étais sûre. Elle était toujours fermée à clef. Pourtant elle s'est ouverte. Puis fermée. Puis ouverte à nouveau. Elle s'est mise à battre, à grincer, à trembler et claquer. La pluie frappait les carreaux, le tonnerre rugissait. Oh, il s'amusait bien !

Finalement un des gardes hargneux est venu fermer la porte.

J'ai dormi paisiblement. J'ai eu mes règles.

Les élections de juillet ont été un énorme succès. Les sociaux-démocrates ont obtenu 133 sièges au Reichstag, les catholiques du centre 75, les communistes 89, et tous les autres partis de basse-cour 80. Le N.S.D.A.P., 230 !

Incroyable !

Sur ma vie, je ne pouvais pas comprendre pourquoi n'importe qui irait voter pour les nazis. Mais ils l'ont fait, en masse.

Insensé.

L'intendante a fait entrer en fraude une bouteille de schnaps pour fêter ça, et je me suis cuitée.

Puis, un après-midi de septembre, on m'a appelée dans le bureau du directeur. Bormann s'y trouvait, l'air pimpant et suffisant, avec un attaché-case. Il m'a fait signer d'innombrables papiers et dit que si tout allait bien, je serais sortie en 1941. Il m'a tendu une boîte de chocolats avant de partir.

Je le maudissais avec fureur. Je suis retournée au dispensaire pour pleurer.

J'ai décidé de me tuer.

Pas tout de suite, bien sûr. D'abord je mangerais les chocolats, puis je finirais le dernier volume de *Monte-Cristo*. Et vendredi, ou samedi prochain, je briserais une vitre et me tailladerais les poignets avec le verre coupé.

Quand j'ai fait part de mes projets à papa, il m'a gardée éveillée toute la nuit, à cogner sur les murs et à faire craquer le plancher. Mais je ne voulais pas l'écouter. J'avais fait mon choix.

Il y aurait bientôt deux fantômes en Bavière.

Le lendemain, on me relâchait.

La porte s'est refermée sur moi. Me voilà sur la route, *libre*.

Quel choc !

Bormann, bien sûr, avait toujours su ce qui allait se passer. Ce monstre sadique ! 1941, vraiment ! Vous parlez d'une plaisanterie. Il aurait dû me prévenir, supposons que je me sois tuée la nuit dernière ?

Je me sentais bien trop heureuse pour y songer.

L'été tirait à sa fin. L'air était chargé d'abeilles. J'essayai d'en taquiner une pour qu'elle me pique, mais elle était trop cordiale.

Un gros chat dormait sur le bord d'une fenêtre. Je lui caressai les oreilles, il ronronnait, en roulant sur le dos.

Mes entrailles se consumaient de délice ; le mois prochain serait un octobre grisonnant, et après ça, Noël.

Un chauffeur se tenait près d'une limousine garée dans le virage. Il a ouvert la portière, et un homme voûté, l'air fatigué, le cheveu mal peigné, s'est extirpé du siège arrière.

« Fräulein Edmonde Kerrl ? » a-t-il demandé timidement. J'ai hoché la tête. Il a levé le bras en un salut fatigué. Moi aussi.

« Eva ne pouvait pas venir, expliqua-t-il, elle est à Berlin. Elle m'a demandé de venir vous chercher pour vous ramener à Munich. » Je l'ai remercié. Nous sommes montés en voiture.

« Mon nom, dit-il, est Adolf Hitler. »

J'étais assise au coin d'un auditorium de la Friedrichs-Platz de Mannheim, en train de regarder Ernst qui, comme dit mon *Dictionnaire d'argot américain : cut off his nose to spite his face* — boudait contre son ventre. « Bien sûr que je suis homosexuel, vociférait-il, et alors ? — Pareil à un babouin, il lançait des regards furieux. — Ne vous laissez pas prendre à ce subterfuge, camarades. »

Il s'adressait à un public dense de Chemises brunes. Et il était sobre. Il aurait mieux valu qu'il soit soûl et incohérent. Mais hélas, il parlait haut et clair.

« Ils n'essaient pas de se débarrasser de moi à cause d'une supposée anormalité, rugissait-il, ce n'est qu'un prétexte. Maintenant qu'ils portent tous cravate et pantalons rayés, ils veulent persuader tout le monde que la vie sexuelle du vieux camarade Röhm offense la nation. Mon cul ! Il ne s'agit pas de cela ! Ce qui les offense vraiment est que je refuse de participer à leurs mensonges, à leur trahison ! »

Je l'avais supplié tout l'après-midi de ne pas prononcer ce discours absurde. Mais il ne voulait pas m'écouter. Il n'écoutait plus personne. Il était intraitable.

« Il y a eu des succès — Il s'appuyait contre la tribune en se grattant le ventre — Je suis le premier à l'admettre, évidemment. Bravo ! Mais gagner quelques élections et occuper un ministère ou deux n'est pas ce que j'appellerais avoir atteint les buts que nous nous étions fixés toutes ces années. Vraiment pas ! Peut-être les ont-ils oubliés, ces buts ! Mais nous pas ! Nous sommes en marche depuis les années vingt, camarades. Je pourrais même ajouter, à l'avant-garde... »

Hourras et applaudissements.

« ... L'avant-garde, oui ! Mais pour aller où ? Je vous le demande ! A un cocktail de la chancellerie ? A un thé dans le palace de Göring ? »

Huées.

« Ne vous en faites pas, gloussait-il, le gros Hermann ne nous laisserait pas entrer. Il ne veut pas être vu en public avec des crétins comme nous. »

Rires.

« Non, soldats, nos objectifs n'ont pas changé. Le but reste le même. Nous sommes toujours en marche — il agitait le poing — comme nous l'avons toujours été, épaule contre épaule, vers une victoire totale ! Et une victoire totale appelle à une révolution totale ! »

Nous y voilà. La révolution. Pauvre andouille. Je me suis levée pour sortir de l'auditorium, alors qu'une rafale de hourras saluait ces inepties.

Ce qu'Ernst ne comprenait pas — ne pouvait pas comprendre — c'était que sa marche vers la victoire était foutue, terminée. Hitler était chancelier, et tous ses fidèles flagorneurs confortablement installés dans de grands bureaux avec des pelotons de secrétaires au service de leur moindre besoin.

Ils ne s'intéressaient pas aux révolutions. En fait, ils ne s'intéressaient plus non plus à la Sturmabteilung.

Sauf l'armée. Les officiers du quartier général surveillaient les bouffonneries de ces loups gris dans la steppe. L'idée de millions de Bruns furieux semant la panique à travers l'Allemagne, en proclamant l'anarchie, ne les réjouissait pas du tout.

Voilà pourquoi ce discours était pure folie.

Il forçait Hitler à faire un choix : Ernst ou l'armée.

Je suis allée dans un café au coin d'Elizabethstrasse, pour téléphoner à Goebbels, à Berlin.

A ma sortie de prison, Hitler m'a invitée à emménager dans le studio d'Eva, sur la Neuhauserstrasse. Il y avait six mois de loyer payés d'avance.

J'y ai vécu jusqu'à mars 1933. Je décidai, en premier lieu, de mettre tous les meubles, absolument tous, dans un entrepôt. Mis à part une couchette, que j'achetai pour dormir, l'endroit était aussi nu qu'un court de tennis.

Lorsque Eva est arrivée de Berlin, elle m'a forcée à acheter un matelas qui, posé sur le sol, est devenu notre « lit de Vénus ». Anna n'est venue qu'une fois. Il ne s'est rien passé. Elle était complètement dans les griffes d'une Autrichienne, violoniste au Philharmonique de Munich.

Anna m'attristait terriblement. Elle était, d'après mon *Dictionnaire d'argot américain : off the deep end* — complètement à côté de la plaque. Coiffée à la cadet, elle portait costume d'homme et cravate. Horrible. Elle faisait tout à fait salonnard pervers. Pourtant, sous ce camouflage, elle était toujours aussi jolie. J'avais envie de l'embrasser. Je me suis abstenue.

J'ai rencontré son Autrichienne. Elle s'appelait Birgit. Elle est passée me voir au milieu de la nuit, un rasoir brandi, menaçant de me couper la gorge si j'essayais de lui enlever « Annie ».

Elle était terrifiante. Mais attrayante. Blonde, vulnérable, malheureuse. Je comprenais son désespoir. J'étais moi-même prête à tuer, pour Eva ou Lisa. Je crois. Enfin, nous avons passé la nuit étendues sur le matelas, dans les bras l'une de l'autre, comme deux sœurs.

Je ne l'ai jamais revue.

Je travaillais pour Ernst, mais les caisses étaient

vides, et il ne pouvait pas me payer. J'ai donc pris un boulot de réceptionniste chez un dentiste de la Beethoven-Platz.

Le Dr Frankovitch était âgé de cinquante-huit ans, veuf et juif.

C'était en novembre. En janvier, il me demandait de l'épouser.

Je m'attendais à quelque chose de ce genre, depuis le jour où il m'avait engagée. Oh, pas le mariage, bien sûr. Mais l'inévitable flirt et les jeux de mains maladroits auxquels les hommes se croient obligés de céder avec leur secrétaire.

Cette offre de mariage, dans les règles, m'a déconcertée cependant. Je décidai d'accepter, au moins temporairement, le temps d'y réfléchir. Je pourrais toujours changer d'avis.

Enchanté, il m'a invitée à dîner. Puis nous sommes allés au cinéma, voir un film américain, *Kongo*, avec un acteur remarquable, du nom de Walter Huston. Il était merveilleux. Sa prestation m'ensorcelait au point que j'en oubliais Frankovitch à mon côté. Ce n'est que le film fini, que j'ai pris conscience de sa présence.

Il voulait que je l'accompagne chez lui. Je refusai. Il n'a pas insisté. Il m'a baisé la main et abandonnée au coin de la Marien-Platz.

Je l'ai fui au plus vite, presque en courant, comme poursuivie par les Erinyes. Mais je ne savais pas ce que je fuyais vraiment. Le mariage ? Pourquoi ne pas l'épouser ? Qu'avais-je de mieux à faire de mon temps et de mon avenir ? Peut-être aurais-je un enfant. Une petite fille. On ferait de longues promenades ensemble... Quelle merde !

Je ne pourrais jamais faire un enfant avec le Dr Frankovitch ! Et si elle lui ressemblait ? Quelle idée révoltante !

Il s'est mis à neiger.

Mais un mari était certainement utile. Pour prendre

des décisions, payer des factures, résoudre les problèmes et fournir des hormones à mon corps.

Je déambulais dans les rues, à la Lady Macbeth. Dans *nos* rues. A papa et à moi. Notre parc, notre Hofgartenstrasse, notre Joseph-Platz, nos boutiques, nos librairies, nos trottoirs et nos arbres. Et son théâtre, là, de l'autre côté de la place, semblable à un caveau noir !

Je me demandais s'il y était ce soir. Assis dans sa loge, ou sur scène, devant tous ces sièges vides, en train de répéter une pièce fantôme.

Peut-être, si je l'attendais assez longtemps, surgirait-il finalement de la ruelle. Il me verrait, me ferait signe...

Non, bien sûr que non. Il n'était pas là. Pourquoi y serait-il ?

Les morts restaient dans leur cimetière. Seuls les vivants rôdaient dans la nuit froide, comme des spectres.

Je sanglotais à présent, incapable de me retenir. Je ne voulais pas d'un mari. Je voulais mon père !

Je me suis assise sur un banc, jusqu'à ce que la neige me recouvre.

Mon comportement devenait de plus en plus psychotique !

Me voilà donc fiancée. Mais pas pour longtemps.

A peu près une semaine plus tard, l'un des patients du Dr Frankovitch s'est présenté en se dandinant comme un canard à la réception, avec une rage de dents. Costaud, les joues roses, en pardessus à poil de chameau. Il s'appelait, d'après le registre, Herr Muller. Mais à ma vue, ses nombreux mentons ont frémi de joie et nous sommes tombés dans les bras l'un de l'autre en poussant des cris.

Göring !

Le Dr Frankovitch est sorti de son cabinet pour voir ce qui se passait. Il nous a observés, étonné, tandis que nous nous embrassions. Nous ne lui prêtions aucune attention.

Des choses fabuleuses étaient arrivées à Hermann depuis la dernière fois que je l'avais vu. Il était devenu ministre de l'Intérieur de la Prusse, avec un contrôle absolu sur les deux tiers de l'Allemagne. Mais il n'avait pas du tout changé. C'était toujours le même ours grizzly, bancal, hilare, au sourire de bouffon.

Il m'a fait jurer solennellement que je ne révélerais jamais à personne l'identité de « Herr Muller ». Une précaution nécessaire, m'a-t-il expliqué, car il était en flagrant délit. Patient de Frankovitch depuis des années, il voulait le demeurer malgré les nouvelles lois antijuives. Si l'on découvrait qu'un ministre nazi protégeait un docteur hébreu, le parti le ferait passer en cour martiale.

Une plaisanterie qui l'a fait hurler de rire. Moi aussi. Frankovitch avait simplement l'air triste.

Et c'est arrivé.

Hermann sorti, Frankovitch a verrouillé la porte. Il s'est approché de mon bureau.

« Vous êtes nazi », murmura-t-il.

Et il m'a giflée. Sa main a volé vers moi et j'ai ressenti une douleur cuisante à la joue. J'ai bondi sur mes pieds. Je ne parvenais pas à y croire. *Il m'avait giflée !*

Il m'a prise par le col et fait faire le tour du bureau en me secouant comme un imperméable trempé.

« Espèce de pute munichoise », grinça-t-il.

J'étais folle d'humiliation. Mon père ne m'avait jamais touchée, pas une seule fois dans toute sa vie ! Mais ce cochon d'enculé... ce dentiste, il m'avait *giflée*, pour de vrai !

J'ai pris ma machine à écrire sur le bureau pour la lui balancer de toutes mes forces en pleine figure. Il recula, en titubant et en se tenant le nez. Tout en le poursuivant, j'ai attrapé une lampe sur une table de la salle d'attente. Je lui en ai asséné un bon coup sur la tête. Il est tombé à genoux, en bafouillant. Je lui ai décoché un coup de pied à l'entrejambe. Il a basculé avec un cri. Je lui ai donné de nouveaux coups de pieds dans l'oreille et dans le cou. Puis j'ai abattu le talon de ma botte sur ses couilles.

Ses bras se sont écartés. Il est tombé mollement sur le sol.

Il est devenu *bleu*. J'ai bien vu qu'il était mort.

Je téléphonai à Ernst. Il est arrivé une demi-heure plus tard avec un plein camion de Chemises brunes. Ils ont passé des menottes aux poignets morts de Frankovitch, l'ont traîné en bas et fourré dans le camion avant de démarrer.

Ernst et moi, on est restés au cabinet. Il a mis l'endroit à sac pour trouver le butin. Puis nous sommes montés dans l'appartement de Frankovitch, au cinquième étage. Je n'y avais jamais mis les pieds. C'était un magnifique palais de Versailles, rempli de meubles Louis XV et Louis XVI. Et une douzaine de Renoir et de Van Gogh accrochés au mur.

Dans la penderie d'un cagibi, j'ai découvert la garde-robe de la regrettée Frau Frankovitch. Incroyable ! Trois manteaux de vison, une centaine de sacs en cuir, des milliers de foulards, des robes, des vestes, des pull-overs, des peignoirs.

J'ai ôté mes habits pour essayer les siens. Ils m'allaient à la perfection !

Ernst a découvert ses bijoux dans le tiroir d'une coiffeuse. Des broches et des bracelets, des bagues, des épingles, des tiares. Une fortune ! Il a « réquisitionné » le tout, m'autorisant à prendre les vêtements.

Nous sommes restés toute la journée dans l'appartement, empaquetant les affaires dans des valises et des sacs. Ernst a appelé un antiquaire qui est venu acheter tous les meubles et les peintures, les tapisseries, les tapis et tout le bric-à-brac. Deux autres hommes ont surgi pour emporter l'équipement dentaire, le réfrigérateur, une machine à laver, la radio, deux aspirateurs et une planche à repasser.

Ernst s'est attaqué à la réserve d'alcool. Il a pris une cuite. J'ai pris un bain.

Mis au courant, Hermann a fait une scène. Il était fâché. Non pas tant par la perte du dentiste, que par celle des Renoir et des Van Gogh.

Affable, Ernst l'a informé que l'affaire était close. Furieux, Hermann s'est dépêché de faire arrêter l'antiquaire sous une accusation forgée de toutes pièces, pour tout lui reconfisquer.

Eva, de retour à Munich, a décidé de me ramener avec elle à Berlin.

Sa vie sexuelle demeurait un véritable gâchis. Hitler refusait tout simplement de coucher avec elle. Elle assurait qu'il n'avait rien d'un homosexuel. Alors, il devait être impuissant, ou tout simplement indifférent. Dans tous les cas, elle voulait que j'emménage avec elle, de façon permanente.

Elle habitait une suite, dans un petit hôtel de Grunewald, juste à côté de Hundekehlesee. J'ai pris une chambre au même étage. C'est là que nous couchions car, naturellement, elle avait transformé la sienne en taudis.

Berlin foisonnait d'opéras. J'ai vu *Die Entführung aus dem Serail* et *Cosi fan tutte* pour la première fois, et *Die Zauberflöte* pour la septième, huitième, neuvième, dixième fois. Quatre soirs de suite.

Je pourrais le voir tous les soirs, le restant de ma vie, et toujours n'y rien comprendre. La reine de la nuit est-elle une scélérate ou non ? Est-elle démon, sorcière, ou bien *die sternflammende Königin ?* C'est une œuvre si fantastiquement confuse et contradictoire, qu'elle est impossible à démêler.

Je me demande si Mozart lui-même savait.

J'ai également vu quatre films américains : *The Mask of Fu Manchu, The Bitter Tea of General Yen, Frankenstein*, et *Gold Diggers of 1933*.

Et Lisa.

A l'Opéra, à ma deuxième représentation de *Die Zauberflöte*.

Monostatos et les autres étaient en train de chanter :

Das klinget herrlich, das klinget so schön !
La-ra-la, la-la-la-ra-la
Nie hab ich so etwas gehört und gesehn !
La-ra-la, la-la-la-ra-la !

J'ai levé les yeux et elle était là. Assise dans une loge, vêtue d'une robe du soir argent, pareille à une resplendissante effigie, glacée, somnolente.

Lisa. Non, ce n'était pas possible. J'ai emprunté les jumelles de mon voisin et les ai dirigées sur elle, au-delà du public.

Elle ! Mon Dieu ! C'était elle !

A l'entracte, je me suis précipitée à sa recherche dans le foyer. Assise à une table du bar, elle buvait du champagne, en compagnie d'un officier d'état-major.

Un colonel. Trois ou quatre capitaines et lieutenants les assiégeaient.

Elle était absolument magnifique ! Les cheveux remontés hauts sur sa nuque, retenus — j'y regardai de plus près — par une barrette dorée. Quel âge avait-elle ? Vingt et un ? Vingt-deux ? Et cette robe ! Scintillante, *argent* ! Pareille à une épée ! Cristalline, radieuse, glacée, étincelante !

Le colonel était-il son mari ? Ou n'était-elle que sa petite amie ? Une des cocottes de l'état-major ?

Je tentai d'entendre ce qu'elle disait. Elle a mis une cigarette entre ses lèvres. Tous ont avancé leur briquet vers elle, embrasant son visage en un feu de forêt. Elle ne disait *rien*. Elle se contentait d'être assise là, les yeux comme des fentes, de bronze, brillante, dorée, éblouissante. Les guerriers se chargeaient de la conversation. Elle ne les écoutait pas. Elle regardait fixement le mur, se passant la langue sur les lèvres, d'où s'échappait, comme un murmure, de la fumée.

J'étais sur le point de suffoquer, gorge serrée, incapable de respirer.

Pendant le deuxième acte, j'allai sur la pointe des pieds jusqu'à la porte de sa loge, pour m'enfuir, puis revenir, toujours sur la pointe des pieds, et m'enfuir encore. Un vieil ouvreur grognon, au visage de poisson rouge, m'a demandé mon billet. Je lui ai répondu d'aller se faire foutre.

Au tomber du rideau, je les ai suivis jusqu'au vestiaire. Le colonel lui enveloppait les épaules d'une cape sombre à capuche. Ils sont sortis dans la rue. Je leur ai couru après. Ils sont entrés dans un petit restaurant de la Lützow-Platz. Je les ai observés de l'extérieur, à travers la vitre. Elle a mangé un gâteau et bu deux tasses de café.

Le colonel avait environ quarante ans. Grand, mince, la bouche comme une fente, sans lèvres, il ne souriait jamais. Un cobra ! Il buvait un grand cognac.

Aucune intimité entre eux. Ils étaient assis, distants, sombres, réservés, comme des monarques à un couronnement.

Mari et femme. Evidemment !

A leur sortie, je me suis cachée derrière un arbre. Le colonel a traversé le trottoir pour faire signe à un taxi en maraude.

Lisa s'est retournée pour regarder fixement dans ma direction.

Me voyait-elle ? Pourvu que non ! Avec cette robe du soir 1925 de Frau Frankovitch, je devais avoir l'air d'une vraie plouc. Si elle me reconnaissait, si elle m'appelait par mon nom, je prétendrais être quelqu'un d'autre — Hilda Schultz de Wilhemshaven ! ou une étrangère — Jan Jackson, de Boston !

Mais ils se sont contentés de monter dans le taxi qui s'est éloigné.

Eva et moi faisions du shopping, lorsque nous avons rencontré Magna Goebbels dans un grand magasin de

Brandenburgischestrasse. C'était une femme avenante, simple, directe, tout à fait au courant des relations d'Eva avec le chancelier. Après le déjeuner, elle nous a invitées chez elle, à un cocktail.

« Chez elle » était en fait le ministère de la Propagande, un gigantesque édifice de granit de la Wilhelms-Platz, où elle habitait avec son mari, pendant qu'on rénovait leur maison.

Tout le monde était là — Hermann, Bormann, Hess, Streicher, Rosenberg, Himmler, et des douzaines d'autres de ma connaissance... Nous nous sommes tous congratulés solennellement, non pas comme les conspirateurs de bas-fonds du passé, mais comme des dignitaires du parti en représentation, cérémonieux et réservés. Quelle sinistre farce !

Même Hermann se montrait protocolaire. Me prenant sous sa coupe, il m'a fait traverser le salon de réception, à peine plus grand qu'une salle de bal, pour me présenter à notre hôte.

Joseph Goebbels, autrefois auteur de scénarios et critique de films, l'homme qui osait dire que papa jouait comme on « triche aux cartes », était un gnome voûté, basané, avec de minuscules dents de rat musqué. Ses yeux rampaient sur moi comme des cafards — poitrine, visage, poitrine, hanches, jambes, poitrine. Ho ! ho, me disais-je, notre petit copain est un satyre !

Hermann lui a fait un exposé homérique de ma biographie au sein du parti. Goebbels semblait impressionné. Il a claqué des doigts pour qu'un laquais nous apporte des boissons. Puis comme nous nous retirions dans un coin, il s'est enquis, sarcastique, de ce que mijotait Ernst. Je croyais qu'il faisait allusion à l'incident Frankovitch. Mais non, il s'agissait d'affaires internes au parti.

« Que cherche-t-il exactement ? demandait-il, pourquoi est-il si difficile ? » Difficile ? Ernst ? Je le savais déçu de ne pas avoir de ministère, mais en dehors de ça, je le croyais entièrement satisfait. « Il veut être ministre de quoi ? », a-t-il questionné d'un ton sec. « De la fellation ? » Nous avons éclaté de rire.

Himmler nous a rejoints, porteur — c'était le comble ! — d'une copie du *New York Times*. Il voulait que je traduise un article sur l'intronisation du nouveau président américain, Roosevelt.

— Un invalide, a déclaré Goebbels, il porte un harnais et marche avec des béquilles. Il ne durera jamais quatre ans.

— Un animal blessé, a murmuré Himmler, est dangereux.

— Conneries ! s'énervait Goebbels, en avalant son verre d'un trait, c'est un fossile.

J'ai traduit l'article, et Himmler m'a remerciée avant de s'éloigner à grands pas.

— Heinrich, dit Goebbels d'une voix affectée, est né à la mauvaise époque, il aurait dû être le majordome de Vad l'Empaleur. Vous imaginez l'impression qu'il produit sur les ambassadeurs étrangers.

Il a montré du doigt Hess et Bormann qui chuchotaient, à proximité.

— Et ces deux-là, Laurel et Hardy ! Il s'est retourné vers moi, l'œil brillant, à nouveau fixé sur mes seins. Kerrl, où ai-je déjà entendu ce nom ?

Puis sa femme est venue le chercher.

Je cherchais Eva. Boudeuse, elle mangeait des biscuits, près d'une fenêtre, en faisant de son mieux pour se rendre invisible. Personne ne voulait lui parler. La discrétion leur défendait d'entamer toute conversation avec la concubine du chancelier.

Nous sommes parties.

Le lendemain, Goebbels me téléphonait pour me proposer du travail.

Uniforme gris pâle et bottes noires, j'étais installée dans un vaste bureau, avec vingt autres filles, chargées de traduire la propagande du parti en français, anglais, italien, espagnol, hongrois, arabe, et dans toutes les langues possibles et imaginables, y compris l'hindoustani.

Pour l'anglais, nous étions une équipe de quatre responsables. Grinçant des dents, je corrigeais des pages et des pages de la fange officielle du parti, intitulée : « National-socialisme et éducation », « le Plan de quatre ans », « la Jeunesse d'Hitler », « Nazisme et maternité », « le Principe aryen », « le Problème juif », « Adolf Hitler et le nouvel ordre », etc.

C'était insoutenable, seul mon salaire m'aidait à supporter cette torture.

Goebbels passait me prendre chaque soir, et nous sortions en ville jusqu'à minuit. Il était maître dans l'art des stratagèmes lubriques, mais toutes ses ruses tombaient à plat. Pas question d'aller au lit avec lui. Après ce qu'il avait dit de papa, je me sentais incapable de le laisser entrer en moi.

Une nuit, il s'est faufilé dans ma chambre d'hôtel, comme un voleur, pour me trouver au lit avec Eva.

Mais qu'y pouvait-il ? Il ne s'aviserait jamais de courir révéler la chose au chancelier. Oh non ! Les anciens pharaons sacrifiaient les messagers porteurs de mauvaises nouvelles. Les réactions d'Hitler à l'annonce de délits s'avéraient encore plus terrifiantes, parce qu'imprévisibles.

Alors, petit Joseph était obligé de tenir sa langue.

Hitler quittait Berlin pour Obersalzberg, emmenant Eva avec lui. Tous les courtisans du parti ont suivi, y compris Joseph.

Juste avant son départ, il m'a appelée dans son bureau, pour me virer.

— Que je ne vous voie pas à mon retour. Il souriait de toutes ses minuscules dents de rat. Je refuse qu'on associe mon ministère à vos peccadilles de fillettes.

Et me voilà une fois de plus au chômage.

Dans la salle des archives, près du bureau des traductrices, se trouvait une étagère pleine de dossiers de l'état-major. Je les ai tous lus. Jusqu'à ce que je tombe sur celui marqué : « Heye, Richard (colonel d'infanterie). Epouse : Elizabeth Heye, née Stieff ». C'était bien ça ! Mariés en 1932, ils étaient domiciliés au 144 Warthe-Platz.

Il s'agissait d'une petite maison, dans un bosquet d'arbres, pas loin de l'aéroport Tempelhof.

J'y allai le lendemain après-midi, avec l'intention de sonner tout simplement à la porte, et de dire « bonjour, Lisa » quand elle ouvrirait.

Naturellement, ce n'était pas aussi simple. Je restai assise sur un banc de l'autre côté de la rue, dans l'espoir de l'apercevoir.

A deux heures, je connaissais toutes les fenêtres par cœur. Il y en avait neuf : quatre en bas, cinq en haut. Puis je gravai dans ma mémoire les arbres et les buissons du jardin, comptai toutes les planches de la clôture, et le nombre de bardeaux du toit.

A trois heures, deux officiers en voiture d'état-major arrivaient. Ils sont restés une demi-heure à l'intérieur avant de repartir.

A quatre heures, je descendis la Warthestrasse jusqu'au stade. Ensuite, j'ai remonté l'Oderstrasse jusqu'au cimetière St Jokobi. Puis j'ai rejoint la Hermannstrasse par la Siegfriedstrasse, pour me retrouver dans Warthestrasse que j'ai suivie jusqu'au bout.

Assise sur un banc, elle m'attendait.

Nous avons passé le reste de l'après-midi à boire du whisky (j'ai pris cinq scotchs !) au bar de l'aéroport.

Elle m'avait *vue*, cette nuit-là, à la sortie du restaurant ! Et depuis, elle m'attendait. A ces mots, je me suis caché le visage dans les mains pour sangloter.

J'étais étourdie de bonheur. J'avais oublié à quel point ses yeux étaient *verts* !

Elle voulait que je l'accompagne chez elle, pour rencontrer son mari, mais je n'en avais pas envie. En plus, je commençais à être cuite.

Tellement de choses en elle s'étaient effacées de ma mémoire. Ses ombres et ses nuances, l'arc de ses sourcils, le retroussis de ses lèvres, le creux de sa gorge. Mon Dieu ! Elle était impressionnante.

Après leur départ à Dresde, on avait envoyé son père en Russie, pour construire une usine. C'est là qu'elle avait fait la connaissance de son mari, attaché militaire à l'ambassade de Moscou. Ils avaient passé leur lune de miel à Venise. Le mois prochain, ils devaient se rendre à Lisbonne.

Six heures et demie. L'heure de la séparation... Elle insistait pour régler les consommations, alors j'insistai pour lui offrir un cadeau. Dans une boutique de souvenirs du hall, j'ai trouvé un petit fanion à croix gammée où était inscrit « Bienvenue à Berlin ! ». Je lui ai tendu. Au stand de livres, elle m'a acheté un épais best-seller américain, *Anthony Adverse*. Elle a écrit nos noms et la date sur la page de garde. Je sanglotai à nouveau.

Deux jours plus tard, elle me rejoignait à mon hôtel.

En l'attendant, j'ai pris deux douches, et commencé *Anthony Adverse*. Un volume *immense*, presque trop lourd à soulever, de plus de mille pages, divisé en neuf tomes, soixante-sept chapitres, et un épilogue ! Lire cette œuvre éléphantesque du début à la fin relèverait de l'épopée !

Puis elle est arrivée.

Je venais juste de sortir de la douche, pour la deuxième fois ; ce qui facilitait les choses. Si nous avions été toutes les deux vêtues, le démarrage se serait révélé embarrassant. Mais j'étais là, nue, dégoulinante. Elle a pris la serviette pour me sécher le dos. Dès l'instant où ses mains ont touché mes seins, tout s'est passé parfaitement.

Elle a posé la joue contre mon épaule.

Puis elle a ôté une partie de ses vêtements. Son manteau, son foulard, ses chaussures, son corsage, sa jupe, son slip. Mon Dieu ! J'ai achevé de la dévêtir moi-même. J'en avais les genoux en coton, et le sol se dérobait sous mes pieds, comme un tapis volant.

Je me suis retrouvée au lit, sous les couvertures. Comment ? Je ne pourrais absolument pas le dire ! A côté de moi, Lisa chuchotait mon nom, offrant ses tétons à mes lèvres. J'essayais de l'avaler tout entière, j'aurais voulu qu'elle fonde dans ma bouche, comme une énorme pêche tendre. Et voilà qu'elle était derrière moi, en train de lécher le bas de ma colonne vertébrale. Puis je me suis blottie dans ses bras, son haleine tiède me réchauffant les yeux. Mais nous nous sentions encore trop éloignées. Alors, nous avons grimpé aux arbres, roulé à travers les douces branches, nos mains ont exploré des ruches cachées dans le secret de nos sarments. Puis nos langues ont cherché le miel, au plus profond de nos alvéoles, et quel festin !

Jour après jour, nous avons continué jusqu'à plus faim. Plus tard, au lieu de rester au lit, nous allions chez le coiffeur, faire du shopping, dans les musées, les galeries d'art, nager ou patiner, ou tout simplement marcher. Mais le soir rallumait nos désirs, et si nous étions trop loin de l'hôtel, il nous fallait trouver un endroit pour faire l'amour, n'importe lequel.

Tout cinéma était le bienvenu, pourvu que le balcon soit raisonnablement vide. Ça faisait l'affaire pour les jeux de mains. Les ascenseurs d'immeubles de bureaux étaient excellents. Il suffisait d'ouvrir la porte entre deux étages et de s'agenouiller tour à tour. Mais ça manquait de réciprocité. En plus je tenais à peine sur mes jambes quand venait mon tour d'être debout.

Notre endroit d'élection était finalement un sauna finlandais de la Kurfurstenstrasse. On y finissait presque chaque jour. Un vrai paradis ! Nous prenions un bain privé, à dix marks, et passions une éternité enlacées dans les brumes, à nous faire éclater mutuellement de ravissement. La vapeur donnait à notre peau un goût rare. Nos derrières et nos aisselles avaient la succulence des clams, l'intérieur de nos cuisses d'une coupe de vin.

La nuit, bien sûr, elle retournait vers son mari. Atteint d'une maladie de cœur, il n'exigeait pas trop de son corps. Il voulait un enfant, alors il la pénétrait, déchargeait son fusil et se retirait, incapable d'aucune autre volupté.

C'est à travers lui, *via* Lisa, que j'ai découvert à quel point l'armée avait une peur panique des Chemises brunes. L'état-major considérait le « caporal » Hitler comme un simple prête-nom et refusait de le prendre au sérieux. Mais ils voyaient en Ernst une réincarnation d'Attila le Hun, un véritable fléau barbare, couleur moutarde, prêt à fondre sur la civilisation allemande. Il était même question — il s'agissait d'un parfait secret qu'elle m'avait fait jurer sur *sa* tête de ne pas répéter — d'un putsch militaire pour neutraliser cette menace.

Laissez-moi rire ! Attila le Hun ! Ernst ? Quelle merde ! Un des dandys de l'état-major, aller froisser son uniforme impeccable et ses gants immaculés dans un vulgaire chahut ! Inconcevable !

Un mois entier avait passé. La fin approchait. Lisa et le colonel allaient partir au Portugal dans dix jours.

A notre dernière rencontre — dans le lit de l'hôtel, comme à la première — nous ne pûmes que rester allongées, à nous mordre la langue, chacune pleurant sur les joues de l'autre, chacune absorbant le malheur de l'autre.

Nous nous sommes endormies en nous embrassant. A mon réveil, elle était partie.

Ce même après-midi, petit Joseph revenait d'Obersalzberg.

S'il était surpris de me voir, il ne l'a pas montré.

— Oui, Edmonde ? Que voulez-vous ?

— J'aimerais un travail à l'ambassade de Lisbonne.

Je savais que ce n'était pas difficile à arranger. Il

envoyait toujours des gens en mission hors du pays. Il n'avait qu'à prendre son téléphone, et je pourrais partir.

Naturellement, il faudrait d'abord en payer le prix. Mais ça ne me tracassait pas. Une nuit ou deux au lit avec un gnome, ce n'était pas le bout du monde.

— Pourquoi ? a-t-il demandé.

J'avais une histoire raisonnable toute prête. J'expliquai que je m'étais engagée dans une impasse dangereuse avec Eva. Que je cherchais seulement à mettre fin à ce désastre, dans notre intérêt à tous. J'appuyai sur le pluriel. Il y était inclus, et assez subtil pour le comprendre.

— Il faut que je disparaisse un moment, ai-je conclu, avant de perdre le contrôle de l'affaire.

— Mais pourquoi Lisbonne en particulier ?

— Je veux apprendre le portugais.

Il s'est contenté de hocher la tête. Je le regardais, guettant la flèche empoisonnée.

— Il faudra faire quelque chose pour moi, en échange.

— Certainement. — J'ai tiré une chaise pour m'asseoir.

— Debout.

J'ai obéi. Ce petit cochon d'enculé était maître de la situation... Laissons-le jouer la scène à sa manière. Et quelle scène ! Baron Scorpion et la Tosca !

— Qu'attendez-vous de moi, Herr Goebbels ?

Il s'est penché en avant sur son fauteuil, les mains croisées sur le bureau. Le moment était venu pour lui de chanter son aria. Mais non. Il restait de marbre, le regard fixe. Et quand il a enfin parlé, j'ai failli en tomber à la renverse.

— Je veux que vous retourniez à Munich, pour découvrir ce que mijote Ernst.

Je demeurai à Munich le restant de l'hiver, à nouveau membre actif de la Sturmabteilung. Logée dans un meublé de la Haydnstrasse je terminai les tomes un et deux d'*Anthony Adverse*. J'entamai le tome trois, chapitre vingt.

Ernst fascinait les correspondants étrangers qui se regroupaient autour de lui comme des pigeons. J'avais le titre d'attachée de presse, et mon travail consistait à faire attention que ses interviews avec eux ne prennent pas une tournure trop absurde. Une tâche impossible !

Il se conduisait comme un rustre ampoulé, un fanfaron tout feu tout flamme. Chacune de ses déclarations frappait un coup de tonnerre. Il criait, beuglait, rugissait et agitait le poing. Malgré tout, je demeurais persuadée qu'il était essentiellement inoffensif. Je faisais chaque jour mon rapport à petit Joseph, en lui expliquant mon point de vue. Je n'arrivais pas à le convaincre.

— C'est un maniaque, grognait-il, et un révisionniste !

Ernst *aurait pu* être dangereux. Sans aucun doute. Les Chemises brunes le vénéraient, un seul geste de lui, et ils auraient marché allégrement sur Berlin, par milliers, brandissant leurs gourdins et chantant *Horst Wessel Lied*.

Mais ce geste, il ne l'a pas fait.

Il organisait des meetings et des défilés, rudoyait les journalistes. Il écumait, tourbillonnait à travers la Bavière comme un typhon. Mais en fait, il *n'accomplissait* rien.

Il a fallu que ce pauvre crétin prononce ce discours idiot à Manheim, parle de « révolution ». Et, comme dit mon *Dictionnaire d'argot américain : the cat was out of the bag* — le grand mot était lâché !

Lorsque je téléphonai à Berlin, ce soir-là, petit Joseph vibrait d'énervement.

— Trouvez-vous une cachette, dit-il d'une voix sifflante, restez à l'écart de Munich.

J'ai tout de suite compris. Ils allaient tuer Ernst.

Je me suis rendue à Munich. Il le fallait. J'avais

laissé *Anthony Adverse* dans ma chambre de la Haydnstrasse. Mon intention était d'attraper le train de nuit, de me glisser dans la ville, de faire mes bagages, avant de fuir à Bad Tölz. Mais Ernst insistait pour me ramener dans sa voiture.

Quelle randonnée terrible, chaotique. Pendu au volant, une bouteille de rhum vissée aux lèvres, il conduisait comme un simple d'esprit. La bouche baveuse, il chantait, sa main sur le genou de son petit ami, Hines.

Recroquevillée sur le siège arrière, je priais en gémissant.

On a traversé à toute allure Heidelberg, Heilbronn, Stuttgart.

Ernst s'est endormi. Un horrible fracas s'est produit, suivi d'un bruit de boules métalliques dévalant un escalier de fer. Je fermai les yeux, pour faire mes adieux à Lisa, Lisbonne, à...

La voiture s'est arrêtée. J'ai ouvert les yeux. Nous étions sortis de la route, dans un champ boueux. Après, Dieu merci, Hines a pris le volant.

A quatre heures du matin, j'ai vu la voiture blindée, derrière nous. Elle nous a suivis jusqu'à Ulm, puis Augsburg, telle le destin.

— Hines, ai-je murmuré. Ils vont tous nous tuer.

Il ricanait. « Qui ça, Eddy ? » C'était un garçon épais, écervelé, d'à peu près mon âge. Ernst lui faisait porter une gaine.

— Hitler et le parti. Je tremblais, incapable de contrôler le tressaillement de mes muscles. — Ils sont en train de nous suivre. Ne les laisse pas nous rattraper...

Il a regardé en arrière, et aperçu la voiture blindée. Tout en accélérant, il continuait à ricaner. « Hitler est un cornichon, disait-il d'une voix stridente. Il ne pourrait même pas tuer un chaton. Pas vrai, Ernst ? »

Ernst ronflait. Il s'est réveillé d'un coup. « Où est mon porte-documents ? larmoyait-il, mon porte-documents, Eddy... »

Il se trouvait sur le siège, à côté de moi. Je le lui ai tendu.

— Garde-le (nouvelle gorgée de rhum), ne laisse personne te l'enlever.

Il s'est rendormi, la main sous la chemise de Hines.

Je conservai le porte-documents sur mes genoux. Je crois que c'est ce qui m'a sauvé la vie.

A l'aube, ils m'ont déposée sur la Goethe-Platz à Munich.

J'ai couru le long de la Haydnstrasse jusqu'à mon meublé. Je me suis arrêtée pour regarder en arrière. Aucune trace de la voiture blindée.

Sombrais-je à nouveau dans la psychopathie ? Et s'il ne s'agissait que d'un fantasme ? Je commençais à le croire, tandis que le soleil se levait, débarrassant la ville de son linceul.

Ils expulseraient Ernst du parti, et démantèleraient les Chemises brunes. Personne ne serait tué.

Je suis entrée dans la maison, rassurée.

Un corbeau se trouvait dans le couloir. Il cherchait à m'atteindre. Je reculai d'un bond en criant.

C'était Anna, vêtue d'un costume d'homme couvert de sang. Une folle panique déformait son visage.

— Cache-moi, Edmonde, gémissait-elle, ils tirent sur tout ce qui bouge.

Je l'ai prise dans mes bras pour l'empêcher de tomber, je l'ai forcée à me raconter ce qui s'était passé. Une véritable folie ! Elle s'était rendue à une fête, dans l'appartement de la Rundfunk Platz, quand Himmler et une douzaine de ses assassins de la Schultzstaffel avaient surgi, mitraillettes au poing, et tiré dans la foule, massacrant tout le monde !

— Ils sont tous morts, sanglotait-elle, Sigi, Putzi, Hans, Rosa...

— *Hans ?* Hans est mort ! Je ne parvenais pas à le croire. Ils ont tué Hans ?

— J'étais dans la cuisine. Le sang donnait à son

corps glacé une odeur de viande froide. Je me suis enfuie par l'entrée de service. Ils sont à ma recherche...

Une voiture remonta la rue, s'arrêta devant la maison. Elle s'est serrée contre moi. « Les voilà ! » Je l'ai repoussée pour ouvrir la porte.

C'étaient Hines et Ernst, ce dernier toujours affalé sur le siège avant, en train de ronfler. Hines a bondi sur le trottoir en me faisant de grands signes.

— Ernst veut son porte-documents, Eddy !

Je le portais toujours. Je l'avais tenu sous le bras tout le temps.

J'ai regardé au-delà de Hines. La voiture blindée était arrêtée de l'autre côté de la rue, semblable à un gros insecte trapu. Quatre hommes en uniforme noir, fusil à la main, en sont sortis pour se diriger vers nous. En les voyant, Anna s'est enfuie sur le trottoir avec un grand cri. L'un des hommes a tiré... La balle est allée arracher le sommet de sa tête. J'ai vu l'intérieur de son crâne jaillir comme une fontaine. Anna est tombée dans le caniveau.

Hines regardait les hommes, le bras levé. « Heil, Hitler », a-t-il croassé. Les quatre fusils ont fait feu, l'envoyant valser contre la maison. Des morceaux de sa tête et de son corps s'envolaient, éclaboussant de rouge vif le mur de briques. Deux des hommes tiraient Ernst de la voiture pour le rouer de coups de poing et de pied. Il a vomi sur eux.

Les deux autres me faisaient face, fusils pointés sur ma poitrine. Je leur ai montré le porte-documents.

— Ce sont les dossiers confidentiels de Röhm.

Ils se sont regardés, confondus par cette déclaration inattendue.

J'ai tiré un peigne de ma poche, pour me le passer dans les cheveux. Pourquoi j'ai bien pu faire ça, je ne saurai jamais. Ils m'ont dévisagée, comme deux vaches. J'ai empêché l'un d'eux de prendre mon porte-documents... « Non, mes ordres sont de le remettre à

Herr Goebbels en mains propres. Personne que lui ne doit y toucher. »

Les deux autres continuaient à frapper Ernst de leurs fusils.

Ils l'ont emmené à la prison de Standelheim pour qu'il soit fusillé. Ensuite, direction l'aéroport. Hitler, Himmler, Hess, Bormann et petit Joseph étaient là, en train d'embarquer.

Je m'envolai pour Berlin avec eux.

J'ai donné à Joseph le porte-documents d'Ernst. Il contenait une bouteille de rhum, une paire de bas de soie, un soutien-gorge et une traduction allemande de *Tarzan des singes*.

En une nuit, la Sturmabteilung avait disparu, comme neige au soleil. La nouvelle garde prétorienne était la Schultzstaffel d'Himmler — les S.S. Ils portaient des chemises noires au lieu de marron.

En août, le président von Hindenburg s'éteignait, et Hitler devenait à la fois chancelier et président. Il s'attribua le titre de Reichsführer.

Röhm à présent disparu, les partis d'opposition n'existaient plus. La liberté de la presse suspendue, des douzaines de journaux devaient fermer. Le pays s'était retiré de la Société des Nations. Les Gauleiters nazis gouvernaient les provinces, et le Berlin nazi gouvernait les Gauleiters. L'Allemagne était devenue le Troisième Reich.

Et je ne suis pas partie pour Lisbonne.

Hitler avait repoussé ma requête d'un emploi à l'étranger. J'ai d'abord cru à une manigance d'Eva. Mais plus tard, Hermann m'a informée que toute personne liée au putsch de Röhm était tenue de rester en Allemagne, jusqu'à nouvel ordre.

Je ne pense pas que j'y serais allée, même si on me l'avait permis. En mars, Lisa m'écrivait pour m'annoncer la naissance d'un garçon. Elle l'a appelé Eduard.

J'ai demandé du travail à Hermann. Il venait d'être nommé Reichsmarschal et commandant en chef de la Luftwaffe. Il m'a procuré un poste d'administrateur du personnel dans son nouvel immeuble de l'Air, dans Whilhemstrasse, un palais trois fois plus grand que le ministère de la Propagande de petit Joseph.

J'avais mon propre bureau — une cellule claire, nue, aux murs bleus, avec une table de travail vert pâle, quatre téléphones (noir, marron, orange et gris) et deux fauteuils pourpres. Je n'avais qu'à superviser une pleine pièce de dactylos, boire du café à la cantine, et regarder par la fenêtre.

L'un de mes premiers actes « officiels » a été de décrocher le téléphone marron pour appeler le meublé à Munich. J'ai demandé à la gérante d'emballer mes affaires et de les envoyer à Bad Tölz. Je m'assurai qu'elle n'oublie pas *Anthony Adverse*.

J'ai quitté l'hôtel de Grunewald pour emménager dans un appartement en ville, Pallastrasse, qui donnait sur Kleist-Park.

Voilà où j'en étais.

Eva vivait à Obersalzberg, et je la voyais à peine. Quand elle venait à Berlin, Hitler la gardait enfermée dans les appartements de la chancellerie. Ils m'ont invitée à dîner un soir. L'horreur ! Pendant trois longues heures, le Führer n'a parlé que d'autobahns et de ciment ! J'ai failli m'endormir. En fait, je me suis endormie. Il m'ennuyait plus encore que Mercutio !

Toute une année a passé, comme l'éclair.

Puis, un après-midi, Lucie Ibsen est entrée dans mon bureau. Environ vingt-trois ans, brune, superbe, avec des yeux comme des miroirs. Sténographe, elle cherchait du travail. Je l'ai immédiatement engagée, et installée tout près de mon bureau. Comme ça je pouvais la voir chaque fois que j'ouvrais la porte. Elle était surnaturellement adorable ! Les autres dactylos formaient un vrai troupeau de moutons. De neuf heures du matin à six heures du soir, elles lisaient des magazines, mangeaient des bonbons, se faisaient les ongles en papotant à propos de leurs petits amis, de leurs maris ou de leurs chevaux. Complètement intoxiquées par les champs de course, elles avaient transformé l'endroit en un tourbillon de paris.

Lucie était totalement différente. Elle ne braillait pas, ne poussait pas de cris aigus ; elle ne mâchait pas des bouts d'allumette, ne tachait pas les enveloppes de rouge à lèvres, ni... Elle était — Mon Dieu ! Elle me rappelait quelqu'un. Qui ? Greta Garbo dans *Anna Christie* ? Non, mais quelqu'un comme ça. Une jeune femme sombre, en imperméable, marchant dans le brouillard.

Je demeurai éveillée la moitié de la nuit pour tenter de trouver. Juste avant de m'endormir, ça m'est revenu. Inge Hengl ! Bien sûr ! Une des actrices préférées de papa. Je l'avais vue à Francfort, quand j'étais petite, dans *Comme il vous plaira*. Et elle avait fait des dizaines de films muets, tous puants, sauf un grand, *Selig sind die Toiten*, réalisé par Robert Siodmack. Comme *Anna Christie*, c'était l'histoire d'une putain essayant d'échapper à son destin, ou quelque chose de ce genre, avec des prises de vue magnifiques, brumeuses et translucides. Et son jeu ! Sensationnel ! Inge Hengl, oui.

Si j'avais été un être humain normal, et non une paranoïaque étrangement complexe, je serais simplement allée vers elle pour lui dire : « Bonjour, Fräulein Ibsen. On ne vous a jamais dit que vous ressembliez à Inge Hengl ? »

Mais non ! J'ai préféré l'observer, livrant à ma mémoire tous ses gestes, ses mouvements, chaque expression de son visage, la myriade de nuances dans sa voix, la palette de son teint. Son bureau était près d'une fenêtre, et Lucie changeait avec la lumière, comme un caméléon. Certaines fins d'après-midi, nébuleuse, elle prenait une couleur pourpre, puis ambre des foins, puis iodée, et enfin, azurée. Les matins pluvieux, la fenêtre était un fjord, et elle, un pastel de vierge nordique dans un paysage de mer émeraude. A midi, au soleil, elle inclinait vers le vermillon italien et le cuivre indien. Mais le soir elle se métamorphosait en Cléopâtre, peinte par un fou, dans un délire de couleurs.

Give me my robe, put on my crown ; I have
Immortals longings in me ;
I am fire and air ; my other elements
I give to baser life...
Come then, and take the last warmth of my lips[1].

Oh, comme je voudrais être une reine hittite pour la capturer au combat. On me l'amènerait, enchaînée, une déesse du Nil, trop arrogante pour implorer la pitié. Et je la libérerais, je la baignerais, et j'oindrais ses membres sacrés d'un baume. Puis je la renverrais en Egypte, dans une barque débordante de trésors.

J'étudiai aussi son dossier personnel. Il ne disait pas grand-chose. Nom et adresse : Ibsen, Lucie, 98 Eosanderstrasse, Charlottenburg. Lieu et date de naissance : Tangemunde, 1912. Précédent employeur : Golan Ltd. Paulsbornerstrasse, Wilmersdorf.

Golan. Le nom me disait vaguement quelque chose. Papa avait fait un film, une fois, pour un producteur dénommé — Oui ! Absalom Golan !

Pendant l'heure du déjeuner, j'ai marché jusqu'à la Paulsbornerstrasse. Le numéro dix était un immeuble

1. Donne-moi mon manteau, mets-moi ma couronne ; je sens une soif immortelle ; je ne suis plus que du feu, que de l'air ; mes autres éléments je les laisse en pâture à la vie vulgaire... Cueillez la dernière chaleur de mes lèvres.

de bureaux rococo avec une entrée babylonienne. Pas de Golan Ltd sur les plaques du hall. J'ai trouvé le concierge. Il m'a dit que le bureau n'existait plus. Mais il s'agissait bien du même Absalom Golan, producteur. Il avait quitté l'Allemagne en 1934.

Il était juif.

Tous les talents juifs émigraient. Fritz Lang, Siodmack, Conrad Veidt, et des centaines d'autres. L'industrie cinématographique allemande devenait aussi aryenne que *Parsifal*.

De retour dans l'immeuble de l'Air, j'ai utilisé mon téléphone orange pour appeler un vieil ami de papa, un metteur en scène du nom de Hoffmann qui travaillait auparavant pour l'U.F.A. Il réalisait à présent des documentaires pour la Wehrmacht.

— Inge Hengl ? — Saisi de nostalgie — Bien sûr que je m'en souviens. Chère Inge. J'ai fait trois films avec elle. Il a nommé les trois. Je n'en avais vu aucun.
— La M.G.M. tenait à ce qu'on vienne tous les deux à Hollywood, mais elle a refusé, et ils ne voulaient pas de moi sans elle.

— Qui produisait ses films, Herr Hoffmann ?

— Son mari, Ab. Golan.

— Elle était la femme de Golan ?

— Oui, il a produit tous ses films.

Je me sentais comme Hercule Poirot résolvant *le Mystère du train bleu ! Nous avons maintenant établi une relation certaine, n'est-ce pas*, entre nos trois principaux suspects : Inge Hengl, Golan, et Mlle Lucie.

— Il est à New York.

— Je vous demande pardon...

— Golan. Il est à New York.

— Et qu'est devenue Inge, Herr Hoffmann ?

— Elle est morte en 28, ou en 29. Pourquoi toutes ces questions, Edmonde chérie ? Que veut dire tout ça ?

— Je vérifie des références pour la Luftwaffe. Une parente, employée chez nous.

— Quel nom ?

J'ai retenu mon souffle. — Lucie Ibsen.

— Lucie ! Sa fille ?

— Sa... J'ai dégluti... fille ?

— Ibsen est le nom de son mari ?

— Je ne sais pas vraiment. La fille d'Inge s'appelait Lucie ?

— Certainement. Je doute que ce soit la même fille cependant, — il a ri. — Une juive qui travaillerait pour Göring ? Invraisemblable !

J'ai raccroché.

Voilà. C'était donc ça ! J'ai décroché le téléphone gris pour convoquer Fräulein Ibsen dans mon bureau.

Elle se tenait devant moi, mince, sombre, séduisante, ma captive égyptienne, affrontant la reine des Hittites.

— Ibsen est votre vrai nom, Lucie ?

Ses yeux flamboyaient comme des charbons ardents dans un poêle. Des yeux extraordinaires ! Les yeux d'une sorcière soumise à la lune.

— Oui, naturellement.

— Pourrais-je avoir votre certificat de naissance, pour nos archives ?

— D'accord. Je l'apporterai demain.

Et la pauvre fille est sortie, épouvantée. Quelle cruauté de ma part ! Elle pensait avoir trouvé la cachette idéale — le ministère d'Hermann, la citadelle même du nazisme. Qu'il lui suffisait de changer de nom et de venir travailler ici pour écarter tout soupçon, trouver la sécurité éternelle. C'était compter sans moi ! Maintenant voilà qu'elle se trouvait démasquée. Comme elle devait me maudire ! Pauvre, pauvre fille !

Ce soir-là, je l'ai suivie jusqu'à chez elle.

Le U-bahn évoquait l'*Enfer* de Dante, bondé, suffoquant, rance. J'ai failli mourir écrasée, les poumons empoisonnés. Des mains s'essuyaient partout sur moi, des visages de gorgones exhalaient des odeurs fétides. Lucie se tenait à l'autre bout de la voiture, appuyée contre la paroi, aussi sereine qu'une statue dans un égout. Je l'observais, enviant son isolement magnifique. Elle semblait transcender la claustrophobie, la populace, la puanteur — lointaine, perdue dans une espèce de yoga juif.

Je me demandais ce qu'elle allait faire.

On est descendues à la Wagner-Platz. Je lui ai laissé prendre un demi-bloc d'avance puis, pareille à Nick Carter, je me suis lancée sur les traces du — d'après mon *Dictionnaire d'argot américain : footpad, predator, freebooter, or crook* — voleur, prédateur, maraudeur, ou escroc.

Elle vivait dans un immeuble délabré de la Eosanderstrasse. La porte d'entrée s'est refermée derrière elle.

J'ai contourné le pâté de maisons, extrêmement mal à l'aise. *Qu'allait-elle faire ?* Pourquoi son père ne l'avait-il pas emmenée à New York avec lui ? Pourquoi était-elle restée en Allemagne ? Elle devait savoir que le déguisement le plus rusé ne la mettrait jamais complètement à l'abri du danger.

Soudain, j'ai eu peur.

J'ai rebroussé chemin jusqu'à l'immeuble, pénétré dans le hall humide et froid. Une rangée de cartes étaient accrochées au mur. Sur l'une d'elles, son nom. Elle habitait au dernier étage.

En haut de cinq volées de marches, j'ai découvert une autre carte avec son nom, à une porte, sous les chevrons inclinés.

Sa chambre était dans un petit donjon aux murs de briques. Une table, une chaise, une fenêtre. Un sac de couchage à même le sol. Une corde attachée à une poutre du plafond. Debout sur une valise, elle passait la tête dans le nœud.

Je l'ai forcée à quitter son donjon dès ce soir-là. On a fait sa valise, roulé son sac de couchage, et je l'ai installée dans un petit hôtel de la Schillerstrasse.

Puis on est allées souper dans un restaurant français du Tiergarten.

Il lui a fallu un certain temps pour se remettre du choc. Ensuite, elle ne me quittait pas des yeux. Comme si se trouvait en moi la solution d'un problème de maths horriblement compliqué, dont elle était incapable de comprendre la formule.

— Pourquoi choisir Ibsen comme nom ? lui ai-je demandé.

— A cause d'*Hedda Gabler*.

Elle avalait tout ce qu'on lui servait, vidant son assiette avec l'implacabilité mécanique d'une pompe aspirante : salade, omelette, goulasch, fraises.

— Vous aimez *Hedda Gabler* ?

— Oui.

— Votre mère a joué le rôle ?

— Oui.

La conversation s'est poursuivie un moment sur le même ton. Pénible.

— Elle l'a joué deux fois. A Vienne et à Budapest.

— Jamais à Berlin ?

— Non.

— Pourquoi pas ?

— Je n'sais pas.

— Mon nom s'inspire d'un personnage de théâtre.

— Vraiment ?

— Edmund, dans *le Roi Lear*.

— Ma mère a joué Rosalind, dans *Comme il vous plaira*.

— Je sais. Je l'ai vu. C'était très beau.

— Que va-t-il m'arriver maintenant, Fräulein Kerrl ?

— Rien. De la glace ?

— Volontiers.

Nous avons chacune pris un café liégeois et deux cognacs. Puis nous sommes parties nous promener dans le parc, et elle m'a parlé de Wilhelm, Wilhelm Kingehl. Trente-deux ans, fleuriste, avec une boutique dans Unter den Linden. Ils auraient dû se marier au printemps dernier. Il était juif.

— Il est allé à Hanovre, balbutiait Lucie, rendre visite à son oncle. Il n'est jamais revenu.

Elle l'avait attendu pendant presque deux ans. Voilà pourquoi elle n'était pas partie en Amérique avec son père. La boutique de Unter den Linden était fermée, et l'oncle d'Hanovre avait également disparu.

Elle s'était retrouvée seule à Berlin, abandonnée de tous.

Le lendemain, je l'ai nommée chef de bureau et j'ai doublé son salaire.

Les mois suivants, nous nous adressions à peine la parole. Je me contentais de la regarder. Sa peur de moi s'évanouissait progressivement. Il lui arrivait même de sourire. Ses nouvelles tâches suffisaient à l'occuper, elle commençait à apprécier son travail, s'épanouissait joyeusement dans les dossiers, les lettres, les factures, comme une fleur dans de l'engrais.

Elle s'était acheté de nouveaux vêtements et se rendait chez le coiffeur une fois par semaine. Elle devenait la divinité de notre ministère. Les autres filles l'adoraient, mais elle ne se joignait jamais vraiment à leur bande, Dieu merci. Elle conservait toujours une certaine distance avec elles, la même qu'entre son bureau et le mien.

J'appréciais par-dessus tout sa retenue. C'était comme de regarder un film.

Puis un matin, elle est venue me voir, à nouveau épouvantée.

— Les gens de l'hôtel m'ont dit que la police les avait interrogés à mon propos.

Il n'y avait pas de quoi s'en faire. Toute personne habitant l'hôtel à Berlin était considérée comme en transit, et l'administration de la ville aimait l'avoir à l'œil. Il aurait malgré tout été désagréable qu'un inspecteur trop curieux démarre une enquête.

Ce soir-là, je l'ai emmenée chez moi, présentée à mon gérant, qui gardait une liste de tous les appartements libres dans le quartier Schone. Mais seules étaient disponibles, pour l'instant, des caves et des chambres de bonne. Il nous a promis de nous donner la priorité si quelque chose de décent se libérait.

En attendant, Lucie emménageait avec moi.

J'avais deux pièces — une donnant sur la cour, l'autre sur la rue — une salle de bains et une cuisine aussi grande qu'une cabine téléphonique. Leur dénuement la déconcerta.

— Où sont les meubles ?

— Je hais les meubles.

Elle m'a regardée sans rien dire. Elle a passé la première nuit sur le sol de la chambre du fond, dans son sac de couchage. Le lendemain, nous avons fait l'emplette d'un petit lit, et d'une penderie pour ses vêtements.

Pendant un mois, nous nous sommes étudiées, comme des poissons dans un bocal. Elle se montrait discrète, et moi accommodante. Chacune avait parfaitement su trouver son territoire, sans heurts.

Hitler était aux prises avec un problème similaire. Il maintenait que l'Allemagne avait besoin d'espace vital — *Lebensraum* —, il a envahi l'Autriche puis, brisant le pacte de Locarno, marché sur la Rhénanie. Alors, les Premiers ministres de France et d'Angleterre sont venus à Munich lui offrir les Sudètes tchécoslovaques. Chaque jour, le Troisième Reich reculait les frontières du pays.

Le 24 décembre, Eva m'invita pour le thé à la chancellerie. Nous étions assises dans l'un des immenses salons, pleins de courants d'air, et le décor massif faisait de nous des naines. Le Führer distrayait ses hôtes dans une suite adjacente. On entendait un brouhaha de voix et des tintements de verres. Eva, toujours bannie de ce genre de réunions, était submergée de tristesse.

— Je ne peux aller nulle part ni rencontrer personne, marmonnait-elle. Je n'ai pas eu d'orgasme depuis une éternité. Quand je le fais moi-même, rien ne se passe. Je le quitterais bien, s'il n'y avait pas mon horoscope. Il ne m'embrasse jamais.

— Que prédit ton horoscope ?

— Que je partagerai la destinée d'un personnage important.

— Pourquoi ne t'épouse-t-il pas, tout simplement ?

— Il dit qu'il le fera, dès que la situation sera stabilisée.

— Quelle situation ?

— L'Allemagne.

Himmler est passé manger quelques gâteaux avec nous. Il avait grossi. Il ressemblait à un phoque. Au cours de la conversation, il s'est tourné vers moi, pour me faire remarquer *à propos de rien* : « Au fait, j'ai cru comprendre que la fille de Inge Hengl travaillait dans votre administration. »

J'ai failli tomber à la renverse. « Comment êtes-vous au courant ? » j'ai bredouillé.

— Hoffmann m'a dit que vous vous étiez renseignée sur son compte.

Mon Dieu, c'était pour le moins inattendu. J'ai allumé une cigarette, tentant de minimiser la catastrophe.

— Inge Hengl n'était qu'à moitié juive.

— Oui, il souriait, et Conrad Veidt à moitié bouddhiste.

Il s'en souvenait, ce cochon d'enculé !

— S'il te plaît, ne fume pas, dit Eva, il va sentir le tabac et en faire un drame.

J'ai éteint la cigarette.

— De toute façon, je l'ai virée.

Après avoir mangé un autre gâteau, Himmler s'essuya délicatement les lèvres avec une serviette.

— Vraiment ?

— Je vais le faire — Je me sentais sur la corde raide. — Elle est incompétente et... — j'ai avalé une gorgée de thé. Il sentait la bile. — incompétente et désordonnée, et elle ne sait pas taper. Je la ferai partir après les vacances.

— Si on arrêtait de parler de Juifs, gémit Anna, c'est le réveillon de Noël.

Parvenant finalement à partir, je me suis précipitée de l'autre côté de la ville, au Hohenzollerndamm. Lucie m'attendait dans un bar de la Günzelstrasse.

Je n'ai rien dit, car je n'avais pas encore décidé ce qu'il fallait faire. Merde ! Elle devrait quitter le pays. C'était la seule solution possible.

Nous sommes allées au cinéma, voir *The Hurricane* de John Ford. Il y avait à la fin une scène d'orage colossal, qui dépeignait parfaitement mon bouleversement intérieur. Comment la faire sortir d'Allemagne ? Impossible !

Puis nous avons fini la soirée dans une boîte de nuit à boire une bouteille de champagne en dégustant des huîtres et un homard. Lucie avait un cadeau pour moi. Un bracelet de jade qui avait appartenu à sa mère. Je ne voulais pas l'accepter, mais elle m'a pris la main, pour l'attacher à mon poignet. Il était magnifique. Elle aussi ! Soudain j'ai compris que je l'aimais de tout mon cœur, et que si je devais la perdre, j'en mourrais.

Perdre ! Perdre ! Toujours perdre !

Je n'avais rien à lui offrir, sauf peut-être un camp de concentration.

Nous sommes rentrées à la maison par d'interminables rues désertes, glaciales. Trois soldats ont tenté de nous soulever sur Barbarossa-Platz, mais ils étaient cuits, et nous les avons semés facilement. Les radiateurs de l'appartement ne marchaient pas, et la température était de moins dix. Nous nous sommes précipitées dans nos chambres. Pratiquement morte de froid, je me suis changée et j'ai enfilé un pantalon de ski et un pull-over. Emmitouflée dans le manteau de vison de Frau Frankovitch, j'ai rampé sous les couvertures en claquant des dents.

A trois heures du matin, Lucie entrait dans ma chambre. « Edmonde, bégayait-elle, je n'en peux plus ! je vais attraper une pneumonie ! »

Je l'ai attirée avec moi dans le lit, où elle s'est blottie sous les couvertures. Dans mon étreinte de pieuvre, elle s'est endormie, son nez glacé sur mon cou.

Une heure plus tard, les tuyaux des radiateurs se sont mis à trembler avec un bruit de ding-dong, tandis qu'une chaleur torride s'abattait sur nous. On s'est réveillées au Congo, fumantes dans nos costumes esquimaux.

Nous avons balancé les couvertures, puis tous nos vêtements. Nous nous sommes rendormies dans les bras l'une de l'autre.

Son souffle me pénétrait doucement l'oreille ; comme un murmure à l'intérieur de ma tête, il fredonnait dans les corridors de mon corps. Son appel m'a éveillée.

Des lueurs ardentes embrasaient mon corps, comme des chandelles sur un arbre de Noël. Mes seins sur ses seins, nos estomacs en fusion, mes mains se fondant dans sa peau.

Ses paupières se sont soulevées sur un regard flamboyant.

— Edmonde, chuchotait-elle, qu'est-ce que tu fais ?

— Joyeux Noël, Lucie.

Je l'ai embrassée. Ses lèvres se sont ouvertes, nos langues touchées. Ses hanches collées aux miennes, nos cuisses se sont écartées. Nous avons explosé avec une telle joie, une telle facilité, que nous en étions étourdies de béatitude.

Pas question de la perdre. Je savais exactement ce que j'avais à faire.

Lorsque je lui ai révélé la curiosité d'Himmler, la peur l'a submergée... Mais nous avions quinze jours de vacances devant nous, et nous sommes parties à Bad Tölz. Une fois hors de Berlin, elle était en sécurité.

Mon plan ne pouvait pas faillir. Il était trop simple. Il partait de la théorie d'Edgar Allan Poe — présentée dans *la Lettre volée* — selon laquelle, si vous désirez cacher quelque chose, il suffit de l'exposer aux yeux de tous — et personne ne le trouvera.

Une fois installées dans la maison, je l'ai présentée à

tous les commerçants, à la receveuse des postes, au maire, et même au chef de police et au patron de l'*Abteilung* local du parti. Je leur ai dit qu'elle était Lucie Kerrl, ma cousine de Leipzig.

J'avais choisi Leipzig parce qu'un accident de train avait eu lieu quelques mois auparavant, avec des dizaines de morts. Donc, si on posait des questions, j'expliquerais que ses parents faisaient partie des victimes, qu'elle était à présent orpheline, et que je l'avais invitée à Bad Tölz où elle vivrait de façon permanente dans la maison de papa.

C'était aussi simple que ça. On admirait mon sens de la famille, et la communauté l'acceptait sans aucune difficulté.

Le fantôme de papa se montrait enchanté de voir une jeune étrangère aussi adorable occuper les lieux. Les pièces respiraient le calme et la félicité, l'atmosphère vibrait *Adagio un poco mosso*, comme le second mouvement du *Concerto pour l'empereur* de Beethoven. Il nous permettait même de dormir ensemble. Mais la première nuit s'est passée sans qu'on ferme l'œil. Nous avons fait l'amour, encore et encore, nous pulvérisant l'une l'autre.

J'avais oublié les bagages envoyés par ma gérante de Munich, après la mort d'Ernst. Tout était là, empilé dans le garage, y compris *Anthony Adverse* ! Je me replongeai dedans, depuis le début — tome un, chapitre un, page un.

Le troisième matin, l'euphorie de notre lune de miel s'est brutalement effondrée... Une colonne de S.S. défilait devant la cour, au rythme du clairon et du tambour, brandissant d'éblouissants étendards S.S.

Nous nous sommes blotties à la fenêtre pour les observer, persuadées qu'il s'agissait de l'avant-garde de l'armée d'Himmler, venue nous faire payer nos crimes. Erreur. Nous avons appris, plus tard, que se trouvait à proximité une école de cadets qui entraînait les officiers pour la Liebstandarde d'élite et les brigades Totenkopf.

Ça m'allait très bien. Ils formeraient la garde personnelle de Lucie. On s'attendait à ce que des fugitifs rôdent de manière suspecte du côté de la frontière suisse et autres lieux du même genre, pas à ce qu'ils vivent tranquillement sur le pas de la porte des S.S. !

Ces quinze jours ont passé aussi vite que Puck « entourant la terre d'une ceinture en quarante minutes ».

Le dernier soir, nous avons scié une bûche épaisse en deux, et fait brûler les deux morceaux dans la cheminée du salon. Assises à même le sol devant les flammes, nues, nous avons englouti cinq litres de crème glacée.

Puis je l'ai attirée sur mon sein, comme un bébé, pour la nourrir. Je regardais le feu, et les douces morsures de ses lèvres sur mes tétons extirpaient de mon corps jusqu'aux derniers vestiges de violence et de désarroi, pour me plonger dans une extase somnolente. Une fois Lucie endormie, je lui ai chanté :

Zum Leiden bin ich auserkoren
Denn meine Tochter fehlet mir...

J'ai pris le train pour Munich à six heures trente. L'express de Berlin ne partait pas avant dix heures. J'ai traversé la Bahnhof-Platz pour prendre un petit déjeuner dans un café de la Karls-Platz.

Une voix m'a hélée : « Fräulein Walkyrie ! »

C'était un officier de la Luftwaffe, assis à une des tables. Je me le rappelais vaguement. Il s'agissait du directeur exécutif d'Hermann, un colonel du nom de Bodenshatz. Il m'a rejointe et a payé mon café.

Quelle chance de l'avoir rencontré ! Il allait lui-même à Berlin — en avion. Il m'invita à l'accompagner. Dans le taxi qui nous conduisait à l'aéroport, je lui ai demandé pourquoi il m'avait appelée « Fräulein Walkyrie ».

— C'est comme ça — il riait — que les filles de votre bureau vous désignent.

— C'est vrai ? Mais pourquoi ?

— Probablement parce que vous êtes si martiale, pareille à un guerrier.

— Moi ? Je n'en revenais pas. Voilà qui était typique de ce troupeau de sorcières ! Fräulein Walkyrie, vraiment !

Nous sommes montés à bord d'un Ju 52 pour atterrir à Tempelhof deux heures plus tard. Dans l'avion, Bodenshatz m'a donné un permis de vol de la Luftwaffe. Il me permettait de voyager gratuitement à travers toute l'Allemagne ! Voilà qui résolvait d'un seul coup mes problèmes de transport.

De retour au bureau, j'ai sorti la carte d'employée de Lucie des dossiers pour y apposer le tampon CONGÉDIÉE. Puis j'ai appelé une des filles et, l'air *martial*, la lui ai tendue.

« Rangez-la aux archives », ai-je dit d'un ton sec.

Elle regardait la carte, surprise. « Lucie est congédiée ? »

« Oui, ai-je ricané, très *guerrière*, Fräulein Walkyrie fait le ménage, chérie, alors tâchez de vous dégourdir. »

Elle est sortie en courant, répandre la nouvelle.

Elles voulaient une walkyrie, elles l'auraient. J'en virai trois autres pour inefficacité, comme ça, par plaisir.

L'hiver s'est achevé, puis le printemps. J'ai relu les tomes un et deux d'*Anthony Adverse*. Je prenais l'avion pour Munich tous les vendredis soir, pour revenir à Berlin le lundi matin. Chaque mois, je donnais à Lucie la moitié de mon salaire. On a repeint toute la maison — gris, jaune, orange et vert, et blanc — et on a collé du papier à fleurs sur tous les murs. Les pièces ressemblaient à des jardins. Toutes, sauf le bureau de papa, que je laissai en l'état, pour que mon pauvre fantôme négligé ait un sanctuaire où se retirer. Lucie avait acheté un phonographe et elle m'a appris à danser. On faisait l'amour dans la cave et dans le grenier, dans la baignoire et dans la cuisine, et parfois, en prenant un bain de soleil sur le toit. Un jour que nous étions allées nager dans le fleuve, je lui ai fait l'amour sous l'eau, me noyant presque.

L'été s'achevait.

Des petites choses, des petits signes, des petits indices, des petites flèches, annonçaient le dénouement. Des petits mensonges, des petites tromperies. Des regards, des coups d'œil, des mots, des phrases, des silences.

J'ai bu jusqu'à la lie, sans jamais voir l'araignée.

Thou hast describ'd
A hot friend cooling. Ever note, Lucilius,
When love begins to sicken and decay
It useth an enforced ceremony[1].

Puis, un après-midi de septembre, je me suis envolée pour Munich le mercredi au lieu du vendredi. Je suis arrivée à Bad Tölz au coucher du soleil, pour trouver la maison fenêtres fermées. Appuyée contre un arbre, dans la cour, une bicyclette. La porte de derrière était ouverte. Je me suis rendue dans la salle à manger par la cuisine. Sur une chaise, il y avait une tunique S.S. noire. Près de la porte, une paire de bottes noires. Sur la cheminée, une casquette noire. Pendus à la poignée de la porte des pantalons noirs. Autour d'une de ses cuisses, Lucie portait un brassard S.S., comme une jarretière. Rien d'autre. Le reste de son corps était nu, trempé, brillant de sueur. Ils étaient ensemble sur le sol. Lui également nu. Un grand garcon blond, le dos couvert de pustules.

1. Tu décris un ami chaud qui se refroidit. Ne l'as-tu point noté, Lucilius ? Quand l'amour tombe malade et dépérit, il se fait plus et plus cérémonieux.

Ils se sont écartés d'un coup, les yeux levés sur moi.

Perdre.

Je suis repartie pour Munich. Une agence de la Dachauerstrasse était encore ouverte. Je leur ai vendu la maison. On ne pouvait discuter le prix avant qu'ils ne l'aient vue. Je leur ai laissé les clefs et mon numéro de téléphone. J'ai signé un permis de vente Wohnort et attrapé le vol de nuit pour Berlin.

Le lendemain, ils me faisaient une offre par téléphone, je l'ai acceptée sans ergoter. Ils me demandaient ce qu'ils devaient faire, à propos de la « personne occupant présentement la propriété ». J'ai suggéré qu'ils la foutent dehors à coups de pied. Et je suppose qu'ils se sont exécutés parce que le week-end suivant, de retour à Berlin, elle cherchait à me voir. J'avais interdit au gérant de la laisser entrer dans l'immeuble.

Trois jours plus tard, on l'arrêtait, dans le U-bahn.

Himmler m'a téléphoné.

— Que veulent dire ces incroyables inepties ? Il minaudait d'un ton moqueur. Lucie Hengl, alias Lucie Ibsen, alias Lucie Kerrl. C'est vraiment votre cousine ?

— Bien sûr que non ! Péniblement, je lui avouai sur un ton coupable toute l'horrible histoire.

— Je devrais vous arrêter, a-t-il dit, décontracté. Les irresponsables de votre sorte font de la vie des pauvres S.S. un véritable calvaire.

Ce qui me donnait une idée. Le bureau, la Luftwaffe, mes téléphones et mon troupeau de filles devenaient de plus en plus fastidieux. Je lui ai demandé s'il avait un travail à m'offrir.

Il m'a invitée à dîner.

Tout à coup, la chanson que Mlle de Marigny nous avait apprise en *classe de sixième* à l'Ecole de jeunes filles m'est revenue :

Promenons-nous dans les bois
Pendant que le loup n'y est pas,

Si le loup y était,
Il nous mangerait.

J'allais me promener dans les bois, pour rencontrer le loup. Il vivait dans une grande maison bourgeoise, en pagaille, sur la Walchensee. Frau Himmler était une petite femme maternelle, tatillonne et affairée qui sermonnait sa fille, et insistait pour que je lui parle en anglais et en français parce que ses notes en langues étrangères à l'école s'avéraient « tristement décevantes ». Himmler sans uniforme, portant une veste d'intérieur en laine et des pantoufles, m'a lui-même servi un grand verre de gewürztstraminer. Une fois assis, nous avons discuté du pacte germano-soviétique de non-agression.

— Un chef-d'œuvre de diplomatie, disait Himmler. Le Führer et le ministre des Affaires étrangères, Ribbentrop, sont des paladins de la politique.

— C'est vrai, acquiesçait Frau Himmler.

Nous sommes passés dans la salle à manger, dévorer un énorme repas de sauerbrauten.

Cette nuit-là, l'Allemagne envahissait la Pologne, et la guerre était déclarée.

J'avais ordre de me présenter à l'Obersturmführer Weiss à Trier et de partir avec lui en France occupée. Il s'agissait du nouveau commandant en chef du Service des archives et j'étais censée être son interprète. Mais à Trier, personne. J'ai attendu toute une semaine, avant de réquisitionner une voiture auprès des divisions d'infanterie et de poursuivre ma route, seule.

J'ai traversé la frontière à Saarbruck et pris la direction du sud, par Saint-Avold et Pont-à-Mousson, puis de l'ouest, vers Saint-Mihiel et Bar-le-Duc. En ce mois d'août, le paysage était d'un vert laitue, et les routes et les villages désertés. La guerre et la Wehrmacht n'avaient fait que passer, semant silence et vide, dans toute la Lorraine.

A neuf heures du soir, j'ai fait une halte dans les bois, sur la rive gauche de la Marne, pour prendre un peu de repos.

« Je jure à Adolf Hitler, Führer et chancelier du Reich, fidélité et courage. Je vous fais serment à vous, et à ceux que vous avez désignés pour me commander, d'obéissance jusqu'à la mort, que Dieu soit avec moi. »

Tel était le serment que je devais prêter pour rentrer dans la S.S. On m'avait alloué un traitement d'Untersturmführer, pour un emploi à la section communication du Reichsicherheits Hauptamt (RSHA), d'abord à Berlin, puis à Varsovie.

Varsovie n'était qu'un tas de gravats. Je passai tout l'hiver sous une tente, dans un champ raviné, avec quatre autres filles du RSHA. La journée, nous pédalions sur nos vélos à travers les ruines, pour délivrer des tonnes de directives aux innombrables centres de communication.

Chaque fois que j'avais un moment libre, c'est-à-dire pratiquement jamais, je lisais *Anthony Adverse*. J'en étais au tome trois, chapitre vingt et un.

Fin mars, j'étais la seule fille de la tente à ne pas me retrouver enceinte.

En avril, on me renvoyait en Allemagne pour me transférer au Sicherheitdienst — le SD. Je touchais à présent un salaire d'Obersturmführer, ce qui me permit de me débarrasser du sac de pommes de terre noir que je portais et de me faire faire un nouvel uniforme, sur mesure, par un couturier du parti, sur le Kurfürstendamm. J'ai également acheté deux insignes SS pour les épingler sur mon col.

Je travaillais au service des archives, à remplir des

dossiers — des millions de dossiers ! Rien que pour la Wehrmacht, il y en avait un département entier et, histoire de me faire plaisir, j'ai cherché celui de « Heye, Richard ». Il avait été promu général de la troisième division Panzer, dix-neuvième corps. Et sa femme était toujours « Heye Elizabeth, née Stieff ». Elle vivait à Kiel.

Lisa. Elle devait avoir — mon Dieu ! — presque trente ans. Une vieille femme en robe mauve, avec des ombres romantiques sous les yeux ! J'ai couru devant un miroir, examiner mes yeux à moi, d'un regard noir dans un visage de démente. J'avais l'air épouvantable ! Eva, Anna et Lucie, et même Lisa, disaient toutes que j'étais belle. Quelle folie ! Effroyablement répugnante, voilà ce que j'étais ! Une vieille bique hagarde avec un long cou satanique ! Je ressemblais à un condor ! Et avec mon uniforme noir funèbre, une vraie Médée !

Dieu merci, elle ne se trouvait pas à Berlin ! Et si je tombais sur elle dans la rue ? Elle fuirait à toutes jambes, écœurée !

Mais j'avais encore mon permis de vol de la Luftwaffe. Je pourrais prendre l'avion pour Kiel aujourd'hui même. Je pourrais...

Puis le directeur du service, un homme du nom de Neumann, s'est suicidé dans son bureau, à son retour de Pologne. Plus tard, sa secrétaire m'a confié qu'il avait craqué après avoir dirigé une brigade d'exécution à Bydigoszcz. Ça a provoqué un tohu-bohu terrible. Himmler a rassemblé tout le service dans l'auditorium pour prononcer un discours.

« Si vous êtes inapte à accomplir votre devoir, disait-il, alors, que l'acte de Herr Neumann soit un exemple pour vous tous. Je préfère un officier SD mort, à un officier SD incapable. »

Toutes sortes de réaffectations s'en sont suivies. C'est comme ça que je me suis retrouvée à Trier.

Me voilà donc en voiture, profondément endormie, dans un bois sombre des bords de la Marne.

« S.S. », chuchotait une voix.

J'ai ouvert les yeux. Il était cinq heures. Le soleil levant formait à travers les arbres une brume orangée. Deux soldats français m'observaient à travers la vitre.

— C'est une fille ! a glapi l'un d'eux.

Ils ont ouvert la portière, pour me tirer sur la berge. Ils étaient dépenaillés, crasseux, et armés de mitraillettes. On aurait dit un duo de dacoïtes[1].

Ils allaient m'abattre, je le savais... Mais d'abord, ils voulaient mon corps. Ils se sont mis à tripoter les boutons de ma tunique.

Une folle détermination m'a prise de sauver mon bel uniforme. Je les ai repoussés, et j'ai déboutonné moi-même ma veste. Je l'ai ôtée, soigneusement pliée, et posée sur le toit de la voiture. Ensuite, j'ai dégrafé ma jupe, comme une effeuilleuse du Casino de Paris. Ils m'observaient, en transe, tandis que je l'étendais par-dessus la veste. Il ne me restait plus que mes sous-vêtements et mes bottes. Je leur ai fait face. Ils restaient là, pétrifiés, dégageant une odeur de chenil. J'ai retiré mes bottes, roulé mes bas.

De leurs pantalons baissés, jaillissaient deux gigantesques pythons gaulois.

Il leur fallait bien patienter, le temps que je prenne une couverture sur la banquette arrière, que je la secoue pour la déplier et que je l'étale sur le sol. Ils souriaient à présent, les cochons d'enculés. Se débarrassant de leurs baïonnettes, ils se sont approchés. Je suis retournée à la voiture. Allongée en travers du siège, derrière offert, j'ai attrapé mon Lüger dans mon sac, sur le plancher. Ils arrivaient tous les deux sur moi, m'attiraient contre eux. Je me suis retournée pour tirer dans l'estomac du premier, dont la chemise s'est enflammée.

Il toussait en sautillant sur un pied. Puis il s'est écroulé à terre, fumant comme un feu de camp. Le second reculait en hennissant. J'ai visé l'œil. Son visage a volé en éclats. Il est également tombé.

1. *Dacoïtes :* nom donné à des brigands de l'Inde qui, au début du XIXe siècle, torturaient leurs victimes pour les dépouiller.

J'ai achevé de me dévêtir, cherché un morceau de savon et une serviette dans ma valise. Je suis allée prendre un bain. L'eau était tiède, épaissie par la végétation. Des frémissements de désir me picotaient l'intérieur des cuisses. Je me suis agenouillée, jambes écartées. Penchée à contre-courant, j'ai ramassé une poignée de boue que j'ai frottée contre mon envie, pour apaiser cette démangeaison délicieuse. Je regardais les deux cadavres sur la rive, et des geysers de pure extase s'échappaient de mon corps. La Marne s'écoulait mélodieusement à travers mon utérus, pour remonter en bouillonnant jusqu'à ma gorge, puis se retirer, me laissant pantelante, engourdie et glorifiée, étalée dans les herbes, comme un fossile.

L'espace d'un instant, je me persuadai que dans neuf mois, j'allais donner naissance à une ondine.

Une fois rhabillée, je suis remontée en voiture, et en route !

A quatre heures de l'après-midi, j'arrivais à Paris.

Le bureau des archives du SD se trouvait avenue Marceau, à la périphérie de la place de l'Etoile. L'Obersturmführer y était déjà installé. Il se plaignait avec humeur de ce que j'étais quarante-huit heures en retard. Nous avions reçu des ordres contradictoires, comme d'habitude.

C'était un rustre, bovin, costaud, aux cheveux graisseux, et la simple idée de travailler pour lui me déprimait déjà. Il m'a procuré un ticket de logement me donnant droit à une chambre dans n'importe quel hôtel du huitième arrondissement. J'ai choisi le *George V*, car papa y descendait toujours au cours de ses séjours à Paris.

On m'a attribué une petite chambre avec bain, qui donnait sur la rue Pierre-Ier-de-Serbie. Après avoir rapidement défait mes valises, je suis sortie faire une longue promenade.

Tous les cafés et les boutiques étaient fermés. Les Champs-Elysées semblaient aussi morts que Pompéi.

Sur l'entrée barrée d'un cinéma de la rue Marbeuf se trouvait une affiche, comme une épitaphe :

Corinne Luchaire et
Claude Dauphin dans
CAVALCADE D'AMOUR

Sur la place de la Concorde, un soldat isolé prenait des photos de l'Obélisque. Je suis entrée dans le jardin des Tuileries. Un drapeau à croix gammée pendait à une façade de la rue de Rivoli. Sur l'eau écumeuse d'une fontaine flottait un bateau à voile.

J'ai fait halte sur un banc pour fumer une cigarette.

Sous un arbre, près de l'Orangerie, un homme me regardait.

Je lui ai fait signe de venir s'asseoir à mon côté. Il s'est éloigné en direction du quai. J'ai bondi à sa poursuite.

Papa, bien sûr. Depuis que j'avais vendu la maison, il me boudait. Mais s'il m'avait suivie jusqu'à Paris, peut-être n'était-il pas aussi fâché qu'il le prétendait.

Il est passé sur la rive gauche par le pont de Solferino. Moi aussi.

En m'apercevant derrière lui, il s'est mis à trotter, soufflant et râlant comme un vieil élan fatigué. L'idiot !

Dans la rue de Lille, je l'ai perdu de vue. J'ai pris la rue de Bellechasse jusqu'au boulevard Saint-Germain et là, incroyable ! Un bistrot ouvert ! Je suis entrée. Une vieille femme lugubre tenait le bar. Son regard exprimait toute sa désapprobation patriotique. Deux hommes, assis à une table, jouaient aux échecs. Ils n'ont même pas levé les yeux sur moi. J'ai commandé un Pernod. La harpie prétendait ne pas comprendre mon français. Les deux hommes ricanaient. Merde ! De toute façon je n'avais pas vraiment envie de boire. Mais il faisait sombre et frais. J'ai traîné une chaise dans un coin, tiré *Anthony Adverse* de mon sac et me suis installée pour entamer le chapitre vingt-deux.

Icônes et iconoclastes
En période de bouleversement, se pose
La question de savoir si l'effervescence
du cœur humain est due à une insatisfaction
individuelle face à l'expérience
plutôt qu'au poids et au flux de l'âge.

La mission éreintante du service des archives consistait à rédiger un dossier racial sur toute personne d'origine juive résidant en France. Une corvée terne, ennuyeuse, pesante. J'aurais préféré travailler à l'espionnage, ou même au bureau politique. Je ne comprendrai jamais pourquoi les nazis s'obnubilaient tellement avec les Juifs. Un cochon d'enculé était un cochon d'enculé, sans distinction de race ou de nationalité. Et un cochon d'enculé juif n'était pas différent d'un cochon d'enculé gentil. Hitler et Himmler ne parvenaient pas à saisir cette réalité toute simple.

Non plus que l'Obersturmführer Weiss. Son zèle antisémite me rendait dingue. De fait, il signait des ordres de déportation pour Michel Simon, Sacha Guitry, Edith Piaf, Arletty et Jean Cocteau, alléguant leur « ascendance suspecte ». J'ai dû téléphoner à Himmler, à Berlin, pour le supplier de démentir l'ordre, sinon on les aurait tous envoyés en Allemagne dans un wagon à bétail ! Mon Dieu ! Quelle connerie !

Et Ohlendorf était pire.

Le 27 août, on avait arrêté un pilote de la R.A.F., rue Vavin, à Montparnasse. Il s'appelait colonel-aviateur James Sanders, et son avion avait été abattu sur la côte, près de Fort-Mahon. De toute évidence, il s'apprêtait à contacter quelqu'un dans la Résistance française.

La Gestapo nous a téléphoné. Ils voulaient réquisitionner dans notre service une personne parlant suffisamment l'anglais pour servir d'interprète au cours de l'interrogatoire. Weiss m'a recommandée. Pouah !

Il devait savoir ce qui m'attendait, le porc, car, en m'appelant dans son bureau, il ricanait bêtement.

— Présentez-vous à Ohlendorf, dit-il, rue Galilée, juste au coin.

Je connaissais l'adresse, comme tout le monde à Paris. C'était celle de ce qu'on appelait « la fosse aux serpents ».

— Qui est Ohlendorf ?

— Vous verrez bien.

Quelque peu nauséeuse, j'ai descendu l'avenue Marceau jusqu'à la rue Galilée. Le siège de la Gestapo n'était qu'un immeuble comme un autre, mais il s'en dégageait quelque chose de sinistre, comme d'un lazaret. Dans l'entrée, un petit homme au visage arrogant, en costume civil miteux, m'attendait. On a tous les deux levé le bras.

— Heil, Hitler !

— Heil, Hitler !

— Ohlendorf.

— Kerrl.

Il m'a précédée le long d'un sombre corridor, jusqu'à une volée de marches qui conduisaient au sous-sol. Là, deux géants en tablier de cuir étaient penchés sur un garçon nu, étendu sur une table. Ohlendorf l'a présenté avec un sourire méprisant.

— Colonel-aviateur James Sanders.

Pas plus de dix-neuf, vingt ans, roux, dégingandé, avec un petit pénis et des sourcils roses, broussailleux.

A présent assis au bord de la table, Ohlendorf a gratté une allumette. Il s'est penché pour brûler consciencieusement les poils pubiens de Sanders.

— Je veux savoir où il allait quand on l'a arrêté, dit-il.

J'ai posé la question à Sanders, en anglais. Il me souriait comme un idiot.

— Allez vous faire foutre, mademoiselle, a-t-il gazouillé.

— Dites-leur, je chuchotai, ils n'attendent qu'un prétexte pour vous faire toutes sortes de méchancetés.

— Qu'ils aillent se faire foutre aussi.

— Qu'est-ce qu'il dit ? a demandé Ohlendorf.

— Il dit qu'il allait à la gare d'Austerlitz, ai-je menti. Il voulait prendre le train pour Vichy.

Ça paraissait raisonnable. Vichy était la capitale de la zone libre. Mais bien sûr, Ohlendorf n'en croyait pas un mot.

— Il ment.

Ils l'ont torturé. D'abord une des immenses brutes a posé une fourche autour du genou de Sanders. Il la faisait pivoter doucement, pour lui casser la jambe. Puis ils lui ont écrasé une main avec un maillet de lapidaire, lui frappant les doigts et les jointures jusqu'à ce qu'il ne reste que des lambeaux de chair, pendus à son poignet. Puis ils l'ont mis sur le ventre, lui ont brûlé l'anus à la flamme d'une bougie. Puis ils lui ont enfoncé des clous dans le gras du derrière. Puis ils l'ont remis sur le dos et lui ont injecté, à l'aide d'un compte-gouttes, de la térébenthine dans les narines. Puis ils...

Et pendant tout ce temps, il criait, ou plutôt il meuglait, hurlait comme une corne de brume abandonnée : « Hoooo-oooo-uuu ! ». La table était couverte de sang et d'excréments. Il a réussi à briser les courroies qui le tenaient allongé et à sauter debout. Il clopinait à travers la pièce, tandis qu'Ohlendorf et les deux géants le poursuivaient en zigzaguant. Tous les quatre avançaient par saccades et par bonds, comme s'ils dansaient une polka dans un *Beer Garten*.

Remontée en courant, j'ai ouvert une fenêtre. J'ai cru que j'allais vomir. Dans la cour, deux hommes en tricot de corps jouaient à la balle contre le mur. Ils m'ont regardée d'un œil vide.

— Kerrl !

Je suis redescendue. La séance a duré tout l'après-midi. Ils lui ont mutilé l'autre main avec le maillet, puis arraché un œil avec un pic à glace. Je l'ai supplié de faire cesser ce massacre.

— Dites-leur avec qui vous aviez rendez-vous, capitaine, pour l'amour de Dieu ! C'est absurde !

— *Mad*, gémissait-il.

— Qu'est-ce qu'il dit ? demandait Ohlendorf, pantelant de fatigue.

— Il dit que vous êtes fous.

J'étais profondément d'accord avec lui. Il fallait qu'ils soient complètement fous furieux pour être capables de cette sorte de choses. Non seulement ça, mais en plus ça leur plaisait à ces cochons d'enculés.

— Cassez son autre jambe, a grogné Ohlendorf.

Plus tard, ils m'ont laissée seule avec lui, pendant qu'ils allaient manger un morceau. Je tentai de le raisonner. Penchée sur son visage ravagé je lui murmurai dans l'oreille : « Il faut leur dire, Sanders. Il le faut. » J'ai posé la main sur son pénis, le caressant doucement. Il se raidissait à mon contact. J'y ai jeté un coup d'œil. Il était jaune, avec des taches, comme un champignon.

— Mad, croassait-il.

— Oui, je sais. C'est complètement fou. Dites à ces salauds ce qu'ils veulent savoir.

— Chaise mad.

— Quoi ?

Je continuai à câliner son pénis, pauvre diable. Il s'est développé, jusqu'à trois fois sa taille, en tremblant.

— Chaise mad, répétait Sanders, mad...

C'était un chêne, puissant, solide. Je le pressais, tirais dessus avec délicatesse, je le ramonais avec indulgence, délicatement. Il a giclé. Une écume rose s'est envolée à travers la table.

Il était mort.

A cinq heures passées, j'ai enfin pu sortir de cet horrible endroit. D'une humeur lugubre, je me suis dirigée vers la place de l'Alma. De l'autre côté de l'avenue, sous un porche, papa était là, qui me dévisageait... J'ai fait celle qui ne le voyait pas, tout en le surveillant du coin de l'œil, tandis qu'il me suivait.

Sur les quais, je me suis appuyée contre un lampadaire, pour me réchauffer au soleil.

Dans un kiosque, devant mes yeux, pendait une affiche montrant une jeune femme en smoking, en train de fumer un cigarillo. La fumée qui s'échappait en spirale de ses lèvres formait la légende : *Chez Mad, cabaret féminin boulevard Edgar-Quinet Paris 14.*

Je l'ai regardée, comme frappée par la foudre.

Chez Mad.

Bien sûr ! Voilà ce que ce pauvre Sanders essayait de me dire. J'avais cru qu'il délirait à propos de la folie insensée de ce qu'on lui faisait subir. Mais non. Il prononçait mal un nom. C'est tout. Son « Chaise Mad » signifiait *Chez Mad.* C'est là qu'il se rendait quand on l'avait arrêté !

Pas question de me précipiter rue Galilée pour en faire part à Ohlendorf. Qu'il aille se faire foutre.

Le boulevard Edgar-Quinet formait une contrée lugubre, sépulcrale, bordée d'un côté par des vitrines d'entreprises de pompes funèbres et de l'autre par l'enceinte du cimetière Montparnasse. Dans sa partie la plus gaie s'alignaient des boîtes de nuit.

Chez Mad était coincé entre *le Cendrier* et *le Tam-Tam.*

Dès l'instant où j'ai passé la porte, un courant de désapprobation s'est fait sentir. Même sans mon uniforme, j'avais immédiatement été cataloguée : l'envahisseuse.

L'endroit était petit, ténébreux, décoré à la Joseph von Sternberg, avec des murs de velours bleu, des tables dorées. Une barmaid époustouflante portait un collant à la Hamlet et un nœud papillon.

A toutes les tables des femmes étaient assises, qui me regardaient, un air maléfique sur leurs jolis visages. Il n'y avait aucun homme.

J'allai au bar, commander un Mokkei. Mlle Hamlet n'en revenait pas. Elle n'avait aucune idée de ce qu'était un Mokkei. En fait, moi non plus. J'étais tombée sur le nom dans un des romans noirs de S.S. Van Dine.

J'ai changé ma commande pour un cocktail au champagne.

Toutes les lampes se sont éteintes. Seule une lumière rubis illuminait une jeune femme assise à un piano. Elle était vêtue d'une veste de smoking noir, d'une chemise de dentelle blanche, d'une cravate, et d'un pantalon aussi collant que des bas.

Mad, sans aucun doute.

Elle chantait, ou plutôt ronronnait, une chanson joviale et cynique à propos d'amants qui se disaient adieu. Tout le monde riait et applaudissait.

Je trouvais que c'était plutôt chichiteux.

— Mon prochain numéro, a-t-elle annoncé, est dédié à cette ravissante poupée boche, assise au bar.

Et elle a entamé :

Voisin d'où venait ce grand bruit
Qui m'a réveillé cette nuit
Et tous ceux de mon voisinage...

Elle a continué à gazouiller un moment, avant de jouer une fantaisie wagnérienne, et de finir au cri de « Seig Heil ! ». Toutes les filles applaudissaient de tout cœur.

Pouah !

Plus tard, elle est venue s'asseoir au bar, à côté de moi. « J'espère ne pas vous avoir embarrassée, a-t-elle roucoulé. Je sais à quel point les Allemands sont sensibles. »

— Comment saviez-vous que j'étais allemande ?

Après avoir trempé son doigt dans mon champagne, elle l'a léché et a susurré : « A cause de vos yeux, Götterdammerung. »

Je me demandais comment on faisait sortir clandestinement du pays des pilotes R.A.F. Ce devait être une entreprise énorme, impliquant des dizaines de personnes.

— Qu'est-ce que vous faites ici ? C'est un club privé.

— C'est exactement ce que je cherche, ai-je dit. Un peu de vie privée. Un endroit où je puisse me cacher de temps en temps. Un...

Sous couvert de badinage, je sentais poindre en moi une grande sincérité. J'étais vraiment à la recherche d'un havre.

— Je m'appelle Mad. Et vous ?

— Edmonde.

— Que fuyez-vous, Edmonde ?

Oui vraiment ! Que fuyais-je ! J'ai ri, avant de répondre, à nouveau désinvolte, mais toujours avec une boule dans la gorge :

— Les fantasmes, les gitans.

— Les gitans ?

— Quand j'étais petite, des gitans passaient par notre village chaque année, au printemps, et campaient dans les champs. Ils arrivaient au crépuscule, pour repartir à l'aube. Pendant la nuit, ils volaient tout ce qui leur tombait sous la main. Mais seulement des petites choses. Des poignées de portes, des morceaux de charbon, des brindilles de bois de cheminée. Les becs des tuyaux d'arrosage, les ampoules de lampadaires, des poubelles et des pots de fleurs, des enjoliveurs de voitures et des cordes à linge. Le lendemain, rien ne paraissait avoir changé, mais en y regardant de plus près, on pouvait s'apercevoir qu'il manquait à la ville tous ses minuscules éléments, comme si une horde de soldats-fourmis, profitant de l'obscurité, était passée par là, chacune d'elles ayant mangé une petite bouchée du monde. Seules demeuraient des bribes de choses.

Je lui ai fait un clin d'œil, étonnée de ma loquacité. Mon Dieu ! Quelle aria ! D'où pouvais-je bien sortir tout ça ?

Elle souriait. « Vous êtes délicieuse ! Comment avoir le courage de vous renvoyer ? » Elle m'a pris la main. « Considérez-vous comme un membre de notre bande de sorcières. » Elle s'est penchée pour me déposer un baiser sur les lèvres. « Vous voilà initiée ! »

Toutes les filles nous ont acclamées. Mlle Hamlet a renouvelé ma consommation.

Je me suis tournée vers la porte.

Une fille, pantalons blancs et pull-over violet, m'observait, appuyée au mur. Elle avait des yeux vert pâle, de fins sourcils arqués dessinés au crayon, une coupe de cheveux aztèque avec une frange à la Jeanne d'Arc. Et elle était venue pour rencontrer le capitaine d'aviation Sanders.

J'en étais sûre. Et elle savait que je savais.

Mad l'a appelée. « Marie-José, viens, que je te présente Edmonde ! »

Elle s'est approchée de moi comme une Apache Montezuma allant au sacrifice. Ses yeux inondaient toutes les autres couleurs d'une teinte vert jade. Elle s'est immobilisée devant moi, éblouissante. Son regard m'aveuglait.

Vert jade, oui. Où avais-je vu cette nuance rare auparavant ? A Berlin... Un Noël glacial... Le bracelet de Lucie, oui ! C'était exactement ce même ton de vert-de-gris fumé, pailleté de strass.

Puis elle a disparu.

J'ai couru après elle, paniquée à l'idée de passer toute une nuit sans elle. Elle m'attendait sur le boulevard Edgar-Quinet.

Ensemble, nous avons pris la rue Delambre, vers Vavin.

— Je suis sûre qu'Hitler a fait quelque chose pour ces gitans.

— Oui. Il les a envoyés dans des camps de concentration.

— Mais ne croyez-vous pas — elle s'est arrêtée pour ouvrir un paquet de cigarettes — qu'en se contentant de voler des choses insignifiantes, ils essayaient d'exprimer leur gratitude ?

— Gratitude ?

— Pour votre hospitalité.

— C'est une manière bizarre d'envisager les choses.

— Oh ? — Elle a allumé sa cigarette avant de m'en offrir une. — Ça me semble, au contraire, une explication parfaitement logique.

Nous traversions le boulevard Raspail. Qu'est-ce qui m'arrivait ? J'étais en train de marcher dans les rues sombres avec cette fille étrange ! J'éprouvais le plus insolite des sentiments. Comme si je n'avais fait tout ce chemin jusqu'à Paris que pour la rencontrer. *Chère Edmonde, je serai* Chez Mad, *à dix heures, le 27 août 1940. Chère Marie-José, d'accord, j'y serai.*

— Vous allez souvent dans cet endroit ?

— Elle me paie cent francs, simplement pour m'asseoir au bar et permettre aux autres filles de m'offrir à boire. Elle s'est immobilisée, m'a regardée. Il y en a maintenant... — Elle comptait sur ses doigts, quatre amoureuses de moi.

— Cinq.

De minuscules saphirs étincelaient dans ses yeux. Elle s'est glissée dans l'obscurité du boulevard Montparnasse. J'ai suivi les jambes gainées de blanc. Ses talons martelaient le trottoir — tap tap tap — comme le maillet enfonçant des clous dans le derrière du pauvre Sanders. Je lui rendrai la pareille, à ce cochon d'enculé d'Ohlendorf. Nous avons longé la rue de la Grande-Chaumière, passé un porche, monté un escalier.

Nous nous trouvions dans un studio crasseux rempli de garçons et de filles à moitié nus, qui dansaient. Un phonographe jouait une chanson folk américaine :

Le monde entier est triste et lugubre
Partout où je traîne

De tous les coins sombres résonnaient des bruits de couples et de trios en train de faire l'amour... On aurait dit des vagues venant lécher une digue.

Marie-José a pris une assiette de raisins sur une table, avant de m'entraîner à l'écart. Un garçon barbu, vêtu d'un caleçon, s'est approché d'elle. Ils se sont retirés pour chuchoter, en me regardant de travers.

Assise sur un banc, j'ai mangé une poignée de raisins. Elle est revenue s'asseoir à côté de moi. « Si vous désirez enlever vos vêtements, a-t-elle suggéré, faites donc. » J'ai reniflé. « Vous désapprouvez cette odeur ? »

— Ça sent comme une locomotive.

— C'est du kif, vous voulez en fumer ?

— Non.

— Que voulez-vous ?

— Simplement rester assise à côté de vous.

Ses yeux absinthe se sont à nouveau illuminés. Quelle merveille ! Sa compagnie m'électrisait !

Un peu plus loin, un garçon et une fille, étroitement enlacés, copulaient sauvagement à même le sol. Un second garçon était assis sur le visage de la fille. Plus loin encore, une autre fille, se tenait à genoux, un pénis dans la bouche.

— Marie-José, êtes-vous intelligente ? Ou stupide ?

— Raisonnablement intelligente.

— Que faites-vous ?

— Je peins.

— Me montrerez-vous vos peintures ?

— Oui, si vous en avez envie.

Nous avons achevé les raisins. Deux garçons nus sont passés devant nous en dansant.

— Si vous me regardez, Marie-José, que voyez-vous ? Quelles sont vos pensées ?

Elle a croisé les jambes et s'est appuyée sur un coude. « Quand je vous ai vue dans le bar, je me suis dit : "elle va prétendre être suédoise, suisse, ou quelque chose comme ça". Mais vous ne l'avez pas fait. Vous n'avez rien prétendu. Et quand je vous regarde maintenant — la flamme de ses yeux teintait notre recoin de jade — je pense : "maintenant, elle va dire ceci, ou peut-être cela". Mais vous ne le dites pas. Vous posez des questions inattendues. Vous faites des déclarations inattendues. Comme “cinq”. Et vous me déroutez. Mes pensées, en conséquence, ne sont pas claires. »

— Un docteur français m’a dit un jour que j’étais un mystère allemand.

Elle a souri.

— Que vous a-t-on dit d’autre ?

— Un dentiste m’a traitée de pute munichoise. Un juge m’a dit que j’étais une criminelle dangereuse. Des secrétaires m’appelaient Fräulein Walkyrie.

Quelqu’un avait mis un disque allemand sur le phonographe. Une voix de femme faisait des trilles dans la pénombre.

Du Armste kannst wohl nie ermessen
wie « zweifellos » mein herze liebt
Du hast wohl nie das Glück besessen
das sich uns nur durch glauben gibt ?

— Marie-José ?

— Oui.

— Que ferez-vous de mon cadavre ?

Elle s’est redressée. « Hein ? Votre cadavre ? » Mais elle évitait de me regarder.

— Vous m’avez amenée ici pour me tuer, n’est-ce pas ? Elle ne répondait pas. — Regardez-moi. Elle s’est retournée doucement, ses yeux humides comme des quetsches. — Qu’est-ce que vous attendez ? Il y a trop de monde ? Ou vous vous inquiétez à cause de *Chez Mad* ? Inutile, personne ne sait que je m’y suis rendue. Et lorsque je ne me présenterai pas au travail demain, personne, au SD, ne saura où me chercher.

— Vous travaillez pour le SD ?

— Oui.

Elle s’est levée. « Venez, on s’en va maintenant. » On est sorties l’une derrière l’autre.

Nous avons marché jusqu’au coin de la rue Notre-Dame-des-Champs. Puis nous avons passé une barrière pour entrer dans une cour, et suivi un passage jusqu’à une porte. Elle a ouvert la porte avec une clef et allumé.

On se trouvait à nouveau dans un studio, beaucoup plus petit que le précédent. Et beaucoup plus propre, Dieu merci ! En fait, il était impeccable. Et sans aucune fenêtre, juste un châssis vitré. Les hauts murs étaient peints en turquoise, ses toiles, sept ou huit, appuyées contre un coffre, à l'envers.

Pas de lit.

« Il n'y a pas assez de lumière pour que je vous montre quoi que ce soit. Ou seulement ça peut-être. »

Elle a déroulé un grand dessin, le croquis élaboré d'un genre de mécanisme, tout de spires et de ressorts.

— Qu'est-ce que c'est ?

— L'intérieur d'une serrure.

— Et où est le... ? Je regardai autour de moi. — Je me demandais où vous dormiez.

— En haut. Elle a allumé une cigarette. — Dans l'appartement de Mad.

— Oh ? Mad vit au-dessus ?

— Oui.

Cigarette aux lèvres, elle s'est assise sur le bord du coffre, en me désignant un tabouret. Je me suis également assise, les yeux fixés sur mes chaussures. Le silence a duré au moins quinze minutes.

— Vous avez raison, dit-elle finalement. J'avais vraiment l'intention de vous tuer. J'ai changé d'avis. J'espère ne pas avoir à le regretter.

— Il n'est pas trop tard.

— Si. Bien trop tard.

— Tuez-moi demain, laissez-moi vivre cette nuit. Seulement une demi-heure, seulement le temps de dire une prière ! Je meurs d'une innocente mort. Recommande-moi à mon bon Seigneur.

Elle m'a regardée, ses yeux dilatés en de vastes diamètres verts.

— Othello, j'ai expliqué, la mort de Desdémone.

Elle a secoué la tête, en agitant les mains en l'air.

Puis elle a ri. Moi aussi. Le silence est retombé.

— Mon Dieu, Marie-José, ai-je supplié. S'il vous plaît, faites quelque chose.

— Oui.

Elle a délié ses sandales, s'est levée pour ouvrir le coffre. Elle en a sorti un lourd édredon qu'elle a étalé sur le sol. Elle a éteint la lumière.

Je la regardais, les entrailles nouées, tandis que debout sous le châssis vitré, dans une avalanche de clair de lune, elle retirait son pantalon blanc et son pull-over violet.

De l'argent brillait à l'une de ses chevilles. Je ne pouvais en détacher mon regard. « Qu'est-ce que c'est ? »

Uniquement vêtue d'ombre perlée, elle a soulevé la jambe, et posé le pied sur le coffre. Elle s'est penchée pour détacher une chaîne de sa cheville.

« C'est du platine. Mon père me l'a donnée quand j'ai passé mon bac. » Elle l'a rangée sur une étagère.

J'ai quitté le tabouret, ôté ma robe, mes chaussures et mes bas. Je me suis glissée entre ses bras ouverts. Nos cuisses se sont effleurées, nos seins, nos nez, puis nos lèvres, et enfin nos corps se sont fondus, sans réserve. Elle était aussi chaude qu'un fourneau. Je suffoquais sous ses baisers... Ses yeux contre mes yeux devenaient des orbites géantes de béryl sulfureux.

Nous nous sommes séparées, nos narines à la recherche de nos odeurs, nos mains s'abaissant entre nos corps, nos orteils mêlés. Nos bras se sont soulevés, nos langues lappant notre sueur.

Elle s'est doucement éloignée de moi. « Est-ce que tu aimes jouer à des petits jeux ? », a-t-elle chuchoté.

— Non. Oui. Je n'sais pas. Quels jeux ?

— Ça, par exemple. Elle s'est glissée dans l'ombre laiteuse, pour revenir avec un fouet.

Je suis retournée au *George V*, le lendemain à huit heures du matin, le dos fourbu et le derrière en feu, à peine capable de marcher. Je ne désirais que tomber dans une baignoire d'eau bouillante et mourir. Mais je n'en avais pas le temps. J'ai pris une douche, et enfilé mon uniforme. A neuf heures, j'étais au bureau.

L'Obersturmführer est arrivé à neuf heures et demie, furieux.

— Ohlendorf veut vous voir, il grondait, vous pourriez lui rappeler que vous travaillez pour moi, pas pour la Gestapo.

— Oui, monsieur.

La seule idée de retourner dans ce zoo de la rue Galilée me glaçait. Je ne pourrais supporter un nouvel interrogatoire.

Au lieu de descendre l'avenue Marceau, j'ai fait le grand tour, *via* les Champs-Elysées, l'avenue George-V et la rue Vernet.

C'était divin. Une matinée olympienne. Paris faisait toujours le mort, mais quelques signes de résurrection apparaissaient, ici et là. Des volets étaient ouverts, des fleurs ornaient certains balcons, des serveurs balayaient des terrasses de cafés, des indigènes en bicyclettes commençaient à sortir de leurs trous.

Le dos agréablement engourdi, j'ai alors été certaine de survivre.

Quelle nuit ! Incroyable !

J'avais fouetté Marie-José la première. D'abord gentiment, puis, tandis qu'elle se roulait par terre, gémissait, baragouinait, me léchait les pieds, me caressait les genoux, j'avais été saisie d'une lubricité frénétique. Possédée ! Saisie par la débauche ! Et je l'avais rouée de coups de toutes mes forces.

Puis, enfouies dans le duvet, nous avions fait l'amour jusqu'à épuisement.

Ensuite, à mon tour ! Mon Dieu ! Rien que d'y penser, j'en avais les poils sous la jupe qui se hérissaient, et le derrière qui se balançait de manière obscène.

J'étais endormie lorsque le coup de fouet m'avait éveillée, me mordant l'épine dorsale d'une mâchoire de crocodile. Un millier d'aspics plantaient leurs crochets dans mon dos, me paralysant d'extase. Des cobras s'enroulaient autour de mes hanches et me rongeaient l'anus. Des frelons lascifs me volaient entre les jambes et me piquaient dans des endroits dont j'ignorais jusqu'alors l'existence. Ils ont transformé mon sang en lave, m'ont étourdie. Ils m'ont fait éclater comme un melon, éclaboussant tout le studio de ma luxuriance dégoulinante.

Et de nouveau, nous avons fait l'amour, nous extirpant l'une de l'autre nos dernières gouttes de jouissance. Après quoi, il ne resta de nous que deux épaves vidées.

Etrangement, tandis que j'étais là, en train de marcher au soleil, je me sentais prête à recommencer. La sueur me coulait agréablement le long des bras, mes cuisses qui frottaient l'une contre l'autre me démangeaient d'une envie brûlante. J'avais envie de me glisser sous un porche pour me toucher.

Même le sous-sol de la Gestapo ne m'effrayait plus.

Rue Galilée, Ohlendorf, ce mâle-faisant, sortait justement de l'immeuble, suivi de deux larbins qui portaient ses valises. Il m'a saluée joyeusement, tout sourire, comme Richard III :

Why, I can smile,
And murder while I smile[1].

Il se rendait à Leipzig et tenait à me remercier pour ma « merveilleuse, merveilleuse coopération ». Il a ouvert un de ses sacs pour y pêcher une bouteille de parfum, et me l'offrir en me baisant la main galamment. Et le voilà parti. *Auf Wiedersehen* !

Merde ! C'en était fait de ma vengeance ! Je ne le reverrais probablement jamais et la mort du pauvre Sanders resterait impunie.

1. Eh bien, je peux sourire,
Et assassiner en souriant.

Tant pis ! Je châtierai l'Obersturmführer Weiss à la place. Un cochon d'enculé de S.S. ne valait pas mieux qu'un autre.

Mad habitait un immense appartement de la rue Notre-Dame-des-Champs. Marie-José et moi nous y rendions pour nos orgies, tous les soirs, nuit après nuit, de dix heures jusqu'à l'aube, pendant que Mad était au club.

Je vacillais jusqu'à mon hôtel vers six, sept heures du matin, puis jusqu'au bureau, où je somnolais toute la journée.

Les samedis et dimanches, on passait la journée ensemble. Nous sommes allées à Versailles, deux fois, et une fois à Fontainebleau. Nous avons vu des films et des pièces. Et bien sûr nous avons marché dans tout Paris, errant inlassablement à travers chacun des vingt arrondissements.

Nous avons passé des après-midi entiers dans des cafés, à Montparnasse, aux Champs-Elysées, à Saint-Germain-des-Prés, à Pigalle, et au Quartier latin. Marie-José connaissait tout le monde, et j'ai rencontré des milliers d'acteurs et d'actrices, de metteurs en scène, de poètes et de peintres.

Quand nous en avons eu assez de nous fouetter, nous avons abordé d'autres « jeux ». Elle m'a emmenée chez le coiffeur, et fait couper mes cheveux encore plus courts que les siens. Elle m'a prêté un des costumes masculins de Mad, et nous allions danser, ou au restaurant. Ou alors on se déguisait toutes les deux en garçons, pour essayer de draguer des filles dans le métro. Un soir, nous avons réussi à entraîner deux charmantes secrétaires dans un hôtel de passe de la rue d'Odessa. Après leur avoir fait l'amour, flanc à flanc, sur un lit sale et puant, nous nous sommes découvertes dramatiquement, en leur racontant que nous étions deux policiers de la police des mœurs. On les a menacées de les arrêter pour « non-discrimination » si elles ne nous retournaient pas nos faveurs. Les deux pauvres choses, terrifiées, ont obtempéré, avec une dextérité surprenante. C'était terriblement drôle et excitant.

Une nuit d'octobre, on a joué au « jeu » le plus étrange de tous. Nous étions restées au studio toute la soirée, à boire du cognac et à fumer du kif. Marie-José peignait mon portrait en pied sur la porte, dans la cinquième position classique de la ballerine, avec pour seul vêtement, des sandales lacées à mes chevilles. J'étais épuisée à force d'être debout, les pieds pointant dans toutes les directions, je me suis donc allongée sur le duvet pour faire une sieste. Je me sentais cuite, aussi. J'ai dormi, d'après mon *Dictionnaire d'argot américain : like a log* — comme une souche — et rêvé d'*Anthony Adverse*, faisant voile vers Cuba, sur un bateau hanté par le fantôme d'une petite fille.

Et je me suis réveillée, sous Marie-José, enfoncée très très profond en moi. J'étais absolument incapable de comprendre comment sa langue pouvait, à la fois, se trouver dans ma bouche et en bas, entre mes jambes. Et quelle langue ! Elle s'étirait, s'étirait, se déroulant sur des kilomètres !

« C'est à Mad, a-t-elle chuchoté. Soulève tes hanches. » Elle s'est levée. « Regarde ». J'ai baissé la tête, pour regarder entre nos deux corps. J'ai vu un pénis. « Quel effet ça te fait ? » Elle a replongé en moi, en grognant dans mon oreille.

C'était attaché à sa taille, ça creusait son terrier dans mon corps, comme une taupe agile, ça forait son tunnel, me déchirant, me faisant rebondir, et finalement, me propulsant à travers le châssis vitré, par-dessus les toits, jusqu'à ce que je vole en éclats dans le ciel sombre.

Après ça, plus personne ne pourrait dire que j'étais vierge.

Un matin, Weiss s'est précipité dans mon bureau, pâle d'émotion. « Le Führer, balbutiait-il. Ligne deux ! »

J'ai décroché mon téléphone, et poussé le deuxième bouton.

— Allô !

— Edmonde ?

J'ai failli tomber de ma chaise. C'était le Führer ! Il m'appelait de l'aéroport du Bourget.

— Je suis à Paris pour la journée, m'a-t-il annoncé avec sa voix *Hofbräuhaus* râpeuse, bien connue. Je vais faire du tourisme, envie de m'accompagner ?

— Eva est avec vous ?

— Certainement pas.

Je l'ai rejoint une heure plus tard, sur les marches de l'Opéra, escorté d'un tas de *Very Important Persons*, toutes entassées dans trois Mercedes Sedans. Nous nous sommes salués, et il m'a serré la main, très protocolaire, claquant les talons à la Eric von Stroheim.

Rayonnant, il m'a prise par les épaules. « Vous êtes très en beauté. »

— Merci, mon Führer. Vos victoires en sont la cause.

Il a aboyé comme un chiot joyeux et m'a embrassée sur la joue ! Mon Dieu ! Quelle lubricité !

Notre groupe a envahi le bâtiment et sillonné tous ses couloirs et ses foyers pendant une heure. Je trouvais le décor baroque et hideux, un cauchemar d'ornements de pain d'épice et de mauvais goût nouveau riche. Mais lui se répandait en compliments, se pâmait devant tout. Le grand escalier l'a fait danser d'allégresse.

— Je suis content de ne pas avoir fait détruire Paris ! a-t-il croassé. J'en avais vraiment l'intention, Edmonde.

— Non ! De détruire Paris ?

— Oui, vraiment. Il s'est frotté les mains. — De raser toute la cité, comme Carthage.

— Mais pourquoi ?

— Vous avez raison. Pourquoi se fatiguer. Quand j'aurai reconstruit Berlin, tout ça ne deviendra que l'ombre de la grandeur. Rappelez-moi de vous montrer les plans la prochaine fois que vous viendrez à la chancellerie.

La compagnie s'est entassée dans les Sedans. On a descendu le boulevard de la Madeleine, la rue Royale, et traversé la place de la Concorde.

— Comment va Eva ? demandais-je.

— Bien, bien. Elle parle souvent de vous. Vous lui manquez. Vous êtes son amie la plus chère, vous savez.

Je pensais à la chose attachée à la ceinture de Marie-José. Mon Dieu ! Eva en serait folle ! « Mon Führer, pourrait-elle venir à Paris, me rendre visite ? »

— Non. J'ai peur que non. Il m'a regardée, ses yeux pleins de morgue. Je me suis sentie glacée, jusque dans mes entrailles. Est-ce qu'il savait ? Non, certainement pas ! Comment le saurait-il ? Et pourtant... Il s'est détourné pour se pencher à la vitre. — C'est la rue de Rivoli ?

— Non. J'essayais d'avaler, mais j'avais un glaçon dans la gorge. — Les Champs-Elysées.

— Ah oui.

Nous sommes descendus de voiture au Trocadéro, pour traverser l'esplanade. Alignés comme un peloton d'exécution, nous avons observé la tour Eiffel, de l'autre côté du fleuve.

Impressionné, Hitler a croisé les bras en penchant la tête et en marmonnant. Je lui ai raconté la blague éculée du touriste américain du Texas, persuadé qu'il s'agissait d'un puits de pétrole. Il n'a pas ri. « Ne jouez pas trop les Françaises, Edmonde. »

On nous a photographiés, et la semaine suivante, je me retrouvais dans le magazine *Signal*.

Retour aux voitures. Prochain arrêt, les Invalides. Nous avons défilé dans les cryptes, examiné le sarcophage de Napoléon, avec l'humeur macabre et solennelle qui convenait.

— Je ne veux rien de tout ça, quand je mourrai, a dit

Hitler catégoriquement. Une simple tombe de soldat me suffira, merci. Dans un cimetière militaire, au milieu de mes camarades tombés au combat. Je ne veux ni châsse, ni pyramide, ni dôme. Le Troisième Reich sera mon monument commémoratif. Edmonde ?

— Mon Führer ?

Il m'a prise à part. « Y a-t-il des toilettes ici ? »

Je l'ai conduit dans les profondeurs, à la recherche d'un pissoir. Impossible d'en trouver. Finalement il a pissé par terre, dans une alcôve.

Après, nous avons visité le Panthéon, la place des Vosges et la Sainte-Chapelle.

Dans la voiture, il m'a pris la main. « C'est le jour le plus heureux de ma vie, a-t-il dit enthousiaste. J'avais toujours rêvé de venir à Paris. »

Soudain, j'ai été prise d'une folle inspiration : « Allons à Montparnasse. On s'assiéra à une terrasse de café pour boire une bière. » Puis je me suis rappelée qu'il ne buvait pas. « Ou une limonade, ou un vichy. »

— Non, ma chère.

— Ou... Je sais ! Il y a une artiste qui fait mon portrait. Venez dans son studio, je vous le montrerai.

— Je n'ai pas le temps pour ce genre de choses, Edmonde.

— Pourquoi pas ? Il faut trouver le temps ! Sinon, à quoi sert de conquérir le monde ?

Il a souri et dit : « Le monde n'est pas encore conquis. — Il m'a tapoté le bras. — Pas tout à fait. Mais je vous promets que nous irons prendre ensemble une tasse de thé, l'année prochaine, dans un pub, à Londres. »

En regardant par la vitre, j'ai vu papa, sur un pont. J'en ai eu le souffle coupé.

— Que se passe-t-il, Edmonde ?

Il était là, avec son imperméable miteux. Je détestais cet imperméable, il lui donnait l'air d'un voyou. Il ne bougeait pas...

— Quelqu'un de votre connaissance ?

— Non. Je pensais que c'était... Il ressemblait...

— Pourquoi les rues sont-elles si sales ? Il n'y a pas d'éboueurs à Paris ? Quand les Britanniques ont bombardé Berlin le mois dernier, tous les citoyens se sont rassemblés avec des balais et des pelles, et en une heure tout le fatras était nettoyé.

Je reconnaissais les symptômes. Il était parti pour une de ses tirades.

— Je suis convaincu qu'il faut garder la tête froide pour traiter avec les Français, aussi bien maintenant, pendant l'armistice, que quand le traité de paix sera formulé. — Je me suis laissée aller sur le siège, en fermant les yeux. — Il ne faut pas oublier tous les précédents historiques, et les sentiments ne doivent avoir aucune part dans nos décisions. Nous ne devons pas nous contenter du contrôle des îles de l'Atlantique. Et pour assurer la suprématie du continent, il est également indispensable de maintenir nos bastions sur ce qui était auparavant la côte Atlantique.

Il parlait sans s'arrêter, de son débit monotone.

— Nous ne devons pas oublier que l'ancien royaume de Bourgogne a joué un rôle prédominant dans l'Histoire allemande, qu'il appartient depuis des temps immémoriaux au sol allemand, et que les Français nous l'ont arraché à une époque de faiblesse. Non seulement ça, mais...

A quatre heures, le convoi est retourné au Bourget. A l'aéroport, Hitler m'a laissée seule, pendant qu'il bavardait avec ses lèche-bottes. Brusquement, il m'a fait signe de le rejoindre, visiblement contrarié.

— Je devrais vraiment rapporter un cadeau pour Eva.

— Vraiment, oui.

— Mais quoi ? Où puis-je acheter quelque chose ?

J'ai pris la bouteille de parfum d'Ohlendorf dans mon sac. Je n'avais même pas pensé à l'ouvrir. « Donnez-lui ça. »

Il a accepté avec reconnaissance. « Du parfum ! Parfait ! » Il m'a baisé la main. « Merci, chère Edmonde. » Il a appelé un de ses officiers. « Colonel Speidel. Veuillez ramener la camarade Kerrl à Paris ! »

Et puis, il s'est envolé vers son nuage de folie. Le colonel Speidel m'a déposée à Vavin. Je suis allée au Dôme boire trois Pernods.

Mad nous a surprises, bien sûr. Ça devait arriver tôt ou tard. Au lieu de revenir à l'aube, elle est rentrée tranquillement un soir à onze heures, pour nous trouver au lit.

Nous n'avons pas joué la scène habituelle de « Ciel, mon mari ! ». Elle n'était même pas en colère. Aucun signe de cette agonie que j'avais endurée en découvrant Lucie par terre avec son andouille de S.S. pustuleux. Au contraire, Mad s'est contentée de rire, d'enlever son smoking, et de grimper dans le lit entre nous.

« Bien, bien, petites filles, a-t-elle dit de sa voix traînante. Maintenant, il faut payer la propriétaire. » Nous attrapant par la nuque, elle a abaissé nos têtes sur elle et, tour à tour, nous l'avons follement excitée. Elle faisait des moulinets, braillait, nous donnait des coups de pied, et des coups de poing sur les épaules. C'était comme d'avaler un tourbillon. Et quand elle s'est enflammée, le lit a presque chaviré.

Puis nous avons ouvert une bouteille de whisky et pris une cuite démentielle... Marie-José a mis un disque sur le Victoria et j'ai dansé avec elle. Puis avec Mad. Nue, Mad était bien plus attirante que dans son costume ridicule de maître d'hôtel. Une vraie Junon ! Aussi mince et souple qu'un athlète, des épaules tachées de son, un derrière insolent style Folies-Bergère, et des bras couverts d'un duvet blond.

Une fois la bouteille vide, elle s'est assise à sa coiffeuse pour se parer de tous ses bijoux, s'enveloppant de dizaines de colliers et de bracelets, autour de son cou, de ses bras et de ses chevilles, et de ses cuisses. Elle nous a fait agenouiller devant elle. Marie-José a pris son pied gauche, moi le droit, et il nous a fallu lui lécher les orteils en demandant pardon. Alors la nuit s'est transformée en un salmigondis d'estomacs et de diamants, de hanches et de saveurs d'émeraudes, de tétons et d'aisselles, de perles et de nombrils, de cataclysmes océaniques, formidables, triomphants.

Des genoux s'abaissaient sans cesse sur moi, de chaque côté de ma tête. Je ne savais même pas à qui ils appartenaient. J'absorbais tout ce qui passait à ma portée, pareille à un glouton aveugle, submergée dans un gigantesque pudding.

Une fois, en rampant à travers une forêt de jambes, je me suis retrouvée face à face avec Marie-José, et nous nous sommes embrassées tendrement, aussi chastes que deux sœurs. C'était délicieux à pleurer.

Des dents me ravageaient, des bosquets de poils m'étouffaient, des langues comme des fourmiliers me léchaient à vif. Puis Mad s'est attaché la chose et m'a sauté sur le dos, me donnant des grandes poussées dans le derrière. Marie-José nous a fouettées en hurlant comme une sauvage, et puis...

Et puis, un matin, j'ai tiré les rideaux et regardé par la fenêtre. C'était le printemps. Un hiver entier avait passé. Je n'avais pas lu une seule page d'*Anthony Adverse* depuis des mois, et j'avais honteusement négligé mon travail. Mes dossiers et mes listes étaient en pagaille. L'Obersturmführer se montrait très patient avec moi, et même, à l'occasion, poli. La vérité, c'est que je lui faisais un peu peur. Le coup de téléphone d'Hitler l'avait mis sur ses gardes. Mais ce cochon d'enculé, après avoir été promu Hauptsturmführer, est redevenu infect. Il a supprimé mes congés de week-end, et m'a donné vingt-quatre heures pour mettre de l'ordre dans mon bureau.

Je décidai de le rembarrer.

Marie-José, Mad et moi-même étions en train de déjeuner dans un restaurant de la place Denfert quand l'idée m'a frappée :

— J'espère que vous n'êtes pas membres de la Résistance ? ai-je fait remarquer, l'air de rien.

— La Résistance ? Mad a laissé tomber sa fourchette. Quelle idée !

Les yeux vert magnésium de Marie-José ont explosé : « Pourquoi tu dis ça, Edmonde ? »

— Parce qu'il se prépare un énorme raid. Je baissais la voix. — Des dizaines de personnes vont être arrêtées.

— Qui ? ont-elles demandé, terrifiées.

— Je n'en sais rien. L'Hauptsturmführer Weiss garde la liste dans son porte-documents. C'est tellement confidentiel qu'il ne la laisse même pas au bureau.

Elles voulaient savoir qui était l'Hauptsturmführer Weiss. Je le leur ai dit. Trois jours plus tard, il était abattu, dans son appartement de la rue Copernic, dans le XVIe arrondissement.

Je me suis précipitée chez Mad, pour fêter ça. Le club était fermé. Je suis allée jusqu'à la rue Notre-Dame-des-Champs. Il n'y avait personne non plus dans l'appartement. Je suis descendue au studio de Marie-José. Elle n'y était pas.

Je l'ai attendue toute la nuit, Ophélie errante sur le boulevard Montparnasse :

O heavens ! is't possible a young maid's wits
Should be as mortal as an olds man's life ?[1]

A trois heures du matin, papa est sorti de la rue Bréa, pour prendre le boulevard Raspail. Je l'ai suivi, dans son dos, presque à son côté. Et nous avons traversé ensemble la Maximilian-Platz, la Briennerstrasse, jusqu'au Hofgarten. Nous sommes passés par les bois de Bad Tölz, nous avons marché dans les prairies et les chemins, le long du fleuve, sur chaque centimètre carré de tout ce que j'avais perdu.

1. Est-il possible, ô cieux, que la douce raison d'une enfant soit aussi fragile que la vie d'un vieillard ?

Puis nous nous sommes retrouvés boulevard Edgar-Quinet, et il est entré au cimetière. J'ai essayé de le suivre, la grille était fermée.

La Gestapo m'a téléphoné le matin suivant. Ils voulaient que je vienne immédiatement rue Galilée.

Ohlendorf avait été remplacé par un nouveau cochon d'enculé, un spécimen de Cro-Magnon appelé Roesch. Je suis entrée dans son bureau en le saluant.

— Heil, Hitler !

— Heil, Hitler !

Il riait bêtement. Il ressemblait à un bison. Il a poussé un carnet devant moi. Mon cœur a plongé dans mes intestins. C'était le carnet de croquis de Marie-José ! Merde ! Il était couvert de dessins de moi.

— C'est bien vous, Kerrl ?

— Oui, monsieur.

— Vous connaissez Marie-José Carré ?

— Oui, monsieur.

Il s'est rassis en allumant un cigare. « Où l'avez-vous rencontrée ? »

— A Montparnasse. C'est une artiste. Elle prépare un portrait de moi.

Il a regardé plusieurs croquis en souriant. C'étaient des nus, naturellement.

— Sans vos vêtements ?

— Oui, monsieur.

— Vous avez posé nue, Kerrl ?

— Oui, monsieur. Pour le Führer.

— Le Führer ! Sa bouche de buffle s'est ouverte. Pour le Führer ?

— Oui, monsieur. Il s'agit d'une peinture pour le musée qu'il construit à Linz. En fait, il l'a suggéré lui-même, lors de son séjour à Paris.

Il m'a crue. Il savait que j'avais accompagné Hitler dans sa célèbre balade touristique. Tout le monde en France le savait.

— J'ai fait quelque chose de mal, monsieur ?

Il a éteint son cigare. « Non, certainement pas. Mais... euh... » Il avait l'air presque embarrassé. « Votre amie a été arrêtée. »

— Arrêtée ? Mes genoux se sont noués. Marie-José ? Sur quelle accusation ?

— Meurtre.

Il m'a emmenée au sous-sol. La pauvre Mad était étalée sur le sol, comme un vieux chiffon. Elle sanglotait convulsivement.

Et sur cette même table, la table de Sanders, gardée par les mêmes deux bouchers en tablier de cuir, gisait Marie-José.

Nue, les deux jambes cassées, un de ses adorables yeux verts en moins.

Un petit homme chauve, penché sur elle, lui posait un stéthoscope sur le cœur. « Vous êtes pire qu'Ohlendorf, grommelait-il. Vous êtes censé interroger les prisonniers, pas les démolir. »

— Elle est morte ?

— Bien sûr qu'elle est morte.

Haussant les épaules, Roesch a allumé un nouveau cigare.

— C'est pas grave. L'autre nous dira ce qu'on voulait savoir.

Il m'a rattrapée au moment où j'allais tomber. Ils m'ont portée jusqu'en haut, et le petit monstre chauve m'a donné une pilule.

Plus tard, je suis retournée dans le bureau de Roesch pour lui demander si je pouvais réclamer le corps. Il en est resté bouche bée.

— Pour quoi faire ?

— Les funérailles, monsieur.

Après quelques instants de trouble, il a fini par consentir. Je suis redescendue au sous-sol.

Une des brutes était sur le sol avec Mad, en train de la sodomiser.

L'autre s'était allongé sur Marie-José et violait son cadavre.

Je me suis assise sur les marches, pour attendre qu'ils aient fini.

J'étais dans un bar du Kurfürstendamm quand petit Joseph a lu la déclaration du Führer à la radio.

« Sous le poids de lourdes préoccupations, condamné à des mois de silence, je peux maintenant m'adresser librement à mon bien-aimé peuple allemand. En ce moment, une opération est en cours, qui par son ampleur, peut se comparer aux plus grandes que le monde ait jamais connues. J'ai à nouveau décidé aujourd'hui de placer le destin et l'avenir du Reich et de notre peuple entre les mains de mes soldats. Que Dieu nous aide et assure notre victoire. »

— Dieu du ciel, a marmonné Otto. On va en Russie.

Il a commandé un nouveau Martini.

Je ne l'avais pas vu depuis des années, depuis l'époque de Munich. Il était maintenant Standartenführer, et travaillait pour la Wirtschaft-und-Verwaltung Hauptamt S.S. Je l'avais rencontré à un déjeuner chez les Himmler, et naturellement, personne n'avait fait allusion à une invasion de l'U.R.S.S.

— Tu crois qu'Heinrich était au courant ? lui ai-je demandé.

— J'en suis sûr. Après tout, il est le bras droit du Führer. Toujours aussi zélé et con !

— A propos de bras droit, qu'est-il arrivé à Hess ?

— Hess ? Il m'a regardé à travers son monocle. Qu'est-ce que tu veux dire ? Il est en Angleterre, non ?

Disparu brusquement l'année précédente. On pensait

tous qu'Hess avait été « éliminé », comme Ernst. Jusqu'à ce que les Britanniques annoncent qu'ils le retenaient prisonnier à Londres. La version officielle de l'histoire demeurait, comme d'habitude, obscure.

— Que faisait-il en Angleterre, Otto ? Comment est-il arrivé là-bas ? Et pourquoi ?

— Oh, qui sait ? Il s'est tortillé, irrité. — Que ? Quoi ? Comment ? Tout semblait tellement simple et direct au départ. Pur et limpide, comme du Bach. Maintenant, plus rien n'a de sens ! La Russie ! Quand je donnais mon cours de science politique, à Bad Tölz, j'ai expliqué en détail aux cadets que Staline était notre allié et que le communisme et le nazisme avaient exactement la même idéologie. Maintenant...

Il a bu mon Martini.

— C'est mon verre.

— Désolé.

Il en a recommandé deux.

J'attendais avec impatience qu'il me demande de coucher avec lui, pour l'envoyer au diable. Mais il était complètement asexué à présent, sans pistils ni étamines.

— Tu devrais voir les ordres que j'ai, commença-t-il à dire. Ils... Et puis tant pis.

La Wirtschaft-und-Verwaltung Hauptamt — en résumé, la WVHA — était, comme son nom l'indique, la section économique et administrative de la S.S. Mais selon la rumeur elle se laissait aller à quelques activités périscolaires, encore plus répugnantes que les riddotos de la Gestapo. Pauvre Otto !

N'importe comment, on est allés au lit. Je me sentais trop épuisée pour retourner à mon hôtel de Steglitz, et le Bristol se trouvait juste au coin.

On s'est glissés, nus, sous les couvertures, mais rien ne s'est passé.

— Tu n'en as pas vraiment envie, n'est-ce pas, Eddy ?

— Non, Otto. Je ne te savais pas aussi perspicace.

— Hiii ! C'est froid ! Qu'est-ce que c'est ?

— Du platine !

— Fais voir. J'ai levé la jambe. Pourquoi la portes-tu à la cheville ?

— C'est comme ça. Elle appartenait à une amie, à Paris. Elle est morte.

— Tu as de belles jambes.

— Tu veux que je te raconte ses funérailles ?

— Si ça te fait plaisir.

— L'entrepreneur des pompes funèbres n'avait pas d'essence pour le corbillard. Et pas de chevaux pour le tirer non plus. Il les avait vendus au marché noir. Les chevaux valent une fortune à Paris. Ce sont les bouchers qui les achètent. Donc on a mis son cercueil dans une voiture des quatre saisons et on l'a poussée dans la rue Delambre et le boulevard Edgar-Quinet, jusqu'au cimetière Montparnasse. Mais la tombe n'était pas assez profonde. J'ai dû payer un vieux cochon d'enculé avec une pelle, cinq cents francs supplémentaires, pour qu'il creuse deux mètres de plus. Puis, une fois la boîte dans le trou, il n'a pas voulu la recouvrir de terre, parce qu'il était six heures passées et que l'endroit était censé fermer à cinq heures et demie. Alors je lui ai pris la pelle et j'ai comblé la fosse moi-même. Le lendemain, je suis allée chez un tailleur de pierre, et j'ai fait graver un vers sur un morceau de marbre. Ça m'a coûté sept mille francs. Ça disait : « Je t'aurais offert des violettes, mais elles ont toutes fané à la mort de mon père. » Hamlet, acte quatre, scène cinq.

— Bonne nuit, Eddy.

— Bonne nuit, Otto.

Papa était certainement heureux d'être de retour en Allemagne. Il dansait autour de la chambre comme un elfe, tapait sur les murs, renversait des chaises, et jouait des cymbales avec les cendriers.

J'ai allumé pour tenter de le surprendre, mais il s'est

esquivé dans la salle de bains, et s'est caché derrière le rideau de la douche.

Le lendemain, j'apprenais par un ami de l'O.K.W. que le général Heye commandait une division motorisée avec la Première armée Panzer de Von Kleist, dans l'Armée du groupe Sud. Lisa se trouvait à Dresde, chez ses parents. J'y suis allée en avion deux soirs plus tard, mais sa mère m'a dit qu'elle était déjà repartie, à Postdam. Je suis revenue à Berlin, dans l'intention d'aller la voir dès que je mettrais pied à terre. Mais entretemps, mes nouveaux ordres étaient arrivés. On m'avait affectée à un truc appelé le Rass-Und-Siedlings-Hauptamt. Il s'agissait à l'origine du bureau de mariage de la S.S. Dieu seul savait ce que c'était devenu ! En tout cas, son acronyme convenait assez : RUSHA.

Le même jour, je partais pour la Russie.

L'Ukraine était une nappe jaune interminable, couverte de tournesols et de papillons. Jour après jour, elle s'étendait en une éternelle coloration ocre, transformant les géants en nains, donnant aux tanks l'apparence de boîtes d'allumettes sur un océan.

Hitler n'arriverait jamais à conquérir cette immensité. Je l'ai su dès que j'ai vu. Nos canons ne tiraient pas assez loin, notre fer était trop fragile pour survivre aux kilomètres. On ne pouvait même pas l'envahir ! Si chaque femme allemande avait vingt fils, si chacun d'eux était soldat, il n'y aurait encore pas assez de troupes pour occuper une route entre Kharkov et le fleuve Bug.

Soixante-sept divisions d'infanterie et quatre Corps Panzer divisés en huit armées Panzer se réduisaient à un point, une infime chiure de mouche, sur le grand espace vide d'un drap safran.

Nous courions au désastre, je le sentais dans mes os.

I have an ill-divining soul
Methinks I see thee
As one dead in the bottom of a tomb[1].

J'ai traversé Brest-Litovsk en camion, passé le Dniester dans un half-track, et je suis arrivée en bondissant dans le side-car d'une moto, à un endroit du nom de Zhmerinka.

Là, j'ai présenté mes papiers à un certain von Rundstedt, commandant en chef de l'armée du groupe Sud. Confondu, il a lu mon ordre de mission. « Je ne comprends pas. Qu'est-ce que ca veut dire ? »

— On m'a rattachée à l'armée du Groupe, monsieur, dans le but de sélectionner de cinquante à cent Russes de sexe féminin, et de les embarquer immédiatement pour l'Allemagne.

— Des femmes russes, pour quoi faire ?

— Pour les bordels de la Waffen S.S., monsieur, en France occupée.

— Vous plaisantez ?

— Non, monsieur.

Il en est resté sans voix. Il s'est levé de son bureau, s'est dirigé vers la porte, qu'il a ouverte en s'inclinant. « Dehors. »

Son adjudant s'avérait plus sympathique. Il m'a adressée au commandant de la Reserve Leibstandarte Panzer, qui m'a prêté une voiture, et suggéré de contacter le G.B.A. à Balte. Il m'a également fourni une carte russe, et en suivant ses contorsions, j'ai pris la direction du sud, le long du Dniester. Cinq heures plus tard, je me suis retrouvée dans une ville fantôme, lugubre, au milieu de nulle part. Je crois qu'il s'agissait de Kamenka.

Comme tous les bâtiments étaient plus ou moins

1. J'ai une âme divinatrice du mal
Il me semble te voir
Mort au plus profond d'une tombe.

intacts, j'ai décidé d'y passer la nuit. J'ai garé la voiture dans une grange, sorti mon sac de couchage, et élu domicile dans la salle d'attente de la gare. Je me suis installée pour dormir sous un portrait de Staline qui, du haut du mur, me lançait des regards noirs. Il ressemblait vaguement à Warner Baxter.

A deux heures du matin, réveillée par des hennissements de chevaux, je me suis extirpée de mon sac de couchage pour jeter un œil par la fenêtre. La cavalerie occupait la rue. J'allais sortir la saluer, quand il m'est apparu que, jamais auparavant, je n'avais vu de semblables chevaux — rachitiques, minables, avec des petites têtes. Et leurs cavaliers portaient des lances.

Des Russes !

Mon sac de couchage replié, je l'ai caché sous un banc au fond de la gare. Puis, après m'être hissée sur le toit par une gouttière, j'ai rampé derrière une cheminée, d'où je pouvais observer la place.

Ils détenaient quinze ou vingt prisonniers, des Roumains en loques de la Troisième armée de Dumitrescu. Agenouillés, les mains liées derrière le dos, ils formaient un amas de misère. Autour d'eux, les cavaliers fumaient des cigarettes en les contemplant d'un air morne.

Ensuite, ils ont tous sorti leur gargouille pour uriner sur les captifs. Les Roumains, hurlant de terreur, tentaient d'échapper à leurs jets. Ils en étaient incapables. La corde qui leur liait les mains, les enchaînait également l'un à l'autre. Ils ne pouvaient que patauger, s'enliser.

Un des Russes est monté sur un baril pour faire un discours. Les autres l'ont acclamé. Puis tous ont filé dans un bâtiment d'où ils sont revenus en portant des tonnelets. Après avoir cassé le couvercle, ils en ont vidé le contenu sur la tête des prisonniers, les recouvrant d'une épaisse farine jaune. Une puanteur d'œuf pourri envahit la ville.

Du soufre !

Ils ont fait des Roumains hurlants un monticule immense. Ils les ont regardés mourir, avant de sauter sur leurs chevaux et de s'éloigner en galopant dans la nuit.

Je suis descendue du toit, pour aller chercher mon sac de couchage, et me précipiter dans ma voiture.

J'ai roulé toute la nuit. Puis la route a disparu. Elle s'arrêtait comme ça, pour se perdre dans un champ de fleurs sauvages. J'ai étudié la carte et calculé que j'étais quelque part entre la Moldavie et la mer Noire. Merde ! J'ai mangé une barre de chocolat en rêvant au boulevard Raspail. J'ai essayé de retourner jusqu'à la « route » mais je n'avais plus d'essence !

J'ai dormi. Puis j'ai lu le chapitre vingt-quatre d'*Anthony Adverse*. Un escadron de la onzième division Panzer m'a trouvée là, en fin d'après-midi. Ils m'ont raccordée à un Mark III et remorquée jusqu'à Balte, quarante kilomètres à l'est.

Le G.B.A. — Generalbevollmächter für den Arbeitssinsatz — était installé dans un ancien salon de coiffure, aux abords de la ville. Il s'agissait d'une organisation toute nouvelle, chargée de recruter des esclaves ukrainiens pour les usines d'armement allemandes. Un petit cochon d'enculé hystérique du nom de Fritz Sauckel en tenait le commandement. La lecture de mon ordre de mission l'a fait grincer de dépit.

— Non, non, non ! — Il tapait du pied. — La S.S. n'a pas le droit de venir réquisitionner des femelles pour ses claques ! J'ai besoin de tous les Russes valides que je peux attraper pour nos usines et nos chantiers navals !

— Mais l'Ukraine a plus de trente millions d'habitants, vous pouvez certainement vous passer de cinquante ou cent femmes.

— Je ne peux me passer de personne ! Rentrez et dites à Himmler de se mêler de ses affaires !

Alors c'était comme ça. Je me suis dit que je ne

gagnerais rien à continuer de vagabonder. Il me fallait mon propre bureau. J'ai trouvé une épicerie abandonnée, avec un garage adjacent. Je l'ai balayée, j'ai peint une croix gammée et RUSHA sur la vitrine, et je me suis installée.

Un régiment de la Vingt-cinquième motorisée stationnait à Balte, j'allai voir l'officier d'ordinaire pour lui demander si je pouvais prendre mes repas dans sa cuisine. Ce salaud prétentieux a refusé. La Wehrmacht n'était pas autorisée à partager ses rations avec la S.S. et vice versa. A moins de posséder un permis spécial de la Division GG/Hq.

Le quartier général de la Vingt-cinquième se trouvait dans une ferme collective, à trois kilomètres de la ville. J'ai emprunté un bidon d'essence à des mécaniciens pour m'y rendre. Le général en chef s'appelait Heye.

Il m'a invitée à déjeuner au mess des officiers.

La dernière fois que je l'avais vu, à l'opéra de Berlin, des millions d'années auparavant, il portait la quarantaine mince. Il était à présent âgé de cinquante ans, squelettique et complètement chauve. Blessé deux fois, il ne pouvait pas se servir de son bras gauche et portait un bandeau sur un œil, à la Lord Nelson. Il ressemblait à une girouette.

Quand je lui ai dit la raison de ma présence en Russie, il s'est indigné.

— Lorsque nous avons passé la frontière, assurait-il, les gens nous acclamaient comme des libérateurs. Les filles jetaient des fleurs au passage de nos half-tracks. Maintenant elles nous balancent des cocktails Molotov. Tout ça est de votre faute. A vous, à ce fou de Sauckel et aux autres vautours de l'Ostministerium. Vous allez transformer notre arrière-garde en charnier.

— Quand on a déclaré la guerre, en 39, je lui ai répondu, Göring a dit : « Dieu nous aide si nous perdons celle-ci. »

Lui et les autres officiers attablés sont restés silencieux. Les vents fétides du Styx soufflaient dans le hall du mess.

— Il ne faut pas perdre, a-t-il marmonné.

— Hitler est en train de commettre les mêmes erreurs que Macbeth et Richard III, j'ai poursuivi, les mêmes que n'importe quel tyran. Ils vont trop loin, « et sur les sommets de l'horreur s'accumulent les horreurs, bouleversant l'équilibre des choses, dénaturant la vie jusqu'au chaos ».

Ils me regardaient tous, l'air ébranlé.

— C'est de la trahison, a chuchoté Heye.

— Non, j'ai gloussé. C'est seulement du Shakespeare.

Il a souri. Au dessert, il y avait des fraises et de la glace. On a parlé de Lisa.

— Elle sera étonnée de savoir que vous êtes ici, dit-il. Elle pensait que vous séjourniez à Paris. En fait, elle a insisté pendant des mois pour que je demande un transfert en France. Elle voulait m'accompagner et passer vous voir.

Je me sentais incapable de répondre. La vieille boule familière me remontait dans la gorge. Comment savait-elle que j'étais à Paris ? Elle avait dû faire des recherches. Elle avait envie de me revoir ! Mon Dieu !

« J'irai lui rendre visite. — Je me débrouillais pour avaler. — Quand je reviendrai. Si je reviens. Y a-t-il un moyen de fuir cet horrible pays ? »

« C'est à voir », a-t-il répliqué.

Il m'a signé un permis m'autorisant à manger dans n'importe quel mess de la vingt-cinquième division, y compris la salle à manger du quartier général.

De retour au « bureau », j'ai enlevé mon uniforme, et étendu une couverture sur le sol. Je tentai de faire une sieste. Il faisait une chaleur infernale, et Lisa traversait sans cesse mes pensées. Des remous s'emparaient de mon corps, je n'avais pas fait l'amour depuis mon départ de Montparnasse.

Je suis passée dans le garage, nue, et me suis assise dans la voiture. De partout émanait une odeur de luxure — l'essence, la chaleur, la poussière, la lumière du soleil, l'ombre. C'était insupportable. J'ai fumé une cigarette. Des mouches bourdonnaient autour de moi, rampaient le long de mes bras, me chatouillaient le cou. Je me suis penchée en arrière, pour leur permettre de m'assaillir, de patauger dans ma sueur, de batifoler sur moi, comme des enfants sur une plage torride.

J'étais paralysée de désir. J'avais le feu au cul. Un volcan entre mes cuisses bouillonnait. Une mouche explorait mes tétons, passant paresseusement de l'un à l'autre, aller et retour, aussi lourde qu'un crabe, aussi délicate que le bout d'un doigt — un démon qui me rendait folle d'excitation.

How now you secret, black, and midnight hags !
What is't you do ?
A deed without a name[1].

Alors — ô miracle d'un délice rare — une fille divine appelée Edmonde est entrée pour s'asseoir à mon côté. Aussi nue que moi, aussi rougissante, tentante, dégoulinante. Et comme moi, elle portait une chaîne à la cheville. Elle a posé ses mains sur mes genoux et enfoui le bout de son nez sous mes bras.

Nous sommes restées assises un moment, ensorcelées, vibrantes.

Comment deux filles pouvaient-elles être si semblables ? Si harmonieuses, si homogènes ? Nous étions un concerto. Moi l'orchestre frémissant de musique, elle la soliste, riche en mélodies. Allegro maestoso pour deux Edmonde en *mi* bémol majeur.

J'ai essayé de me pencher pour lui baiser les hanches, mais elle était trop loin. Tout était trop loin en

1. Eh bien vous là, sorcières noires et secrètes de minuit ! Qu'est-ce donc que vous faites ? Une action innommable.

Russie. De quoi enrager ! J'avais envie de danser avec elle, de la serrer contre moi, de la prendre entre mes jambes, de poser ma joue sur sa chaude épine dorsale. Mais j'étais sur le Dniester, et elle allongée sur la rive lointaine du Don. Entre nous, la Mare Feocunditatiis.

Des poings frappaient à la porte.

Elle — nous avons bondi hors de la voiture. J'ai enfilé ma jupe et ma chemise pour sortir dans la rue. C'était Sauckel, écumant.

— Où est-elle ? aboyait-il.

— Qui ?

— Qu'est-ce que vous en avez fait ?

— De qui ?

Il m'a repoussée pour se précipiter à l'intérieur en criant : « Vera ! Vera ! »

Je l'ai suivi. « Qui cherchez-vous, Herr Sauckel ? »

Il a fini par me le dire. « Vera » était sa domestique russe, et elle avait disparu. Il croyait que je la détenais. Il est reparti furieux, jurant qu'aucun de nous n'échapperait au courroux du Führer lui-même, s'il ne la récupérait pas.

Je suis retournée dans le garage dans l'espoir d'y retrouver l'autre Edmonde. Mais j'étais seule.

Les nouvelles du soir étaient triomphantes. Le groupe Centre de l'armée avait dépassé Smolensk, et le groupe Nord était aux portes de Leningrad. Au sud, von Rundstedt allait prendre Kiev. La guerre serait finie en septembre.

Mais je n'avais pas vraiment envie d'attendre aussi longtemps. Je voulais en terminer avec ce boulot le plus vite possible, pour pouvoir rentrer chez moi.

Le lendemain matin, j'apprenais que le nouveau Gauleiter d'Ukraine demeurait dans le coin. Il s'appelait Erich Koch. Je l'avais rencontré à Munich, des années auparavant, dans l'entourage de Bormann, et je décidai de lui rendre une petite visite. Si quelqu'un en Russie pouvait m'aider à accomplir mon absurde mission, c'était bien lui.

Son bureau se trouvait dans une usine à tracteurs, sur la route de Kostovsk. Je m'y suis rendue un après-midi, pour le trouver dans un champ, en train de rôtir au soleil.

Il était rose, dodu, moite, barbouillé de lotion, et allongé sur un matelas, dans l'herbe, vêtu de son seul caleçon, que bombait une érection. On aurait dit un lézard joufflu, obscène, huileux. Pouah !

Il a écouté mon problème en ricanant. « Formidable ! » Il me regardait fixement en se tripotant. « Je suis tout à fait pour. Une centaine de fières vierges communistes défilant dans Berlin. Je peux déjà les voir. Regardez ! L'idée même me fait bander ! » Sa protubérance avait encore enflé. Il a baissé son short, avec coquetterie, pour libérer le monstre. « Regardez. » Il l'a pris dans sa main. « Regardez bien, ma fille. » Et il s'est mis à se masturber.

Pétrifiée, je l'ai regardé se trémousser sur le matelas, dans un mouvement de va-et-vient. « Regardez-moi, regardez, c'est pas quelque chose ! » Il écumait comme une pompe à bière, s'inondant le ventre d'une mare de neige fondante. « Allez voir Bach, a-t-il dit en riant. Il est chargé de rassembler des civils. »

L'Oberführer S.S. von dem Bach-Zelewski commandait la Brigade spéciale de la police. J'avais entendu parler de lui en Pologne. Il s'était fait une sacrée réputation en « pacifiant » les villages à l'arrière des lignes. Je l'ai trouvé dans un champ adjacent, face à l'usine : un jeune homme massif, au visage canon, vêtu comme un officier de combat, avec une veste de camouflage vert prairie. Il portait aussi des culottes de cheval et des bottes hautes. Des tueurs à gages, très guerriers avec leurs casques de métal et leurs MP 40, l'entouraient.

Alignés devant eux, vingt ou trente Russes crasseux, femmes et hommes, étaient en train de creuser une tranchée. Certaines des filles paraissaient jolies, je lui ai demandé si je pouvais l'en débarrasser.

— Certainement pas ! a-t-il aboyé, museau agressif. Ce sont des commissaires du peuple, de la racaille de Jeunesse communiste. Elles vont dans la fosse.

— Seulement deux. Je l'ai supplié en désignant deux jeunes filles — pas plus de dix-huit ans — effrayées. Ces deux-là.

— Non.

— S'il vous plaît, Oberführer, j'en ai besoin.

— C'est Sauckel qui vous envoie ?

— Sauckel ? Non.

— Vous ne travaillez pas pour le G.B.A. ?

— Sûrement pas.

— Avec qui êtes-vous ?

— La S.S.

— Quelle branche ?

— RUSHA.

— RUSHA ? Qu'est-ce que c'est ?

J'ai vite réfléchi. Ce cochon d'enculé était visiblement un maniaque total. Il me fallait le surpasser. « Un nouveau service, lui ai-je avoué, créé par le Reichsführer, spécialisé dans la médecine. Notre spécialité est — je me suis mise à chuchoter —, la vivisection. »

Ça l'a impressionné. « La vivisection ? — Voilà qui lui paraissait attrayant. — Très bien, prenez-les. Il a appelé les deux filles. Elles se sont approchées, craintives. Il a giflé leurs joues sales du dos de la main. Putains ! a-t-il grogné. Emmenez-les avant que je ne change d'avis. »

Je l'ai salué et remercié. Merde ! Quel vampire ! Nous étions à mi-chemin dans le champ quand nous avons entendu rugir les MP 40. Je me suis retournée, pour aussitôt le regretter. Les Russes tombaient dans la fosse en hurlant, s'écroulant les uns sur les autres, comme dans une collision de patineurs. Merde ! C'était écœurant !

Et de l'autre côté, assis sur son matelas, en train de se gratter les couilles, le Gauleiter Koch me faisait de grands gestes de la main ! Pouah !

J'ai conduit mes demoiselles à Balte, et les ai mises au garage. Dans la cour se trouvait un puits. J'y ai rempli un seau d'eau et leur ai dit de se laver, car elles sentaient la hyène. Elles ne parlaient pas du tout allemand et je ne comprenais pas un mot de russe, alors on poussait des grognements, avec des gestes de pantomime, à la commedia dell'arte.

Des anges, toutes les deux. Un teint et des cheveux de lin, des yeux de pâquerette, avec un corps mince et délié. Nues, baignées, elles fleuraient bon la batiste.

Les nazis prétendaient que c'était un peuple de *Untermensch*. Quelle bêtise ! Je les ai appelées Mopsa et Dorcas, d'après deux bergères dans *le Conte d'hiver*.

J'ai sillonné la ville comme un vandale, dévalisant tous les greniers de tout ce que je pouvais emporter. Le butin s'avérait considérable car la population avait décampé en masse et en vitesse, laissant derrière elle tous ses biens. J'ai trouvé des pantalons, des vestes, des robes, des manteaux, des chaussures, des sandales. Et dans une cave, je suis tombée sur deux cents bocaux de confiture.

J'ai tout rapporté au « bureau », avant de retourner à la Vingt-cinquième motorisée. Il me fallait un camion, et dans une grange, j'avais aperçu plusieurs Ford américains d'avant-guerre. Peut-être Heye m'en donnerait-il un.

Il n'était pas au quartier général. Je me suis rendue à ses quartiers d'habitation, dans une laiterie, un peu plus loin sur la route. Il n'y était pas non plus, mais assise sur sa couche, en train de cirer des bottes, se trouvait une blonde ravissante, nue, à part ses bas.

Je me suis excusée de mon intrusion. Elle m'a souri, et répondu dans un allemand joliment massacré. « Général est allé lui dans le fleuve nager. »

— Quand sera-t-il de retour ?

— Oui.

— Etes-vous son, euh, ordonnance ?

— Je suis Vera, moi.

« Vera ! Mon Dieu ! » Etait-ce par hasard la domestique de Sauckel, nue dans le lit du général ? Je le lui ai demandé.

En entendant le nom, elle s'est reculée, révulsée. « Sauckel un pourceau, Sauckel lui ! »

— Il vous cherche.

— Je pas retourner non !

— Le Général prendra soin de vous, j'en suis sûre.

Elle a ri. Ses mains cachant son visage rougissant. « Général, il non pas non. Elle a secoué la tête. Non. »

— Je vous demande pardon...

— De moi prendre soin, non — elle devenait de plus en plus pivoine — Pas.

— Je ne comprends pas, Vera.

Elle m'a montré son doigt, en le pliant d'une manière significative. On s'est esclaffées.

Pauvre général Heye ! Non seulement il était infidèle, mais impuissant. Ça ne me surprenait pas. Lisa y avait assez souvent fait allusion. Pas étonnant qu'ils aient mis aussi longtemps à fabriquer un enfant.

Qu'il aille au diable. Je prendrais aussi Vera.

— Vera, en Allemagne avec moi, venir toi.

— Allemagne ? Oui. Elle a été vite debout, vite vêtue de sa robe. Dehors, je lui ai montré la voiture. « Tu sais conduire ? » Elle a hoché la tête énergiquement. J'ai pris le volant d'un des camions jusqu'à Balte, tandis qu'elle me suivait en voiture.

Nous avons croisé von dem Bach-Zelewski, qui roulait à toute vitesse dans son half-track rutilant. Je lui ai tiré ma casquette, il s'est contenté de me jeter un regard indigné.

A minuit, un orage me tira du sommeil. Par la porte ouverte du fond, je pouvais voir le ciel. Il explosait en éclairs, rugissant comme une dynamo, frappant le village de tonnerre et de pluie.

On dormait toutes les quatre à même le sol, dans le garage. J'ai jeté un coup d'œil sur Mopsa et Dorcas, pour découvrir la surprise de ma vie. Tête-bêche, elles se gorgeaient joyeusement l'une de l'autre.

Vera s'est réveillée, et nous nous sommes assises pour les observer, d'abord étonnées, puis amusées, puis...

Elles continuaient, inconscientes d'être regardées. Sensuelles, pareilles à des éclairs, elles attiraient l'électricité de l'orage sur leurs corps. Cette vision a allumé un four quelque part dans mes entrailles, et je me suis sentie rôtir.

— Elles faire ça, a chuchoté Vera, devraient pas.

Mes vampires, affamés après un long jeûne, sont sortis de leur crypte, entre mes jambes, en quête d'une victime.

— Tu n'as jamais essayé ?

J'ai rampé vers elle.

— Pas pour les filles, elle riait doucement, de faire.

— C'est très agréable, Vera. Elle était assise, enveloppée dans sa couverture. J'ai commencé à la dégager, lentement. L'éclat d'une épaule m'est apparu. Quelle vision délicieuse ! Un désir lourd m'a frappé le ventre, m'étourdissant de douleur.

— Quoi ? murmurait-elle, quoi ?

J'ai découvert ses seins, leurs iris me fixaient, stupéfaits. J'ai gémi, ma bouche emplie de sirop.

Et là, les corps imbriqués de Mopsa et Dorcas, qui se bousculaient en se tortillant.

La couverture est tombée à ses pieds. Je l'ai prise dans mes bras, lui ai embrassé le cou. « Non. » Elle tentait de me repousser. « Pas, pas. » J'ai baissé mon visage et l'ai enfoui entre ses seins. Mes mains ont trouvé sa taille, ses hanches, son nombril. « Pas, pas. » Sa résistance affolante tournait au sadisme. Son corps, cuisses serrées, s'est éloigné de moi en roulant. Je me suis à nouveau pressée contre elle, implorant la charité par mes grognements. Comment pouvait-elle être si cruelle ? Elle essayait de se lever, mais je la tenais ferme. Je l'ai retournée sur le ventre, j'ai mis ma langue dans tous ses orifices sans défense, la léchant et la mordant.

Marmonnant et chantant, elle fondait. Ses genoux se sont écartés, ses mains ont agrippé mes cheveux, pour me pousser en elle. Je me suis tordue, me suis abaissée jusqu'à son sexe, pour la pénétrer de mes lèvres. Un instant plus tard sa langue me fendait, comme un sabre, me lacérant jusqu'aux poumons.

Elle touchait toutes mes cordes à la fois, et leurs vibrations apaisantes m'ont fait sombrer dans le sommeil. Bercée par le tonnerre.

Je me suis éveillée juste avant l'aube. L'orage passé, la lune se perchait haut dans le ciel. Une lune d'automne chasseresse, la messagère du vent du Nord.

Nous étions toutes entassées nues sur le sol. Glacées. Je me suis désentortillée de Vera. Je l'ai abritée sous une couverture et j'ai jeté des manteaux et des vestes sur Mopsa et Dorcas.

J'ai marché jusqu'à la fenêtre.

Si mon pauvre papa m'avait suivie en Russie, il devait être là, quelque part dans l'abjecte immensité obscure, à ma recherche.

Le matin, je suis allée emprunter des vivres. La tempête avait transformé tout le secteur de Balte en un marécage sans fin, et sur des kilomètres, les chevaux, les charrettes et les canons étaient empêtrés dans la boue.

Les rumeurs volaient comme des canaris désaxés. Une section d'infanterie hongroise s'était noyée dans une tranchée, huit tanks du sixième Panzer avaient disparu dans les sables mouvants, les commandants du Viking S.S. avaient été frappés par la foudre, un bataillon entier de la soixante-quinzième infanterie manquait à l'appel. Sauckel était devenu fou...

J'en ai eu la preuve. Il avait fait installer des barrages aux deux sorties de la ville, gardés par des policiers du G.B.A. Il était déterminé à trouver Vera, et faisait fouiller tous les véhicules en partance.

J'ai couru jusqu'au garage pour m'assurer qu'elle restait hors de vue.

En me voyant, elle a rougi, et caché son visage dans ses mains. J'ai trouvé une paire de ciseaux, installé Vera sur un tabouret, et sous le regard effaré de Mopsa et Dorcas, je lui ai coupé les cheveux, la tondant presque à ras du crâne. Puis je l'ai vêtue de vêtements que j'avais volés — pantalon, chemise, veste, casquette.

A la fin, elle ressemblait à Igor Voroshilovsk, le type même du camionneur ukrainien. Personne ne la reconnaîtrait.

On s'en est assurées, en conduisant le Ford jusqu'à Ananyev. Nous n'avons eu aucun mal à passer le barrage. Sauckel lui-même était sur place, embourbé jusqu'en haut de ses grandes bottes. Il surveillait tout le monde avec méfiance.

Je l'ai appelé : « Avez-vous pu la localiser, Herr Sauckel ? »

Il s'est approché du camion, exaspéré. « Non, mais elle n'a pas pu aller loin. »

— Peut-être, von dem Bach-Zelewzki l'a-t-il fusillée, suggérais-je.

— S'il a fait ça, j'aurai sa peau.

Nous avons continué notre route. Une fois éloignées du village, en sécurité, Vera et moi sommes parties d'un fou rire. « Il est amoureux de toi ou quoi ? » lui ai-je demandé.

Elle a entouré mes épaules de son bras. « L'amour est très douteux, a-t-elle soupiré, la guerre aussi. »

Elle était adorable ! Par bribes, elle m'a raconté l'histoire de sa vie : vingt-trois ans, en dernière année d'école agricole à Kiev, un père major dans le neuvième corps mécanisé de l'armée du front Sud-Ouest. Au moment de l'invasion allemande, elle se trouvait en vacances à Zhdanov, sur la mer Azov. Elle avait essayé de revenir à Kiev en train, sans pouvoir dépasser Balte, où elle s'était trouvée prise dans une rafle du G.B.A. et amenée devant Sauckel l'Abominable. Après l'avoir violée, il en avait fait sa domestique. Jusqu'au jour où, le général Heye l'ayant repérée sur la route, il l'avait invitée à monter dans sa voiture officielle pour l'amener dans son lit. Il avait tenté à maintes reprises « dans moi de se mettre », mais se révélait à chaque fois désespérément impuissant et « toujours pas prêt ».

Nos ennuis n'étaient pas finis. Cinq kilomètres plus loin, nous nous trouvions bloquées par un autre barrage, mis en place, celui-là, par les fusiliers de la vingt-cinquième division motorisée. Ils ont inspecté le camion et examiné nos papiers.

J'ai demandé au sergent de service quel était le problème.

Il a haussé les épaules, dégoûté. « La pute russe du vieux s'est tirée. Il nous menace de tous nous faire transférer à la Waffen-S.S. si on ne la retrouve pas. »

Mon Dieu ! Heye la recherchait également ! Vera devenait plus dangereuse qu'une armée soviétique en marche, bannières au vent !

Le sergent a pointé son pistolet sur elle. « Un Ivan ? »

— Oui, c'est mon chauffeur.

— Vous n'avez pas peur de parcourir ces routes isolées avec un ennemi ? a-t-il demandé, incrédule.

— Pas de danger, c'est un sub-humain.

A Ananyev, la Onzième Panza détenait une cage de prisonniers. Le caporal commandant de la garde n'était que trop heureux de se débarrasser du plus possible d'entre eux. Il m'a demandé de faire mon choix.

Au sein du troupeau miteux se tenaient trois filles, tireurs d'élite, des créatures splendides, bestiales. De vraies lionnes. Il y avait également cinq jeunes infirmières, deux doctoresses d'un bataillon médical, une demi-douzaine d'employées de bureau ou je ne sais quoi d'un service du quartier général.

Je les ai toutes prises et chargées dans le camion pour rentrer à Balte. En passant par un autre hameau, j'ai vu tout un groupe de filles en chemises de nuit, assises en rond dans la cour de ce qui semblait être une école. Nous nous sommes arrêtées pour les appeler.

Elles se sont avancées, bavardant et riant.

Vera a traduit : « Femmes de Crimée, elles. De Sébastopol. »

— C'est quoi, cet endroit ?

Elle a questionné le groupe, et s'est mise à rire. « Une clinique de fous. »

— Dis-leur de monter dans le camion.

— Mais folles, elles le sont toutes.

— Et alors !

Elles sont montées avec les autres, et nous avons continué. Je les ai comptées. Onze filles en chemise de nuit, plus les seize prisonnières de la cage, Mopsa, Dorcas et Vera. Trente. Pas mal du tout.

Un message du général Heye m'attendait dans notre havre. Il voulait me voir au plus vite.

Je suis immédiatement partie à la ferme, m'attendant au pire. Il m'a reçue dans ses quartiers, visiblement irrité.

— Rendez-moi ce camion, s'est-il écrié, la voix comme un pic à glace. Tout de suite !

— J'ai également entendu dire que vous vouliez récupérer Vera.

A qui croyait-il s'adresser, ce cochon d'enculé ? Pourquoi devrais-je accepter n'importe quelle merde de ce crétin de la Wehrmacht ?

Il m'a lancé un regard noir, très militaire. « Vera ? »

— Je l'ai rencontrée en venant ici, hier. Elle m'a parlé de votre problème. — Sa lèvre s'est affaissée. — Si vous essayez de me créer des difficultés avec ce damné camion, je ferai en sorte que tout le monde du groupe Sud de l'armée sache que vous êtes un eunuque.

Il s'est approché de moi, mains tendues pour me saisir. J'ai bondi derrière une table, horrifiée. On aurait dit qu'il allait me mettre en pièces.

— Vous...

Il bégayait, trop outré pour parler.

Je me suis souvenue de ce que me racontait Lisa. « Je sais comment vous procurer une érection », je chuchotai. Il me regardait, déconcerté. Après avoir verrouillé la porte, je lui ai ordonné : « Asseyez-vous. » Il s'est laissé tomber sur la couche, comme un arbre abattu.

J'ai débouclé ma ceinture, que j'ai jetée par terre, j'ai déboutonné ma tunique pour l'ôter. « Sortez-le. » Il est resté immobile, les yeux comme des soucoupes. J'ai enlevé ma chemise. Je ne portais pas de soutien-gorge. Il faisait trop chaud. Je n'avais rien non plus sous ma jupe. Je l'ai retirée.

« Sortez-le », ai-je répété, en essayant d'imiter Greta Garbo dans Camille.

Il a tripoté le devant de son pantalon, et Prométhée, libéré, a émergé timidement, tout mou, tout ridé. J'ai envoyé balader mes chaussures. Vêtue de mes seuls bas, je suis allée vers lui, en balançant des hanches à la Carole Lombard. J'ai posé un genou sur le lit, à côté de lui. Prométhée a levé la tête, pour me regarder d'un air las. « Touchez-moi. » Heye a esquissé un geste. « Allez-y. » Il m'a caressée maladroitement les poils, du bout des ongles. Prométhée s'est raidi comme une betterave. Je me suis penché pour lui asséner quelques petites claques ludiques. Il s'est dégonflé instantanément. J'ai ri. « Enlevez-moi mes bas. » A présent, accroché au jeu, il a été prompt à obéir. Son haleine empestait. Il avait mangé de l'ail au déjeuner. Ses mains calleuses sur mes hanches, puis sur mes mollets et mes pieds, ne m'ont fait aucun effet.

J'ai reculé d'un pas, et posé mon pied sur son genou. Prométhée s'est mis au garde-à-vous, radieux. J'ai fait aller et venir mon pied sur lui, tâchant de l'agripper avec mes orteils.

— Et pour le camion ? j'ai demandé.

— Oui, a-t-il hoqueté.

— J'ai aussi besoin d'essence.

— Mon... — Sa gorge produisait des bruits de scie. — Mon... quartier-maître... demain...

Prométhée est devenu gros et rouge. Je l'ai aplati du talon. La chaîne de Marie-José scintillait à ma cheville. J'ai abaissé le pied.

— Non, non, non..., gémissait-il, s'il vous plaît.

Je l'ai écrabouillé avec la plante de mon autre pied. Il gargouillait. « Vous l'avez déjà fait avec Lisa ? »

— Non.

Sa voix virait soprano.

— Menteur. Vous la forciez à le faire chaque fois que vous étiez soûl. Elle me l'a dit. — Je me suis essuyé les doigts de pied sur lui. — Mais elle a arrêté parce que ça lui retournait le cœur. Voilà pourquoi vous êtes tellement impatient de retrouver Vera, n'est-ce pas ? Pour qu'elle vous le fasse aussi. Une esclave russe prête à vous marcher dessus chaque fois que vous le désirez.

Sa bouche s'est ouverte, puis refermée, mordant le vide.

Je me demandais... Si papa était encore vivant, serait-il devenu aussi pitoyablement répugnant ? Dieu du ciel ! Si jamais je le surprenais comme ça avec une fille, je trancherais la jambe de cette salope avec un couperet ! Et puis je m'occuperais de lui moi-même, pauvre homme, pour l'apaiser... Oui, c'est ça, j'allais prétendre que ce vieux crétin était mon père.

Je l'ai piétiné plus doucement, en évitant de regarder son horrible visage d'imbécile. J'ai gardé les yeux fixés au plafond. Il était noir de crasse, avec des fissures qui formaient une mosaïque de têtes, face et profil, et de silhouettes. Ici, deux enfants debout dans les nuages, et là, les sept portes d'Ilium dans la plaine encerclée et soumise aux vents de Troie. Plus loin, le drakkar d'un Viking. Et juste au-dessus de moi, un gitan qui volait de la brume.

Prométhée m'a inondé le pied, tandis que le vieil homme caquetait avec délice.

Le garage et le magasin étaient pleins à ras bord de femmes russes. Je les ai confiées à la responsabilité de Vera qui veillait à ce qu'elles se lavent et s'habillent convenablement. Heureusement, elles se montraient toutes dociles et silencieuses, autrement, quel bazar !

Je soutirai suffisamment de vivres à la Vingt-cinquième motorisée pour nous nourrir. Et nous pouvions toujours avoir recours aux pots de confiture.

Les onze créatures démentes de Sébastopol ne posaient aucun problème. Elles jouaient dans la cour, cueillaient des fleurs ou restaient assises en souriant. Mais les trois amazones tireurs d'élite étaient insupportables. Elles ne disaient jamais un mot, jamais ne souriaient ni ne se plaignaient. Elles se contentaient de me regarder fixement, comme des animaux. Elles, comme dit mon *Dictionnaire d'argot américain : gave me the jitters* — me flanquaient la trouille.

Je décidai que quarante ou cinquante filles suffiraient bien. La voiture et le camion ne pourraient pas en contenir plus. En faisant un tour dans la campagne, j'en ai trouvé deux nouvelles à Pervomaisk, et une à Voznesenk, sur le Bug sud.

J'emmenais Vera avec moi dans mes randonnées, car à Balte, nous ne jouissions plus d'aucune intimité. Mais seules dans le pays sauvage, il suffisait de vouloir.

On arrachait nos vêtements pour courir dans les champs de tournesols. On jouait à rouler, à saute-mouton, à faire des galipettes. On dansait, on catchait, on se boxait. On se faisait rôtir au soleil, à en devenir ébène de la tête aux pieds. Et, bien évidemment, nous prenions possession de chaque centimètre carré l'une de l'autre, nous fondant en une harmonie telle, que nos peaux s'échangeaient, faisant rimer nos désirs, des heures d'affilée.

Nous accomplissions des choses extraordinaires !

Une fois, nous nous sommes vautrées dans un bosquet toute la journée, tête sur les talons, offrant à nos appétits goulus les fragrances d'une boue riche, profonde, grasse. Une autre fois, nous avons fait l'amour sur un fourmilier, nous enfouissant dans des hordes de monstres rampants qui nous dévoraient vivantes. Un jour, on a capturé un cheval qui broutait pour essayer de le masturber. Un jour...

Et pendant ce temps, von Kleist progressait vers le nord, et Guderian vers le sud, isolant Kiev, et encerclant des centaines de milliers de Russes. Puis tous les tanks allemands se sont dirigés sur Moscou.

Je n'étais pas du tout impressionnée. Nous ne faisions que conquérir un abysse. Plus que jamais j'avais envie de partir.

Un motocycliste du Viking m'a dit qu'il avait vu plusieurs filles dans un kolkhoze d'Olgopol. Vera et moi nous y sommes rendues le jour même, pour découvrir cinq vierges superbes, cachées dans un silo. Nous les avons réquisitionnées sans plus attendre. Ce qui me faisait un total de trente-cinq filles. Mon quota était presque rempli.

Au moment de partir, les élégants half-tracks de von dem Bach-Zelewski ont fait irruption dans Olgopol. Nous nous sommes rangées sur le côté pour les laisser passer. Ils se rendaient à la prison de la ville. Ils se sont arrêtés sur la place et von dem Bach-Zelewski a sauté vivement du véhicule de tête. Il avait fière allure, avec des jumelles pendues à son cou, un chapelet de grenades à sa ceinture, et un MP 40 coincé sous le bras. Il est entré dans le bâtiment d'un pas nonchalant, suivi de ses tueurs pimpants.

Un Hauptscharführer s'est retourné et nous a vues. Il s'est approché de nous en plastronnant pour vérifier nos papiers.

Il m'a jeté un regard aigre. « C'est vous Kerrl ? »

— Oui.

— Avec Rusha ?

— Tout juste.

— Ne bougez pas.

Il a retraversé la place, juste au moment où von dem Bach-Zelewski et ses guerriers escortaient une colonne de détenus hors de prison. Il y en avait au moins cent, tous des civils.

Son subalterne lui ayant signalé notre présence, il m'a fait signe de venir. J'y suis allée, genoux flageolants.

— Heil, Hitler !

— Heil, Hitler. Comment allez-vous, Kerrl ?

— Bien, merci, Oberführer.

Il s'est retourné vers les prisonniers. Plusieurs d'entre eux se tenaient à l'écart, protestant violemment. « Qu'est-ce que c'est que ce langage ? »

Un interprète s'adressait à eux en russe. Ils ne le comprenaient pas.

— Ils ne sont pas russes, Oberführer.

— Qu'est-ce qu'ils sont ?

— Je ne sais pas, monsieur.

Je me suis approchée du groupe. Ils étaient six, tremblants de peur. Je leur ai parlé en anglais. Ils m'ont regardée, l'œil vide.

— Parlez-vous français ?

L'un d'entre eux le parlait, enfin, il le baragouinait approximativement.

J'ai rejoint von dem Bach-Zelewski, et me suis mise au garde-à-vous, très scout.

— Ils sont polonais, monsieur. Travailleurs volontaires rattachés au G.B.A.

— Qu'est-ce qu'ils font en prison ?

— On les a cantonnés là hier soir, monsieur, parce qu'il n'y avait aucun autre logement disponible.

Il s'est retourné vers l'Hauptscharführer d'un air perplexe. « Combien de noms sur votre liste, Schobert ? »

L'Hauptscharführer a consulté ses tablettes. « Cent cinq, monsieur. »

— Et combien de détenus avons-nous ?

— Cent cinq, monsieur.

— Donc l'inventaire est exact, n'est-ce pas ?

— Oui, monsieur.

— Alors, qu'attendez-vous ?

Les soldats ont encerclé les prisonniers, qu'ils ont commencé à frapper avec des baïonnettes et des matraques. Une tempête de cris effrayants s'est élevée, avec un bruit strident de pourceaux qu'on égorge. L'odeur soudaine de sang cru était suffoquante.

Von dem Bach-Zelewski m'a prise par le bras pour me conduire à l'ombre. « Ecoutez, a-t-il grogné. J'avais ordre de me débarrasser de onze pensionnaires d'un asile d'Ananiyev. Elles n'y sont pas. Les avez-vous prises ? »

Je regardais les Polonais, battus à mort, qui protestaient toujours haut et fort.

— Kerrl ?

— Oberführer ?

— Est-ce que vous avez sorti ces maniaques de l'asile ?

— Non, monsieur.

— Attrapez celui-là, a-t-il crié.

Un des prisonniers s'enfuyait en claudiquant. Un soldat s'est lancé à sa poursuite et lui a tiré dans le dos.

« Pas de coups de feu ! a aboyé von dem Bach-Zelewski. Economisez vos balles ! »

Le détenu se roulait dans la poussière, gigotant et hurlant. Le soldat a tiré un couteau de sa ceinture pour lui trancher la gorge.

J'ai vu Vera sauter du camion pour vomir.

Papa, j'ai chuchoté, reste en dehors de tout ça. Couvre-toi les yeux. Ne regarde pas.

Von dem Bach-Zelewski jurait. « Alors ce devait être Sauckel, grondait-il, cette saloperie de touche-à-tout ramasse tout ce qui bouge. Comment suis-je supposé accomplir ma tâche si le G.B.A. me marche sans cesse sur les pieds ? Et la Wehrmacht ne vaut pas mieux ! Ils se mêlent de tout, envoient des protestations à l'O.K.H. Ordures ! Et l'Ostministerium est le pire de tout. Ordres, contrordres. Quelle bande de cons ! » Un nouveau coup de feu a éclaté. Il a hurlé : « J'ai dit qu'on ne tire pas ! »

Pendant le trajet du retour à Balte, la pauvre Vera était incapable de conduire, et j'ai dû prendre le volant. Elle est restée recroquevillée à côté de moi, le teint terreux.

« Pourquoi, Edmonde ? a-t-elle demandé. Pourquoi les Allemands tuent-ils ainsi ? »

Je me sentais moi-même l'estomac barbouillé. Cent cinq cadavres ! Pourquoi, vraiment ? « Toutes les dictatures sont criminelles, Vera. »

— Pardon ?

— Les dictateurs tuent. C'est pour ça qu'ils sont dictateurs.

— Comprends pas.

— Le totalitarisme. Tu en as déjà entendu parler, non ? Le communisme, le nazisme, le fascisme.

— Oui.

— Eh bien ce sont des formes mortelles de gouvernement.

— Les communistes n'assassinent pas.

— Bien sûr que si ! Mon cul ! Et tous ces gens purgés par Staline ? Des millions et des millions de personnes massacrées. Le N.K.V.D. et la Gestapo se valent bien !

— Les gens tués dans purges étaient réactionnaires.

— Oh, merde !

Nous avons dépassé un convoi qui se dirigeait vers le nord. C'était la Vingt-cinquième motorisée qui rejoignait la marche sur Moscou. Le général Heye, enveloppé de poussière, se trouvait dans sa voiture officielle, au milieu de la colonne. Il ne m'a pas vue.

— La purge était nécessaire, insistait Vera. C'étaient tous des trotskystes et des traîtres.

Oui, Vera, c'est ça. J'en avais assez de discuter. Ça n'en valait pas la peine !

Aux abords de la ville, nous nous sommes arrêtées au barrage, et une des brutes hargneuses du G.B.A. a dit que Sauckel voulait me voir. Vera a conduit le Ford dans le garage tandis que je me dirigeais vers le salon de coiffure. Dans la rue, je suis tombée sur le Gauleiter Koch. Il rôdait à l'entrée d'un bâtiment vide, un panier à la main.

« Bonjour », lui ai-je crié. Il a sursauté. Puis, me reconnaissant, il a souri d'un air penaud.

« Je rassemblais des souvenirs », a-t-il avoué, en me montrant le panier. Il contenait un vieux Kodak, un réveil, des chaussons de femme, un vase brisé, un portrait de Rimski-Korsakov et un gobelet rouillé. « Qui c'est ? », il a soulevé le portrait, « Marx ? ».

— Non. C'est Rimski-Korsakov.

— Qui ?

— Un compositeur russe.

— Et ça, regardez. Il me montrait le gobelet. Vous croyez que c'est de l'or ?

Nous l'avons examiné, c'était du cuivre.

— Oui, on dirait de l'or.

— Il y a également un samovar là-dedans. Je reviendrai le prendre plus tard.

— Vous êtes sûr que ce n'est pas un bassin de lit ?

— Un bassin de lit ?

— En Russie, les samovar et les bassins de lit se ressemblent beaucoup. En fait, ils sont interchangeables.

— Vraiment ? Puis d'un ton glacial : Voyons ! Qu'est-ce que Bach m'a raconté à propos de ces filles ? Que vous alliez les disséquer ? Pourquoi ne m'a-t-on pas informé ?

J'avais complètement oublié ces bêtises. Mon Dieu ! Quelle bande de simplets ! « Il n'aurait pas dû en parler, Herr Koch. Secret d'Etat. »

— Mais l'Etat, ici, c'est moi, ma fille ! Je suis le Gauleiter !

— Oui, monsieur. J'aurais dû y penser.

— Je passerai vous voir demain. Il a cligné de l'œil.

Je veux en goûter quelques-unes avant qu'on les coupe en morceaux. Il a pris ma main pour la poser sur son entrejambe. Dur comme un roc ! Il a gloussé avant de s'éloigner tout en remontant son réveil pour le porter à son oreille. Quel cochon d'enculé grotesque !

Sauckel m'attendait dans le salon de coiffure. Il agitait un télégramme d'un air joyeux. « De Berlin ! a-t-il crié. Vous devez me remettre immédiatement vos putains ! Elles sont maintenant propriété officielle du G.B.A. »

— De qui est le télégramme, Herr Sauckel ?

— Bormann.

— Je suis absolument désolée, mais Bormann n'a aucun pouvoir légal sur la S.S.

— Mais si, mais si, mais si ! — Il frémissait. — Il est au-dessus d'Himmler.

Quelle journée ! Je me sentais épuisée, incapable d'affronter un débat avec un cafard. Et puis j'avais pris ma décision. Je savais ce qu'il me restait à faire. « D'accord, Sauckel, vous pouvez les avoir. »

— Combien y en a-t-il ?

— Environ quarante.

— Amenez-les-moi ce soir.

— Ce soir ?

Non, c'était trop précipité, j'avais besoin de plus de temps.

— Très bien, elles seront là dans une heure. Heil, Hitler.

— Heil, Hitler.

— Au fait. J'ai trouvé Vera.

Il a pâli. « Où est-elle ? »

— Avec Heye.

— Heye ? Il a passé la langue sur ses lèvres tordues. Le général Heye, de la Vingt-cinquième motorisée ?

— Oui.

— Ils viennent de partir... Cet après-midi...

— Je sais. Il l'a emmenée.

Il est resté assommé un instant. Puis il a réclamé en

criant sa voiture et son chauffeur. Cinq minutes plus tard, il sortait de la ville sur les chapeaux de roues.

Et moi, je courais au garage.

A huit heures, toutes les filles et les provisions étaient dans le camion. Je décidai de laisser la voiture. Nous n'avions pas assez d'essence pour les deux véhicules.

Vera conduisait. Nous avons évité les barrages en prenant par les pâturages, derrière le garage, puis par un dédale de chemins à vaches, direction le sud et le Dniester. A minuit, nous quittions les champs pour une route que nous avons suivie toute la nuit, sous une lune éclatante.

Aux aurores, nous prenions une pause petit déjeuner dans les ruines d'une raffinerie de sucre, près de... près de quoi ? Je n'en avais pas la moindre idée.

— Où sommes-nous, Vera ?

— Dniester, juste est là. Elle agitait le bras vers l'horizon.

Les filles sont descendues, grelottantes et pitoyables, pour s'asseoir dans les gravats. Mopsa et Dorcas ont fait de la soupe. Les trois tireurs d'élite me regardaient toujours fixement.

— Combien de temps, crois-tu, pour atteindre la Pologne ?

Vera a haussé les épaules. « Sont quatre cents kilomètres. Trois jours. »

— Tu connais le chemin ?

— On suit le fleuve. — Elle ôtait son pantalon. — Nord, Soroki Mogilev, Podolski, Gorodenka...

— Qu'est-ce que tu fais ?

Elle retirait sa veste et sa chemise. « Assez d'être un homme. » Elle a ri et enfilé une robe.

Puis j'ai vu, à l'ouest, une haute colonne de fumée qui se dirigeait vers nous. J'ai d'abord cru à une tempête de vent, mais des grondements de moteurs résonnaient dans l'infini. Des véhicules !

On a éteint les feux. J'ai mis le camion à l'abri dans un renfoncement, au milieu des champs, pendant que Vera rassemblait les filles pour les cacher dans les hautes herbes au bord de la route.

Une heure plus tard, trois des half-tracks de von dem Bach-Zelewski encerclaient la raffinerie tandis qu'une compagnie d'hommes armés fouillait les lieux.

Ils nous cherchaient, je le sentais. Bach avait certainement découvert que je détenais les folles de l'asile et il...

A ce moment, deux des cinglées sont sorties du champ, pour aller jouer à la balle au milieu de la route. J'étais trop éloignée d'elles pour intervenir, et les autres ne les voyaient pas. Doux Jésus ! Elles riaient, criaient, en faisant des bonds ! Que le premier venu jette un coup d'œil par une fenêtre de la raffinerie et... Mopsa et Dorcas se sont précipitées vers elles pour les tirer à nouveau dans l'herbe.

J'ai retenu mon souffle, dans l'attente du désastre.

Mais non. Les brutes sont remontées dans leurs half-tracks pour s'éloigner vers le sud, moteurs rugissants, dans un nuage de poussière. Nous avons sauté dans le camion pour filer dans la direction opposée, ne nous arrêtant, de toute la journée, que pour faire le plein d'essence. Je me suis assoupie. A mon réveil nous traversions le fleuve sur un pont flottant.

— C'est le Dniester, Vera ?

— Non. Autre. Je sais pas lui qu'est son nom.

— Laisse-moi conduire un peu.

— Non. Je vais. Je suis non fatiguée.

Le soleil se couchait, et il commençait à neiger. Nous avons dormi dans une maison délabrée, à un croisement isolé. Dieu sait où, toutes entassées sur le sol, comme des chiens dans un chenil.

Au cours de la nuit, Vera et moi, on a fait l'amour, malgré notre fatigue, douillettement installées entre les jambes l'une de l'autre sous un tas de corps ronflants.

La neige fondue par le soleil matinal transformait la

route en un fleuve de boue. Nous roulions, à une moyenne d'un ou deux kilomètres à l'heure. A midi nous atteignîmes un large cours d'eau.

« Dniester ! » a annoncé Vera triomphalement.

« Donc on va droit au nord maintenant ? »

« Nord, oui. »

Nous avons suivi la rive sinueuse pendant des heures et des heures, tandis que le soleil se couchait à notre gauche. Au crépuscule, il s'est remis à neiger. J'ai décidé de continuer à rouler toute la nuit. La température est tombée au-dessous de zéro, et le sol gelait comme du béton. J'ai pris le volant, accélérant autant que possible, pour couvrir une distance maximum avant la fonte des neiges matinale.

La route disparaissait dans un immense espace de néant blanc, mais le fleuve nous guidait vers le nord.

Les germes du doute commençaient à m'asticoter les entrailles.

Vers le nord ? Oui, on conduisait vers le nord, parce que le soleil s'était couché à notre gauche, à l'ouest. Mais... Quelle idiote je faisais ! Si le fleuve se trouvait à notre droite, c'est qu'on était sur la rive gauche !

Par quel hasard nous retrouvions-nous de ce côté du Dniester ? — Vera !

— Oui ?

— Ce n'est pas le Dniester.

— Non. Pas.

— On est perdues ou quoi ?

— Moi pas perdue. Sais précisément où on va.

— Comment s'appelle ce fleuve ?

— Le Dnieper.

Le Dnieper ! Merde ! A des milliers de kilomètres à l'est du groupe armé, en plein milieu du front russe ! Je me suis tournée vers Vera. Ses dents brillaient dans l'obscurité, pareilles aux mâchoires d'un requin.

Alors, j'ai vu quelque chose de plus effrayant encore.

Juste devant nous, étiré sur la rive, un cordon de cavaliers montés sur des petits poneys miteux.

Elle les a appelés en criant par la vitre. Ils se sont mis à galoper vers nous. J'ai écrasé la pédale de frein. Le camion s'est arrêté en dérapant. J'ai sauté.

J'ai couru pour me laisser glisser jusqu'à la rive du fleuve. J'étais faite comme un ours dans une grotte. Charles Boyer disait ça dans *Alger*. Je l'avais vu à Berlin, avec Lucie. « Je ne peux pas quitter la Casbah, je suis fait comme un ours dans une grotte. » Quel moment idéal pour penser à Lucie et à Charles Boyer !

Une grotte, oui ! J'ai soulevé une grosse pierre pour la balancer dans l'eau. Attirés par le bruit, les cavaliers ont convergé vers moi. J'ai creusé de mes mains un trou dans la neige pour y ramper et m'enterrer dans un igloo glacial.

Des chevaux hennissants m'encerclaient. Bien ! Ils effaceraient mes traces de pas. Ces cochons d'enculés de vermine cosaque ! J'entendais Vera m'appeler : « Edmonde ! Reviens ! » La garce ! « Edmonde ! Où es-tu ? » Sale petite conne ! La rage me réchauffait. Je tenais mon Lüger. S'ils me trouvaient, c'est elle que je descendrais en premier, une balle juste entre ses dents de barracuda !

Les cris et les bruits de sabots s'estompaient.

Ou bien ils étaient convaincus que j'avais tenté de traverser le fleuve à la nage et que je m'étais noyée, ou bien ils attendaient que je me découvre. J'ai regardé ma montre. Je ne pouvais pas la voir. Il devait être à peu près quatre heures.

J'ai compté jusqu'à mille.

Puis j'ai rampé hors du trou. Il ne neigeait plus. Le camion avait disparu ; la rive était déserte.

J'ai fouillé mes poches. Elles contenaient un paquet de cigarettes, des allumettes, le Lüger, des réserves de munitions, *Anthony Adverse*, une barre de chocolat, et une boîte de raisins secs.

J'ai pris la direction du nord, sans perdre le fleuve de vue. Les fleuves mènent toujours quelque part.

Cinq heures. Six heures. Sept heures. Je mangeai le chocolat. Huit heures. Le soleil s'est levé. L'air est immédiatement devenu tiède, le sol gluant. J'ai fumé une cigarette. Je suis redescendue tout au bord de l'eau pour rendre ma progression moins visible.

Je dessinai dans ma tête le tracé du Dnieper. Nord-est à partir d'Odessa jusqu'à Dniepropetrovsk. Puis nord-ouest jusqu'à Kiev. J'étais quelque part sur ce tournant au nord-ouest, entre Dniepropetrovsk et Kremenchug. Peut-être !

Une carte ! Mon royaume pour une carte !

Neuf heures, dix heures. J'ai mangé des raisins secs.

Je me suis retournée. Les chevaux étaient derrière moi ! J'ai sauté dans un fourré. M'avaient-ils vue ? Ils s'avançaient lentement sur la partie haute de la rive. Quatre, cinq, six d'entre eux. Ils sont passés juste au-dessus de moi, et je discernais clairement Vera, Mopsa, Dorcas, et les trois horribles tireurs d'élite, toutes avec des manteaux de fourrure et des éperons.

J'ai baissé les yeux. Tout près, dans l'herbe, une pagaie. Et plus loin, dans les buissons, un canoë. Je l'ai tiré jusque sur le fleuve et me suis embarquée. J'ai pagayé dans le courant pour atteindre l'autre rive. En plein milieu, l'avant à commencé à fuir. L'eau m'éclaboussait les pieds. Merde ! Mais Vera et ses sorcières ne m'avaient pas encore repérée. Elles se trouvaient loin devant moi, six taches noires à l'horizon. L'eau montait, remplissait le canot, me léchant les jambes. Que la rive droite paraissait loin ! Aussi loin que Samarkand ! Et elle s'est rapprochée, rapprochée. Je pagayais comme une esclave des galères. Ça y était. J'ai sauté sur la berge. Le canoë a coulé.

J'ai ôté mes bottes et mes bas, allumé un feu. Onze heures, le soleil était chaud. J'ai mangé quelques raisins secs. A midi, je suis repartie, en courant pour me tenir chaud. J'étais sèche, la température avait monté. Je pourrais durer cinq heures. Quand la nuit tomberait... C'était une autre histoire... Je mourrai de froid.

Où était le Führer en ce moment ? Et petit Joseph, et Hermann, et Himmler ? Ces cochons d'enculés ! Que faisaient-ils à cette minute ?

Surtout, je devais rester saine d'esprit. Je ne pouvais pas fermer les yeux, par exemple, sinon je me retrouverais en train de marcher quai des Tuileries, et le fleuve serait la Seine.

Et il fallait que j'arrête de chercher papa. De l'appeler.

Papa !

Qu'est-ce qui se passe, Edmonde ?

Papa !

Arrête de crier ! Que veux-tu ?

Où es-tu ?

Tu parles d'un calembour ! Saine ? Seine ?

Il est une heure, papa, je suis affamée.

Pourquoi t'obstines-tu à parler en anglais ?

J'ai faim, papa.

Tu veux aller déjeuner en ville après la messe ?

D'accord. Qu'est-ce que je vais mettre ? Il commence à faire froid.

Le vent se lève. Il va encore neiger. La messe ? On est dimanche ?

Virgo singularis, inter omnes mitis, nos culpis solutos, mites fac et castos. Mange des raisins.

Non. Non ! Pas question de devenir folle ! Pas question de mourir en plein délire, au beau milieu de la Russie sur les rives de ce cochon d'enculé de Dnieper !

« Edmonde ! »

Calme, calme, esprit perturbé ! Tais-toi ! Laisse-moi tranquille ! Je ne répondrai pas. Je...

« Edmonde ! »

Je me suis arrêtée. Ce n'était pas papa. La voix de Vera ! J'ai sauté au bord du fleuve pour ramper dans l'herbe. Les six chevaux descendaient la pente, devant moi ! Comment étaient-ils arrivés là ? Il y avait sûrement un gué en amont. Bon ! J'étais à nouveau lucide.

Ils m'ont dépassée, me touchant presque. D'abord Dorcas, puis Vera, puis Mopsa, et les trois horribles tireurs. J'ai sorti le Lüger de son holster. J'allais toutes les abattre...

Mais j'avais l'esprit clair. Dieu merci ! Le reste de la cavalerie ne devait pas être loin. Alors, pas de coups de feu.

« Edmonde ! »

Je te pardonne, espèce de salope, parce que c'est dimanche. Que la paix soit avec toi, et la grâce.

Je les ai laissées passer avant de retomber. J'ai couru vers des arbres au loin.

Il neigeait. Je ne l'avais pas remarqué.

J'ai sauté dans une ravine et regardé derrière moi. Elles ne m'avaient pas vue. J'ai continué à courir jusqu'aux arbres, pour tomber nez à nez avec un scarabée blanc géant.

J'avais envie de crier, mais je ne l'ai pas fait. Sinon, j'étais perdue. Alors, j'ai continué à m'approcher pour lui taper sur le nez avec mon Lüger.

C'était un tank Mark IV. Sur sa coque était peint S.S.

Une sentinelle me défiait.

Il s'agissait d'un bataillon de la Leibstandarte attaché à la Vingt-cinquième motorisée. On m'a emmenée devant le général Heye. Sauckel était avec lui. Ils m'ont tous deux regardée bouche bée.

— Bonsoir, gentlemen.

J'avais l'impression de tenir une cuite.

— Au nom de Dieu d'où arrivez-vous ? a demandé Heye.

— Je me promenais. Je me suis assise sur un rondin pour allumer une cigarette. Errant de-ci de-là.

Sauckel était vert de rage. « Le général nie avoir connaissance des allées et venues de Vera, criait-il. L'un de vous deux ment. »

Heye se montrait tout aussi furieux. « Avez-vous dit à cet imbécile que je l'avais enlevée ? », crachait-il.

— Il m'a mal comprise. Abrutie de fatigue, je n'avais aucun mal à jouer les imbéciles. Je lui ai dit que je savais où elle était.

— Et où est-elle ? a crié Sauckel.

— Là-bas, près du fleuve.

Ils ont envoyé une patrouille qui est revenue avec Vera, Mopsa, Dorcas et les tireurs. Prisonnières. Elles portaient toujours leurs manteaux de fourrure. Et pour la première fois j'ai remarqué les petites étoiles rouges cousues aux manches.

« Des commissaires du peuple ! » Sauckel n'en revenait pas. « Toutes ! » Il s'est approché de Vera. « Espèce de petite traînée. Tu m'as affirmé que tu n'étais même pas membre du parti ! »

Elle lui a craché au visage.

Il s'est tourné vers Heye, tremblant : « Vous connaissez la règle, Général. Tout commissaire du peuple doit être exécuté à sa capture. »

Heye a grimacé de dégoût, et appelé le commandant de la Leibstandarte. Mopsa et Dorcas sanglotaient. Les trois tireurs me regardaient fixement, comme d'habitude.

Vera a ôté son manteau pour me le jeter. Je l'ai attrapé et je l'ai enfilé. Dans une des poches, j'ai trouvé un pot de confiture.

Les six ont été attachées à un arbre et fusillées.

J'ai composé un petit poème.

Les gitans voleurs reviennent
Dans le silence de la nuit
Pour prendre une pince à linge sur le bord d'une fenêtre

Je l'ai appelé *Perte*. Puis j'ai mangé la confiture.

On n'a jamais pris Moscou. Ni Leningrad. Les Russes ont contre-attaqué, nous faisant reculer jusqu'au fleuve Donetz.

Et le 11 décembre 1941, les Etats-Unis d'Amérique déclaraient la guerre à l'Allemagne.

« Je ne vais certainement pas occuper la Russie entière, disait Hitler. Il me faudrait des milliers de divisions. Je refuse d'aller plus loin que les Urales. Je diviserai tout l'est de la Volga en un échiquier de districts militaires, et que le reste du pays aille au diable. »

Nous étions dans le salon de thé en sous-sol du bunker de la chancellerie. La pâle Eva boudait, visiblement en chaleur, tandis que Bormann flottait dans une hébétude béate, comme s'il venait de fumer une pipe d'opium. Ils m'avaient invitée à déjeuner pour que je leur raconte mon expérience en Russie. Mais jusqu'à maintenant, Hitler avait monopolisé la parole, comme toujours.

« Je rebâtirai Moscou, bien sûr, disait-il. Peut-être un peu plus au sud, vers Kaluga, sur le fleuve Oka. Et naturellement je la rebaptiserai. Non pas " Hitlergrad ", ni quelque chose d'idiot dans ce genre, non. Un bon nom allemand. »

« Uocsom », je suggérai.

Il a froncé les sourcils. « Uocsom ? »

« Oui, Moscou épelé à l'envers. »

Eva a éclaté de rire. Bormann me regardait comme si j'avais roté.

Hitler a secoué la tête. « Non, je pensais tout simplement à un nom de navire de guerre, comme *Bismarck* ou *Wagner*. »

Sa main tremblait tandis qu'il sirotait son thé. Il avait les yeux rouges et bouffis. Il se léchait continuellement les lèvres, comme s'il avait mangé une pomme véreuse. En fait, c'était une loque. Cette année-là, les vents glacés de Russie avaient soufflé jusqu'à Berlin.

Le repas et le monologue ont duré tout l'après-midi.

Finalement il s'est excusé, pour monter à une réunion avec Bormann.

Eva m'a fait faire le tour du bunker. C'était un énorme système d'égouts, un labyrinthe de chambres, de couloirs, de salles de bains et de cuisines. Elle m'a emmenée dans la « suite du Führer ». Nous avons verrouillé la porte et enlevé nos jupes. Nous avons fait l'amour sur un lit de repos, à côté d'un buste de Frederick Barbarossa.

Je n'étais pas vraiment d'humeur, mais elle partait pour Obersalzberg le lendemain et je ne la reverrais probablement pas avant des mois.

— C'est la première fois, a-t-elle chuchoté, depuis 1941...

— Avec qui c'était, en 1941 ?

— Une femme de chambre dans un hôtel à Vienne.

A Berlin, le quartier général de RUSHA — Rass-und-Siedlings-Hauptamt — le service responsable de mon absurde mission, ramasser des putes en Russie, était fermé depuis des semaines. Je me présentai chaque jour, mais la porte restait verrouillée, et le réceptionniste, dans le hall d'entrée, n'avait aucune idée de la date de réouverture. J'ai finalement découvert que tout le service avait été transféré au WVHA, Zahringerstrasse, à Wilmersdorf. Je m'y suis rendue pour voir mon vieil ami Otto Kasper, alors responsable des transports dans les camps de concentration. Il m'a donné du travail au bureau économique. Il m'a également donné un mois de congé.

J'ai téléphoné à la mère de Lisa, à Dresde, qui m'a dit que sa fille vivait à Cologne. Je possédais toujours mon permis de vol de la Luftwaffe dans mon porte-monnaie. Le premier juin, je prenais l'avion.

Je me suis inscrite dans un hôtel de Severnstrasse, tout près de St Johann. Elle habitait tout à fait à l'autre bout de la ville, à Hansaring.

J'y suis allée à pied. Ça m'a pris des heures, chaque

pas était une bénédiction. Les rues étaient des ailes de cathédrale, de l'encens sacré se déversait par toutes les fenêtres, des saints me bénissaient en un millier de transepts — sainte Mariae, saint Kunibert, saint Gereon, saint Andreas, saint Martin, saint Apolstem, saint Mauritius, saint Pantaleon.

Je me demandais s'il y avait une sainte Rita dans le coin. C'était la préférée de papa, la Dame des Causes Perdues. Il lui allumait des bougies chaque fois qu'un chèque arrivait en retard, ou que son compte en banque était à zéro. Ou quand je tombais malade. Elle se montrait infaillible ! Il jurait qu'elle m'avait sauvé la vie quand j'avais attrapé les oreillons en 1919.

J'ai fini par atteindre Hansaring. L'immeuble de Lisa se situait juste en face du Stadtmauer. Son nom était sur une boîte à lettres, dans l'entrée. Elle vivait au rez-de-chaussée, dans une cour en demi-lune avec des chênes. Un vrai paradis !

J'ai sonné. La porte s'est ouverte. Un jeune homme brun se tenait devant moi.

— Lisa est là ?

— Non. Il regardait les croix gammées sur mon col. Vous êtes venue l'arrêter ? Ironie. Un sourire hautain. Ses yeux noirs ont mitraillé ma poitrine.

— Je suis une de ses amies. Je m'appelle Edmonde Kerrl.

— Oh oui.

Qu'est-ce que ça voulait dire ? Oh oui. Il m'a invitée à prendre un verre. Elle ne serait pas de retour avant cinq heures. Je pouvais l'attendre si je le désirais. Scotch ? Gin ? Ou préférais-je du café ?

Il allait justement en prendre. Qui était-il ? Il se conduisait comme s'il habitait ici.

Il s'est présenté. Hans Kreutz. Il a servi deux tasses de café et nous nous sommes assis face à face pour les siroter.

La trentaine, noiraud, des yeux d'encre. Il portait un

léger costume d'été, une chemise marron, une cravate blanche et... des pantoufles ! Pouah !

— Vous n'êtes pas dans l'armée ?

— J'ai peur que non. Employé du gouvernement. Et vous ?

— Moi ?

— Gestapo ? Kripo ?

— WVHA.

— *We're Very Harmless Actually.* Réellement tout à fait inoffensif.

— Je vous demande pardon ?

— C'est comme ça que les plaisantins de Berlin traduisent les initiales WVHA.

— Vous êtes un plaisantin de Berlin, Herr Kreutz ?

— Non, de Hambourg.

— Nous sommes le service économique et administratif de la S.S.

— Naturellement. Mais que faites-vous concrètement ?

— Je ne sais pas — J'ai fini mon café. — Des choses hideuses probablement. Mais je ne suis qu'une employée.

— Moi aussi.

Il m'a servie une nouvelle tasse.

Lisa est revenue à l'appartement à quatre heures et demie. A ma vue, elle a crié et s'est presque évanouie. J'avais perdu des centaines de kilos en Russie et portais encore les marques de bronzage du soleil ukrainien. En plus, j'avais dû me raser les cheveux, suite à une infection de poux en avril dernier. Je devais ressembler à un panzergrenadier en robe !

Mais elle, mon Dieu ! Elle faisait encore dix-neuf ans, une petite fille en gabardine bleu pâle, avec un foulard orange en biais sur son front. Elle était terriblement adorable ! Ses yeux trop maquillés, vert et mauve, lui donnaient l'air d'un vase étrusque. Elle se débrouillait cependant pour rester charmante.

Elle m'a poussée dans la chambre, nous nous

sommes tombées dans les bras, devant la fenêtre ouverte et tous ces chênes avec leur odeur d'été et de Rhin. Nous avons sangloté, et ri.

« Cocktails ! » a crié Kreutz derrière la porte.

— Lisa, j'ai chuchoté, qui est-il ?

— Oh — elle a essuyé ses larmes — c'est le merdeux avec qui je couche.

Ça m'a donné un coup. Des centaines de filles de ma connaissance se référaient à leur liaison de toutes sortes de manières, mais aucune d'entre elles n'avait jamais parlé ainsi de son amant.

— Et ton fils ?

— Une nourrice s'en occupe, à Siegburg. — Elle a grogné d'un air malheureux. — C'était l'idée de Hans. Il n'aime pas les enfants.

Il nous a emmenées dîner, puis dans une boîte sinistre près du Heumarkt. Il était évident que Lisa le méprisait. Alors, pourquoi le tolérer ? Je n'y comprenais rien. Quelle sorte d'ambiguïté sexuelle était-ce là ? Au bout de quelques verres, il a commencé à la tripatouiller d'une manière écœurante. Elle ne cessait de le repousser. Il l'a invitée à danser. Elle a refusé. Il a essayé de glisser la main sous son corsage, elle lui a lancé son verre de vin à la figure. Horrible !

Je me suis levée, elle aussi. L'orchestre jouait *Lili Marleen*. Elle s'est blottie dans mes bras, et nous nous sommes éloignées en dansant dans la pénombre enfumée, bercées par la musique.

Je la serrais contre moi, toutes nos courbes liées dans un même mouvement de cuisses, et soudain, je me sentais bien. « Edmonde », a-t-elle susurré. Ses mains se sont glissées sous mon corsage, sur ma nuque. « Wings », a-t-elle chuchoté. Le ravissement me rendait sourde, muette et aveugle. C'était là, ma place sur cette terre. Nos corps nous quittaient, valsaient en planant dans les airs, comme des ectoplasmes enlacés à la dérive dans un néant de béatitude.

En fermant les yeux, je pouvais m'imaginer n'importe où. Et ce serait vrai. Tous les paradis à la portée ! Aucun refuge n'était trop loin. Nous avons nagé à travers le boudoir de ma maison de Bad Tölz. Nous avons marché le long des boulevards de Munich et Templehof. Nous avons traversé le Dnieper, le Bug et l'Isar, le Rhin, la Seine et l'Elbe. Nous nous sommes avancées comme la brume à Vavin et dans la rue Notre-Dame-des-Champs.

Marie-José ! Montparnasse et papa ! Les cimetières ! Où avait-on enterré ce pauvre Sanders ? Y a-t-il des corps sacrés que les vers refusent pour leur dîner ? Que la terre pourrissante n'altérera pas ? Où vais-je errer, quand je serai morte ?

Tout à coup, j'ai su.

— Lisa, on a fait mon portrait, un nu.

— Montre-le-moi, je veux le voir.

— Impossible. Il est sur la porte d'un studio, à Montparnasse. Je pose comme une ballerine, cul nu, belle et souple, avec seulement des chaussons de danse à mes pieds et des lanières autour de mes chevilles.

— Montparnasse ? A Paris ? Alors je ne le verrai jamais.

— Peut-être que si. Il existera toujours. Oh, peut-être qu'un vil artiste de dixième rang s'installera et peindra quelque chose par-dessus, mais ce sera sans importance, parce qu'il demeurera. Et à ma mort, mon corps en prendra possession. J'illuminerai son regard. Je respirerai et ses membres bougeront. Ce sera mon fantôme.

« Raid aérien », a crié quelqu'un.

Des sirènes mugissaient. Des gens trébuchaient dans l'ombre, renversant des tables et brisant des verres. Un maître d'hôtel nous a conduits en bas d'une volée de marches, dans l'abri du club.

Kreutz, cuit, s'est endormi. Lisa et moi nous sommes assises sur un banc dans un coin sombre, avec une couverture pour cacher nos mains.

— Qui l'a peint ? a-t-elle demandé.

— Une fille du nom de Marie-José. Qui est Kreutz, Lisa ?

— Marie-José — elle dégustait le nom — comme c'est joli. As-tu jamais lu *Anthony Adverse* ?

— Oui. Non. Je ne l'ai pas encore fini. Je le mets sans cesse de côté, puis quand je le relis, il faut que je reprenne du début, autrement je perdrais le fil de l'histoire. J'en suis au milieu du tome six, chapitre quarante et un — « Un coup d'œil dans le fourneau » — Anthony est en Afrique, où il achète des esclaves. Il a une maîtresse noire, Neleta.

Sa robe s'ouvrait sur le côté. Elle l'a déboutonnée, pour m'offrir ses jambes. J'ai ouvert ma chemise, pour qu'elle puisse avoir mes seins. Nous avons joué ensemble, comme des chats torturant une souris, jusqu'à en être étourdies d'excitation.

— Lisa, qui est Kreutz ?

Elle a posé sa tête sur mon épaule : « Je ne peux pas te dire. »

— Pourquoi pas ?

— Je ne peux pas.

— Où l'as-tu ramassé ?

— C'est lui qui m'a ramassée — ses doigts tripotaient mes tétons — il est venu à l'appartement un après-midi, et m'a dit :

« Enlevez vos vêtements, gardez vos bas. Et maintenant mettez-le dans votre bouche. »

J'étais choquée. « Et tu l'as fait ? »

— Oui.

La fin de l'alerte a sonné. Nous avons porté Kreutz dehors, et ils sont montés dans un taxi pour retourner à Hansaring, me laissant seule, déconcertée, dans la Pipinstrasse. A l'hôtel, j'ai téléphoné à Otto Kasper à Berlin. Le lendemain, il me rappelait avec l'information que je lui avais demandée. Hans Kreutz travaillait pour l'Abwehr.

— Qu'est-ce que c'est que ce truc, Otto ?

— Espionnage militaire. L'équipe de l'amiral Canari.

— Wehrmacht ou S.S. ?

— Wehrmacht. Ils n'ont rien à voir avec la S.S. C'est une organisation hors parti. Des problèmes, Eddy ?

— Plutôt, oui.

— Je peux faire quelque chose ?

— Je ne crois pas, Otto.

— Alors c'est peut-être toi qui vas m'aider.

— Avec joie. Que se passe-t-il ?

— On m'a offert un nouveau travail. Je ne sais pas si je dois l'accepter ou non. Je serais forcé de quitter Berlin. Dis-moi ce que je dois faire.

— Ça peut attendre que je revienne ?

— Bien sûr.

— D'accord, alors, à juillet.

Lisa m'a téléphoné à onze heures et nous avons déjeuné dans un restaurant derrière le Völkerkundemuseum. En la voyant, je ne regrettais pas ma décision de ne pas porter mon uniforme. Elle était vêtue d'une longue robe d'été jaune, un bandeau rouge dans les cheveux. Nous nous sommes assises à la terrasse, et je me suis rapprochée d'elle pour absorber une partie de sa luminosité.

— Tu ressembles à une déesse.

— Toi aussi. Elle a ri. Nous sommes deux déesses du Rhin, assises au soleil, en train de grignoter des hors-d'œuvre.

Elle avait raison bien sûr. J'étais également adorable. Je sentais la beauté émerger de moi, comme la brume d'un marécage, remplir l'atmosphère d'un voile d'ambre chatoyant.

— Parle-moi de Marie-José.

— Elle me haïssait. — Je pleurais de joie. L'odeur de l'herbe, du vin, de Lisa et de juin était prenante, presque insupportable. — Elle m'a haïe depuis le tout début. Elle me fouettait, introduisait des choses en moi et elle me haïssait, Lisa, elle me haïssait. Il y avait une autre fille, en Ukraine, Vera, elle me haïssait aussi.

Elle a essayé de me capturer vivante pour pouvoir m'enfouir dans le soufre, ou me noyer dans de l'urine russe. Et il y avait une troisième fille, à Berlin, une juive, Lucie. Elle me haïssait encore plus que Vera et Marie-José. Je l'ai amenée à Bad Tölz, lui ai offert ma maison, et elle a tout souillé de sa haine. La haine, Lisa. Savais-tu que les histoires de haine existent aussi bien que les histoires d'amour ? Savais-tu qu'on pouvait chanter des chansons de haine autant que des chansons d'amour ? Savais-tu qu'il y a des liaisons haineuses, comme des liaisons amoureuses ? Qu'on peut tomber haineux aussi bien qu'amoureux ?

— Je sais, oui — elle m'a pris la main. — Elle était juive, cette Lucie, et si tu t'étais fait prendre ?

— Himmler a failli. — J'ai haussé les épaules. — Mais il n'a pas semblé y attacher trop d'importance. Ces vieux birbes du parti sont nostalgiques à propos de Munich et tout ça.

J'ai tout de suite su qu'elle avait décidé de se confesser. Elle ne m'avait rien dit avant parce qu'elle ne se fiait pas à moi. On rêve, Lisa ne plus me faire confiance. Incroyable !

Nous avons déambulé le long de Bayernstrasse, passé le port, et poursuivi jusqu'au marché. Elle semblait toujours hésitante. C'était énervant !

— Raconte-moi tout, Lisa, lui ai-je suggéré.

— Hans est avec l'Abwehr, a-t-elle finalement admis.

— Tu as des problèmes avec l'Abwehr ?

— Mon mari, oui. Elle s'est appuyée sur le parapet du quai. Ou plutôt, il risque d'en avoir. Il a écrit une lettre très incriminante au Field Marshal von Rundstedt en décembre dernier. Hans l'a interceptée. Il ne l'a encore montrée à personne.

— Il te fait chanter ?

— Oui.

— Que veut-il ?

— Moi, tout simplement. Ou plutôt ma bouche. Il

dit que j'ai des lèvres aristocratiques. Ça fait maintenant trois mois que je dois l'avaler tous les jours. Il s'en est satisfait, jusqu'à hier.

— Hier ?

— Tu lui as fait une grosse impression. Maintenant il veut coucher avec nous deux. Ce soir.

J'ai acheté un tube de somnifères dans une pharmacie de la Severinstrasse.

Sur le Ubierring se trouvait un dépôt de fournitures S.S. Le Sturmbannführer responsable m'a donné un jerrican d'essence en échange d'une bouteille de whisky irlandais, que je m'étais procurée auprès du barman de mon hôtel.

J'ai mis le jerrican dans un sac en papier que j'ai traîné jusqu'au tramway. Je suis arrivée à Hansaring à neuf heures. Il faisait encore jour, et des groupes d'enfants jouaient sous les chênes, provoquant un raffut infernal. Lisa se trouvait seule dans l'appartement. On n'attendait pas Kreutz avant neuf heures. J'ai rangé le sac dans un placard, et nous nous sommes assises dans la pénombre de la cuisine, en buvant du jus de citron vert.

Mis à part ses bas sous sa *robe de chambre*, elle était nue. Et terriblement mal à l'aise. « Tu n'es pas obligée d'endurer tout ça, Edmonde, pas vraiment. »

— Ça ne me dérange pas.

— Son corps te dégoûtera. Il est horrible ! Couvert de furoncles, de poils et de grains de beauté...

— S'il te plaît, Lisa.

— Et il sent l'urinoir.

— Arrête.

Elle est restée silencieuse un long moment, avant de regarder sa montre d'un air malheureux : « neuf heures quinze. »

— Viens. Je l'ai prise par la main pour la conduire dans la chambre. Après m'être déshabillée, je lui ai ôté sa robe de chambre.

— Tu vois, il m'oblige à garder mes bas.

— Il a raison. Tu es très érotique.

— Tu comprends, a-t-elle plaidé, ce n'est pas pour mon mari que je m'en fais. C'est pour Eduard.

— Je comprends, Lisa.

Je lui ai embrassé les seins, caressé la taille et les hanches, jusqu'à ce qu'elle perde conscience de tout, sauf de son désir pour moi.

— Pourquoi es-tu si belle ? pleurait-elle. Es-tu fille ou naïade, née des profondeurs d'un lac ?

— Mon père disait qu'il m'avait trouvée dans une poubelle derrière le théâtre de la Gartner-Platz à Munich.

Elle me fixait éperdument. « Regarde tes yeux. Ils sont surnaturels. Tu n'es pas un être humain, admets-le. Tu es Pallas Athéna ou une autre. Qu'est-ce que tu as sur la jambe ? »

— Du platine.

J'ai ouvert la chaîne, pour la mettre à sa cheville. Elle s'est assise sur le lit et je me suis agenouillée entre ses cuisses pour effacer tous ses tourments et ses chagrins, tandis qu'elle me caressait les cheveux.

Kreutz est arrivé tranquillement une demi-heure plus tard. Tout juste sorties de la douche, on était assises, enveloppées de serviettes, dans le salon. En nous voyant, il a claqué la langue.

— Bravo. Il a applaudi. Pas un geste. Laissez-moi admirer le tableau ! Pourquoi les jeunes dames de la haute sont-elles toujours si chic, même sans vêtements ? Quel est le secret ?

Je me suis levée en faisant tomber ma serviette. « Racontez-nous vos expériences avec des jeunes dames de la haute, Herr Kreutz. Son regard a voltigé vers moi, comme une chauve-souris affolée. Vous en avez connu beaucoup ? »

— Une seule, a-t-il admis, à nouveau souriant. Jusqu'à présent je me spécialisais dans la chasse aux vendeuses de grands magasins. Et pour tout avouer, je n'y excellais pas.

— Un verre ?

— Laissez-moi m'en occuper. Après tout je suis votre hôte. Je vis ici.

— Ce soir, vous êtes l'invité d'honneur.

— En ce cas, gin et jus d'ananas.

Pouah ! J'ai versé le gin et le jus dans un grand verre. Le tube était coincé dans mon bracelet de montre. Je l'ai libéré, ouvert, et entièrement vidé dans la potion dégoûtante. J'ai remué avec une cuiller avant de lui porter. Il l'a prise, et en a avalé la moitié en une seule gorgée assoiffée.

Lisa ne disait rien. Elle restait assise sur le canapé, les bras pliés, l'air sinistre. Il faisait nuit maintenant. Tous les enfants qui jouaient sous les chênes étaient partis, laissant le parc aussi silencieux qu'une forêt.

— Vous vous en fichez certainement, a annoncé Kreutz, mais ces damnés Américains viennent de couler la moitié de la flotte japonaise au large de Midway.

— Je ne m'en fiche pas, plus tôt les Américains gagnent la guerre, mieux ce sera. Les films d'Hollywood me manquent terriblement.

Il m'a regardée, ébahi. « Vous parlez sérieusement ? »

— Naturellement !

— Voilà une belle déclaration patriotique !

— Et vous, Herr Kreutz ? Etes-vous patriote ?

— Certainement.

J'ai ri. Un maître chanteur patriote ! Quel cochon d'enculé !

— Pourquoi vous ricanez ?

— Je ricane toujours quand ma sexualité s'éveille. — J'ai posé devant lui, comme une cocotte. — Finissez votre verre, qu'on s'y mette.

Il a gloussé, et englouti le reste du gin. « D'abord vous avec elle, a-t-il minaudé. Embrassez-la. »

J'ai rejoint Lisa sur le canapé, et lui ai soulevé sa serviette. Elle m'a souri d'un air morne en ouvrant les bras. Nous nous sommes lentement embrassées.

Kreutz, dont la respiration devenait aussi sifflante que celle d'un élan, s'est déshabillé. « Ses bas ! »

Ils se trouvaient dans la chambre. Je suis allée les chercher, et à mon retour, Kreutz était nu. Lisa avait raison. Son corps était atroce !

Je me suis assise près de Lisa, tandis qu'elle soulevait les jambes. Il regardait, la queue dressée, pendant que je lui enfilais les bas. Je lui ai souri. « Qu'est-ce que je vais mettre, Hans ? Un tutu ? »

Il n'écoutait pas. Il se tenait debout devant moi, son sexe cherchait ma bouche. Je me suis détournée avec une moue de modestie, et il s'est pris dans mes cheveux.

— Il n'est pas prêt. — Je l'ai repoussé. — Faites-le plus gros.

Ça l'a déboussolé.

— C'est rien ça, je l'ai gourmandé, je le veux *énorme !*

Il restait là, comme un imbécile. On attendait.

— Vas-y, Hans, s'est moquée Lisa, tu peux faire mieux que ça. Plus haut, plus haut.

Il a fait un pas vers elle, puis s'est arrêté pour se regarder. Son érection s'était tristement étiolée. Il a ri, déconcerté. Il a chancelé en arrière, avant de s'écrouler dans un fauteuil.

— Aidons-le, Lisa, j'ai roucoulé, me glissant sur elle. Regardez, Hans. Ses baisers me coulaient le long du ventre, jusqu'à mes hanches. Elle est descendue du canapé, son souffle entre mes jambes. Je me suis allongée en arrière, en lançant à Hans un regard triomphal. Une vraie gueule de raie. Tentant de se lever, il est tombé à quatre pattes. Je lui ai envoyé un baiser, tandis que la langue de Lisa se mettait à batifoler en moi, m'inondant de douceur. Je haletais de bonheur, ma jouissance s'échappant en charabia de mes lèvres.

Il est devenu jaune, puis vert. Il s'est effondré sur le tapis en croassant.

Lisa fouillait toujours plus profond en moi. Elle a

levé des yeux immenses, brillants. Le regard du coup de grâce ! Plus diabolique que cent caresses adroites ! Je débordais, éviscérée !

Kreutz braillait d'agonie.

J'ai émergé de mon engourdissement à dix heures et demie, et elle était assise par terre, à côté de lui.

— Edmonde, je crois qu'il est mort !

Je me suis levée pour prendre son pouls. « Pas encore, mais il le sera bientôt. »

— Que lui est-il arrivé ?

— Une crise cardiaque, probablement.

— Doux Jésus, qu'allons-nous faire ?

— Nous en débarrasser.

— Mais s'il meurt, la lettre de Richard...

J'ai fouillé ses vêtements. Elle n'y était pas. Je ne m'attendais pas vraiment à la trouver. Elle avait trop de prix pour qu'il la trimbale dans sa poche. Et pour la même raison, elle ne serait pas dans son bureau non plus.

— Où habite-t-il, Lisa ?

— Machabaerstrasse.

— Elle doit y être alors. On va avoir besoin d'une pelle, ou quelque chose comme ça.

— Une quoi ?

— Ne t'habille pas. On prendra un bain après.

— De quoi tu parles ?

Dans la cuisine, j'ai trouvé une grande truelle. Ça irait parfaitement. J'ai éteint les lumières, tiré les rideaux, et ouvert la fenêtre. On l'a soulevé pour le jeter dans la cour. Toujours nues, on a grimpé derrière lui.

La lune était voilée et toutes les fenêtres de l'immeuble éteintes. Nous l'avons porté à travers la pelouse jusqu'aux chênes. A l'aide de nos mains et de la truelle, nous avons creusé une tombe longue et étroite, où nous l'avons enseveli. Il vivait encore.

De retour à l'appartement, la fenêtre refermée derrière nous, j'ai pris une douche, Lisa un bain.

— Je reviens dans une heure, lui ai-je dit.

— Où vas-tu ?

— Chercher la lettre.

Après m'être habillée, j'ai rassemblé les vêtements et les affaires de Kreutz, et tout mis dans une valise. J'ai ensuite sorti le sac de papier du placard et trouvé un taxi sur Hansaring, qui m'a conduit Machabaersstrasse.

Il vivait dans un studio, au dernier étage d'un immeuble près du fleuve. J'ai ouvert avec sa clef. La lettre se trouvait sûrement quelque part à l'intérieur, mais je ne me suis pas donné la peine de chercher. J'ai sorti le jerrican du sac, et versé de l'essence partout. Puis j'ai frotté une allumette et la pièce entière s'est embrasée.

J'ai dévalé les escaliers. Dans la rue, pas une âme en vue. J'ai appelé les pompiers d'un café de la Domstrasse, avant de revenir à pied à Hansaring.

Lisa trempait toujours dans son bain. Elle fredonnait tout en jouant avec les babioles en caoutchouc de son fils. Je l'ai sortie de l'eau et mise au lit. A nouveau nue, je me suis glissée à côté d'elle, la tenant dans mes bras toute la nuit. Au matin, elle n'allait pas mieux. J'ai appelé un médecin. Il lui a fait une piqûre de quelque chose, avant de l'évacuer en ambulance.

Tandis que Lisa passait le reste de juin en clinique, j'étais de retour à Berlin.

— La Sixième armée a pris Stalingrad, dit Otto. Où ça se trouve ?

— Je ne sais pas. Quelque part au sud, sur la Volga.

Nous étions assis dans son bureau, en train de boire du cognac. Comme il n'avait pas de cigarettes, je fumai un de ses cigares. Délicieux.

Nous nous sentions tous les deux préoccupés. Mon problème était à nouveau Lisa. Après sa dépression, le général Heye avait quitté le front d'urgence. Ils habitaient maintenant à Berlin, une maison de la Warth-

Platz. J'avais tenté plusieurs fois de lui rendre visite, mais il lui interdisait de me voir, et même de me parler au téléphone.

Le problème d'Otto était le WVHA. On lui avait offert le commandement d'un camp à Gotha, en Thuringe, et il ne savait pas s'il devait accepter ou non, même si ça représentait une promotion.

— Il s'agit d'une de ces zones interdites, ruminait-il, tu sais ce que ça veut dire. Tout le monde y devient un détenu. Y compris les gardes.

Un autre problème *encore* se profilait à l'horizon, qui nous concernait tous les deux, qui concernait toute la S.S. La Russie ! Une circulaire d'Himmler prévenait les divers services qu'un nouveau Einsetzgruppe s'était formé pour une mission spéciale en Ukraine. Tout le monde devait se tenir prêt, et, bien sûr, personne ne voulait y aller. Surtout pas moi. Pouah ! L'idée même de retraverser le Dniester me terrifiait.

— L'Ukraine. Il s'est versé un nouveau cognac. Avec l'hiver qui arrive, tout sauf ça, même un camp de concentration.

— Otto, peux-tu me trouver les mêmes cigares ?

— Oui. Mais ils coûtent horriblement cher. Ils viennent de Cuba, *via* Stockholm, et une seule boîte vaut un mois de salaire. Ce qui me rappelle que je dois déjeuner avec la Suédoise qui me les vend. Tu veux te joindre à nous ?

Nous nous sommes rendus à Spandau, dans une petite auberge près du stade. Il faisait un temps d'automne, brun et tiède. L'air empestait le cidre et l'humidité. C'était ce genre de journée où rien ne semblait important — pas même la guerre, ni l'amour, ni un débit à la banque. J'avais recu le matin une note des impôts me rappelant que je devais dix mille marks au Reich. Je l'avais déchirée.

En attendant la fille, nous avons bu quelques cognacs, et nous commencions à nous sentir légèrement cuités. Elle est arrivée à deux heures. Elle s'appelait Naima Josephson.

Elle se tenait debout devant nous, et les bois chantaient.

Soudain, tout devenait aussi vital que de respirer. Si mon cœur s'arrêtait de battre à cet instant, jamais je ne la reverrais. Je priai pour vivre encore un peu, au moins jusqu'à la fin du déjeuner ! Assez longtemps pour renoncer à tout, sauf à sa présence.

Une vision nordique ! Une divinité ! Une idole ! Un pin de sacrifice scandinave planté dans la glace de la plus haute pente de Kebnekaise ! Un autel ! J'étais impatiente d'arracher des poignées entières de mes entrailles pour les brûler devant elle, de me lacérer les veines pour lui offrir une coupe de mon sang. Je voulais m'allonger à ses pieds, que des hordes de Vikings me découpent avec leurs haches de guerre, que mes hurlements la vénèrent.

— Comment se fait-il, a-t-elle demandé, qu'on ne mentionne pas El Alamein dans les journaux allemands ?

— El Alamein ? Otto avait du mal à garder les yeux en face des trous. Qu'est-ce que c'est ? Un cigare ?

— Un champ de bataille en Afrique. Elle a ri. Vous venez de prendre une sacrée pâtée. Rommel a été mis en déroute.

— Au diable Rommel ! Qu'avez-vous à vendre ?

Elle a ri à nouveau. Ah, ce rire. Une ode au luth ! Mozartien ! Une sonate à la harpe ! Si étrange ! Plus personne ne riait en Allemagne. J'ai essayé... tout juste capable de m'étrangler, et de grincer comme une vieille soupape.

Elle m'a regardée bizarrement. Je la dégoûtais sûrement, tellement je me sentais fétide et répugnante ! Le teint brouillé ! Les dents pourries, ma langue couverte d'écailles ! Mon corps qui dégageait une odeur putride de putois ! D'un instant à l'autre, elle allait s'excuser pour courir vomir dans les fourrés !

Comment pouvait-elle ne pas m'abhorrer ? Comment pouvait-elle ne serait-ce que tolérer ma présence ? Comment pourrait-elle manger, avec une lépreuse comme moi à son côté ? Elle se prétendrait au régime et ne commanderait qu'un verre de sherry avec de l'aspirine.

Pas du tout ! Elle a commandé des sardines, des spaghetti, du gâteau, des abricots. Et elle a tout mangé !

Ensuite, elle nous a vendu deux boîtes de cigares, trois cartouches de Chesterfield, six tubes de dentifrice anglais, et une bouteille de shampooing américain.

A quatre heures, Otto devait retourner au bureau. Il a payé la note avant de nous quitter.

J'ai croisé les mains sur mes genoux, et me suis mordu la langue, trop effrayée pour parler.

Papa, que fais-tu quand tu oublies ton texte ?

Qu'est-ce qui se passe encore, petite bête ?

Je suis assise dans une auberge avec une fille, incapable de proférer un mot, aide-moi, s'il te plaît !

Prie sainte Rita.

Toi, prie pour moi. Mon esprit n'est que chaos.

Avec joie. O, Rita ! if my deep prayers cannot appease thee, but thou will be avengend on my misdeeds, yet execute thy wrath on me alone, spare my guiltless daughter[1].

C'est Richard III !

Perdre, Edmonde. Observe-la un instant, et puis regarde-la partir.

Pourquoi est-ce ainsi, papa ? Comment la faire rester ? Le soleil se couche, Spandau devient noir !

— Hé, a-t-elle chuchoté, qu'est-ce qui ne va pas ?

Je me suis penchée sur son épaule pour l'inonder de larmes.

1. Si mes profondes prières ne peuvent t'apaiser, tu seras pourtant vengée de mes méfaits, porte cependant ta colère sur moi seul, épargne ma fille innocente.

Elle vivait dans un meublé à Steglit, Willdenowstrasse, derrière le Botanischer Garten. C'est là que, dessoûlée, je suis revenue à moi, allongée sur un lit, près d'une fenêtre ouverte. J'étais nue.

Naima, assise sur le sol, lisait un livre. Un doberman monstrueux se reposait sur une natte à côté d'elle.

— Il s'appelle Faust, a-t-elle dit en partant d'un rire joyeux. Vous allez mieux ?

Il était sept heures. Mon uniforme pendait soigneusement au dossier d'une chaise. J'avais soif. Elle m'a versé un verre de quelque chose de noir au goût prononcé.

— De la *root beer*, a-t-elle annoncé, *made in U.S.A.*

Le chien s'est approché pour me renifler. Quand je lui ai tiré les oreilles, il a grogné.

— Je peux vous l'emprunter ? Elle me montrait le livre. C'était *Anthony Adverse*. Pardonnez-moi d'avoir fouillé votre sac, mais je manquais de monnaie pour le chauffeur de taxi.

— Je ne l'ai pas fini.

— Prêtez-le-moi quand vous l'aurez terminé.

— D'accord — Je la regardais fixement — *Loulou.*

— Pardon ?

— Vous ressemblez à Louise Brooks. Surtout quand vous souriez.

— Je connais un Bulgare. Il prétend que je ressemble à Greta Garbo, — elle a ri —, il semble que le monde entier ne soit qu'un écran d'argent, avec nous autres pour stars. Vous voulez prendre une douche ?

Faust m'a suivie dans la salle de bains. L'eau était bouillante, et le savon du palmolive américain ! Je me suis frottée des pieds à la tête, pour essayer de me nettoyer de je ne sais quoi.

Elle s'est glissée par le rideau de la douche. « Au cas où cette rencontre serait la dernière, a-t-elle dit, je veux profiter de votre visite. »

Elle faisait exactement ma taille. Je m'en trouvais gratifiée, car je la croyais beaucoup plus grande. Mais ses yeux étaient au même niveau que les miens, et nos épaules parallèles. Comme la nudité peut être révélatrice, et le vêtement trompeur !

Nous nous sommes regardées.

Elle était comme un miroir, réfléchissant une autre Edmonde. Une Edmonde d'avant, du passé lointain, souriante, rieuse. L'Edmonde que papa emmenait avec lui pour d'interminables promenades. L'Edmonde perdue dans une grotte profonde avec Eva. L'Edmonde de Bad Tölz et de Munich. L'Edmonde dans les bois et dans les champs. L'Edmonde et Anna, l'Edmonde lisant *Fantômas*, l'Edmonde de la Sturmabteilung.

Elle a soulevé la jambe, pressant son genou contre mon ventre. Elle m'a embrassé les joues et les yeux. Nos mains sont restées le long de nos corps un instant, puis elles se sont touchées, et elle a élevé ma paume jusqu'à son visage pour la lécher, me garottant, me dissolvant dans l'acide, guillotinant chacun de mes membres... Quel prodige qu'un miroir puisse faire ça !

Elle a ri. « Tu es un panier de fruits ! Si seulement j'avais huit mains, comme un *octopus,* pour te toucher partout ! » Elle tâtonnait sous mes bras, me caressait avidement. Puis nos lèvres se sont jointes et ses doigts sur mes seins comptaient des dizaines d'*Ave* avec mes tétons. « Deux pieuvres, a-t-elle murmuré, gluantes et emmêlées. » Ses bras m'ont entourée. « Dis mon nom. »

— Edmonde.

— Ce n'est pas mon nom.

— *Loulou.*

— Qui était *Loulou* ?

— Un film à propos de Jack l'Eventreur. Avec Louise Brooks et... je ne sais plus.

— Ce n'est pas non plus mon nom.

— Naima Josephson.

— Oui. Encore.

— Naima Josephson.

Elle a grommelé. « Ça sonne comme un hautbois ! »

Son corps m'enveloppait. « Je ne peux pas attendre, si tu n'es pas prête, tant pis ! »

Elle s'est laissée tomber sur les genoux, s'enfonçant loin de moi, en bas, tout en bas, dans le gouffre.

— Où es-tu ?

Je ne pouvais pas la voir. Où était-elle partie ? Puis j'ai senti ses dents sur ma hanche.

— Oui, Naima, je suis prête — Je me suis agenouillée près d'elle — Mais il faut le faire ensemble.

Nous avons rampé du sol de la douche au sol de la salle de bains, nous bousculant l'une dans l'autre, nos têtes enfouies dans nos cuisses.

Assis, Faust nous regardait, sa queue battant le carrelage.

Elle était toujours mon miroir. Je me trouvais doublement penchée sur moi-même, voûtée, tordue comme un contorsionniste, entre mes jambes. Mon visage était mon berceau de verdure, mes baisers rendaient hommage à ma propre passion, ma bouche me goûtait, ma langue profonde en Edmonde.

Elle a ri. « Dommage que personne ne puisse nous voir... Le tableau doit être spectaculaire... — Nouveau rire — Faust est choqué — Rire encore — En fait, moi aussi. »

Puis nous avons ri toutes les deux, nous roulant par terre comme des clowns hystériques, miaulant, chatouillant, mordant, cisaillant nos cous de nos jambes, braillant, barbotant dans les flaques, nous cognant aux murs.

Finalement, hilarité et ferveur se sont entrechoquées, se pulvérisant en météorites de nitroglycérine, qui nous ont fait exploser, écrasées.

Mécontent, Faust a aboyé.

A onze heures, elle devait livrer une douzaine de bouteilles de scotch de marché noir à un client du ministère de la Luftwaffe. Je l'ai accompagnée pour l'aider à porter les sacs.

Le bâtiment était sombre, les fenêtres condamnées, et des montagnes de sacs de ciment s'empilaient partout. Un portier de nuit nous a introduites par une entrée de service, et conduites à travers le dédale familier de couloirs jusqu'au service exécutif.

On a dépassé mon ancien bureau. En regardant par la porte de la salle des dactylos, j'ai vu le bureau de Lucie, près de la fenêtre.

But thoughts, the slaves
of life, and life, time's fool,
And time, that takes survey
of all the world
Must have a stop[1].

Comme disait Hotspur. Et il tombait mort.

Le client nous attendait dans le hall du quartier général. Toutes les lumières étaient éteintes sauf la lampe de camouflage bleue, et il était assis dessous, affalé dans un fauteuil, le regard fixé au sol.

Hermann.

— Entre, Naima, entre.

Il ne s'est même pas donné la peine de nous regarder. Il était « déconnecté », la bouche ouverte, les yeux noyés d'épuisement, son ventre de baleine pétrifié de graisse bouffie.

— Comment ça va, Reichsmarschall ? Naima l'a embrassé sur le haut de la tête. Voici Edmonde.

— Salut, a-t-il grommelé.

Il ne me reconnaissait pas.

— Comment avance votre guerre ? lui a-t-elle demandé. Tenez, votre scotch. On a sorti les bouteilles du sac pour les poser sur une table à côté de lui.

Il a pris une poignée de marks dans sa poche et lui a

1. Mais les pensées, esclaves
de la vie, et la vie dupe du temps,
Et le temps qui prend mesure du monde
doivent avoir un terme.

tendu, sans même les compter. « On aura Stalingrad à la fin de la semaine », a-t-il promis.

— Quoi ? Vous voulez dire que vous ne l'avez pas encore prise ?

— Non, je ne crois pas.

— Une piquouse ?

— Volontiers, Naima.

Elle est partie dans les toilettes pour hommes. Laissés à nous-mêmes, Hermann et moi nous sommes observés.

— Tu ne me reconnais pas ? Mais je me servais du *tu* des amoureux ; je me suis vite reprise. Vous ne me reconnaissez pas, Herr Reichsmarschall ?

— Bien sûr que si. Il a souri, faisant trembloter tous les lourds festons pendus à ses joues. Vous êtes la petite fille de l'Oberlieutenant Kerrl.

J'étais étonnée. « Oui, exact. »

— Jasta 12/JG 2.

— Oui, mon Dieu ! Une étincelle de vie demeurait en lui après tout !

— Comment va votre père ?

— Il est mort.

— Je suis désolé — Il regardait de nouveau le sol — Un jeune homme charmant. Ce sera une immense victoire. Et nous avons besoin de victoires. Staline est paniqué. Il balance toutes ses armées sur la Volga. Des douzaines. Ça va être la boucherie ! Son corps monumental a pivoté, cassant presque les pieds du fauteuil. Mais le Führer est très mécontent des raids aériens — Il a frotté ses mains potelées — Ces forteresses volantes sont des chefs-d'œuvre de destruction. J'ai besoin de plus de bombardiers. Bien sûr je me souviens de vous, Kerrl, oui. Toute cette jeunesse splendide. Voss, Loewenheart, Udet... Il a gloussé. Et Göring aussi ! On appelait Immelmann « L'Aigle de Lille ». Et Manfred « Le Baron rouge » s'il vous plaît ! Mais moi, j'ai toujours été « le gros Hermann ».

Naima est revenue avec une seringue. Elle me l'a

tendue pendant qu'elle l'aidait à ôter sa tunique. C'était comme de déshabiller le mont Blanc !

— On a la R.A.F. tous les soirs maintenant, a-t-il marmonné, et la Huitième Force américaine, chaque jour que Dieu bénit.

— Des bas vous intéresseraient-ils, Reichsmarschall ?

— Des bas, Naima ?

— Tout neufs. Elle lui a retroussé ses manches. Directement de New York.

— Très bien. Amène-les. Ce dont j'ai vraiment besoin, pourtant... — Il fronçait les sourcils, en essayant de se souvenir. — C'est, ah oui, cinq cents nouveaux Focke Wulf 190, avec des hommes pour les piloter. Et deux ou trois escadrons de Nachtjäger pour neutraliser ces sacrés Lancasters toutes les nuits. Des bas, oui, Emmy sera enchantée.

— Je vous les apporterai demain. Elle a plongé l'aiguille dans son bras.

Des sirènes de raid aérien se sont mises à gémir dans tout Berlin.

Il s'est brusquement levé pour partir dans l'aile des bureaux exécutifs, en enfilant sa tunique. « Mon bon souvenir à votre papa ! » m'a-t-il lancé en s'éloignant.

— Quel éléphant ! s'est esclaffée Naima. Je me suis aussi fait une piqûre. Elle agitait rêveusement la seringue devant moi. « Hooo ! Je commence à la sentir. Tu en veux, Edmonde chérie ? »

— Oui.

Elle a scié le bout d'une ampoule avec une minuscule lame, et rempli la seringue. J'ai soulevé ma jupe et elle m'a piquée dans la cuisse. Puis elle a léché la blessure et sucé une goutte de sang. Nous avons commencé à faire l'amour, mais deux officiers de la Luftwaffe sont passés à toute vitesse, alors on a préféré ouvrir une des bouteilles de scotch. On est restées là, à boire, jusqu'à la fin de l'alerte.

Au moment où nous quittions le bâtiment, l'injection a explosé en moi. Boum ! Je me souviens de Naima me jetant sur un tas de sacs de sable et poussant entre mes jambes comme une panthère rugissante. Puis on a fait la tournée des églises, pour chercher une statue de sainte Rita. Après, nous nous sommes retrouvées dans le Volkspark de Mariendorf.

J'étais assise dans l'herbe, en train de fumer un cigare tout en regardant Naima qui, agenouillée devant — je crois — un marin, lui mordait le pénis. Il s'est enfui, couinant de douleur, tandis qu'elle le poursuivait, en riant et en le frappant avec un bâton. Ensuite, nous étions tout là-bas à Zehlendorf, en train de boire de la bière dans une gargote. Et puis autre part, en train de danser avec — je crois — des nains. Je me suis réveillée à huit heures du matin, à la station Schlesisches Tor du U-bahn.

Je me sentais merveilleusement bien, comme si je venais de dormir dix heures. Après être rentrée, j'ai pris un bain, changé d'uniforme et avalé mon petit déjeuner.

Puis j'ai lu le journal et j'ai failli m'évanouir.

Une jeune fille s'était fait assassiner la nuit dernière à Templehof. On avait découvert son corps ce matin, Gottlieb-Dunkelstrasse près du canal, poignardé. Des frissons m'ont couru le long de la colonne vertébrale. Merde ! C'était à cinq minutes du Volkspark de Mariendorf ! Je nous revois, Naima et moi, en train de traverser le pont du canal, puis passer le cimetière Neuköllner, puis marcher dans Rixdorferstrasse, vers le parc... Merde ! A quelle heure était-ce ? Minuit ? Deux heures du matin ?

J'ai continué à lire.

Il s'agissait du troisième meurtre en trois semaines. Visiblement, un meurtrier forcené se baladait en liberté à Berlin ! Pendant un instant, j'avais cru que nous avions tué la pauvre fille au cours de notre folle virée. Je n'aurais pas été surprise. On avait fait à peu près tout le reste ! Quelle connerie !

Toute la région de mon organe génital s'est gelée, comme si je venais de donner naissance à un glacier. La sueur me poissait. Je devais prendre un autre bain.

Le choc s'est avéré bénéfique. Il a fait craquer la croûte d'autosatisfaction qui m'avait étouffée ces dernières semaines, et j'ai pris deux décisions temporaires : une, plus de seringues, et deux, je verrais Lisa aujourd'hui !

Je me suis rendue Warthe-Platz, décidée à m'expliquer avec le général Heye, quitte à déclencher une rixe. J'ai ouvert la grille d'un coup de pied, à la Gary Cooper entrant dans un saloon de western. J'ai traversé la cour d'un pas rageur et martelé la porte de coups de poing.

Une vieille voisine s'est penchée par-dessus la barrière pour me jeter un regard méchant. Comment osais-je faire un tel raffut à cette heure de la matinée, alors que ses deux fils se battaient pour la patrie sur le front russe.

Je lui ai renvoyé son regard méchant en lui montrant ma carte de la S.S. Elle s'est faite immédiatement humble. Non, les Heye n'étaient pas là, ils étaient partis la veille au soir. Non, elle n'avait aucune idée de leur destination.

Je suis allée m'asseoir sur un banc au bout d'Oderstrasse. J'ai allumé un cigare. Deux policiers qui passaient m'ont regardée comme si j'étais un monstre dans une cage. Je me suis levée pour faire le tour du pâté de maisons. J'espérais qu'à mon retour, Lisa m'attendrait sur le banc. Bien sûr, elle n'y était pas.

Je suis allée boire un verre au bar de l'aéroport. Le kiosque où elle avait acheté *Anthony Adverse* était fermé, aussi hermétiquement qu'une boîte à lettres. Deux prisonniers de guerre français balayaient le sol.

Que disait, un écrivain anglais, l'un des meilleurs, Thomas Hardy, Conrad, ou Henry James... il disait... que disait-il exactement ?... Que la vie était comme un tapis persan, confus et délicat, avec son enchevêtrement pour seule raison d'être.

Naima m'invitait à l'ambassade suédoise à chaque fois qu'y passait un film américain. La salle de projection se trouvait au sous-sol, et j'ai pu voir quatre magnifiques *nouveaux* chefs-d'œuvre hollywoodiens, importés de Stockholm.

D'abord, *All that Money Can Buy* avec le formidable Walter Huston dans le rôle du diable. Puis, *Kings Row* avec un autre acteur remarquable, Claude Rains, et une musique d'Erich Wolfgang Korngold. Puis *The Sea Wolf* avec une fille extraordinaire, appelée Ida Lupino, qui ressemblait tout à fait à Eva ! Et finalement, *Dr Jekyll et Mr Hyde*, avec le fantastique Spencer Tracy, qui était absolument superbe ! Je sortais de ces séances vertigineusement euphorique, impatiente d'être transférée en Suède où je pourrais aller au cinéma tous les jours.

J'ai bien failli être envoyée en Russie.

Himmler m'a fait venir dans sa maison de Walchensee. Seul dans le salon, en veste d'intérieur — la même qu'à ma dernière visite. Il buvait une tasse de café en mâchonnant des bretzels. Il m'a regardée en secouant la tête, des reflets sur ses lunettes.

— Qu'est-ce que je vais faire de vous, Edmonde ?

— Quelque chose ne va pas, monsieur ?

— Ne m'appelle pas monsieur. Nous sommes de vieux amis.

Il me tutoyait. *Excellent !* C'est qu'il se sentait dans une de ses humeurs vieux camarade, paternaliste.

— Que se passe-t-il, Heinrich ?

— C'est un espion, tu sais.

— Qui ?

— Naima Josephson.

La pièce s'est mise à tournoyer. Il a bondi pour me saisir le bras. « Juste ciel ! Tu veux du schnaps ? »

— Oui.

Je me suis enfoncée dans le fauteuil. Il m'a versé un verre, un verre de quelque chose de répugnant qu'il m'a tenu sous le nez. J'ai failli vomir. « Merci. »

— On ne peut pas l'atteindre à cause de l'immunité diplomatique. Alors, on l'utilise. On la nourrit de fausses informations.

— Tu veux dire que c'est une espionne suédoise, Heinrich ?

Son rire a résonné comme une basse-cour. « Heehahack ! Très chère Edmonde ! Une espionne *suédoise* ! Heeeehoooh ! » Il a ôté ses lunettes pour s'essuyer les yeux avec un mouchoir. J'en ai profité pour vider mon verre dans un pot de fleurs, comme le meurtrier dans *The Dragon Murder Case*.

— Non, petite gourde, elle travaille pour les Britanniques. Et aussi les Yankees, je crois. Dis-moi, comment t'a-t-elle contactée ?

Il fallait à tout prix que je laisse ce pauvre Otto en dehors de tout ça ! J'ai pris un air vague et stupide. « Oh, oui... Dans un restaurant... Non, dans le U-bahn. »

— Peu importe. A-t-elle déjà essayé de te soutirer quoi que ce soit ?

— Non ! Jamais ! Certainement pas !

— Elle le fera. Très bien. Alors donne-lui ceci. On va envahir Malte.

— Malte ?

— Dis-le lui.

— Mais, Heinrich, je ne pourrai pas, ce serait de la trahison !

— Fais ce que je te dis, Edmonde.

— D'accord.

— Tu veux un autre schnaps ?

— Non, merci.

Puis Frau Himmler est arrivée, et nous avons passé le reste de l'après-midi à parler de la victoire imminente sur Stalingrad. Puis on a dîné. Puis écouté des disques — *La Veuve joyeuse* — pouah ! A minuit, j'ai enfin pu partir.

Naima, une espionne ! Quelle absurdité ! Le genre de foutaise typique de la Gestapo.

Je me suis directement rendue au meublé de Willdenowstrasse. Elle n'était pas chez elle. Je restai assise à l'attendre jusqu'à deux heures sur un banc du Botanischer Garten. Finalement, elle est arrivée en titubant, jovialement ivre. En me voyant, elle a glapi. Elle voulait me porter jusqu'à sa chambre.

— Il faut que je te montre quelque chose, chantonnait-elle, des jolies images. Attends de voir ça ! Hooooo ! La méchante fille ! Elle tenait une grande enveloppe. Une fois dans la chambre, elle l'a ouverte. Je viens de les faire développer. Elles sont sensationnelles !

Des photographies. Des photographies de *moi*. Nue sur le lit, le chien monté sur moi. Nue sur le sol de la salle de bains, entre ses jambes. Nue dans une pièce bondée de nains. Nue en compagnie de vieilles femmes grotesques dans un beergarten.

Ne regarde pas, papa ! Ne regarde pas !

Elle m'a souri, minaudière : — Si tu n'es pas gentille, je les montrerai au tout Berlin.

— Gentille, Naima ?

— Tu fais quelques petites choses pour moi, et en échange, je fais quelques petites choses pour toi.

— Es-tu une espionne, Naima ?

Son rire joyeux a éclaté. « Bonté divine, non ! Je troque, c'est tout. Whisky, cigares, bas, informations. Je suis colporteur. »

— Des informations ? Malte, ça t'intéresse ?

— Malte ?

— On va envahir Malte.

Ses yeux ont cligné de surprise. « Vraiment ? »

Je tentai de me rappeler tous les détails de ce que j'avais lu dans le journal, à propos des trois filles mortes. Elles avaient toutes été poignardées — ça je m'en souvenais. Et il y avait autre chose aussi... Quoi ? On avait trouvé le premier corps dans un terrain vague de Schöneberg, le deuxième dans le Tiergarten. Oui, c'était ça. Et le troisième dans un canal de Tempelhof. On les avait toutes tuées dans la rue. Dehors.

Mieux valait ne pas changer de schéma.

Va-t'en, papa. Pas besoin que tu regardes.

— Parle-moi de Malte, Edmonde.

Plusieurs bûches étaient posées devant la cheminée. J'en ai ramassé une pour lui en donner un coup à la mâchoire, attentive à ne pas trop lui abîmer le visage. Un bon coup bien net, bien propre. *Crack !* Elle est tombée, étourdie.

Faust est sorti de dessous le lit en grognant furieusement. Merde ! Je l'avais complètement oublié, celui-là ! Il s'est précipité sur moi, regard dément, gueule ouverte. J'ai couru dans la salle de bains. Il a sauté par-dessus moi. J'ai reculé dans la chambre, en fermant la porte sur lui. Il s'est mis à aboyer comme un fou.

Fais-le taire, papa !

Les aboiements ont cessé.

J'ai glissé les photos dans l'enveloppe et l'enveloppe dans mon sac. J'ai trouvé un couteau dans un tiroir de la table.

La lumière éteinte, j'ai soulevé Naima pour la traîner dans le vestibule. J'ai ouvert la porte d'entrée.

J'ai poussé Naima dans l'escalier avant de lui donner un coup de couteau au cœur.

Je suis rentrée à la maison par Brentanostrasse, et me suis débarrassée du couteau dans un égout.

Tout va bien, papa. Tu peux revenir maintenant.

Les journaux du lendemain étaient prévisibles : Le tueur au couteau assassine une quatrième victime. Ou quelque chose d'approchant... En revanche, je ne m'attendais pas à la réaction d'Himmler.

— C'est vexant. Il a fait claquer sa langue d'un air chagrin. Extrêmement regrettable.

— Elle le méritait, Heinrich.

« Mmmmmmm. » Visiblement il n'approuvait pas le « Heinrich ». Pas pendant les heures de bureau. « Elle se montrait utile. »

— Peut-être les Britanniques l'ont-ils tuée. Ils ont découvert que vous la surveilliez et...

— Ne faites pas l'idiote. Il m'a jeté un regard âpre. Vous êtes une telle enfant, Edmonde. Vous savez, je n'ai pas oublié l'histoire de la Juive. Lucie je-ne-sais-quoi. Maintenant *ça*. Et quoi après ? Quelle bêtise ? Il a retiré ses lunettes pour en frapper le bureau. Un désastre allait me tomber dessus, je le sentais. Je crois que le mieux serait l'Ukraine. Pour vous empêcher de faire des sottises pendant un moment.

Pouah ! J'ai baissé la tête, humblement. « Oui, monsieur. » Il me fallait réfléchir vite. Dieu ! Papa ! Quelqu'un ! A l'aide ! « Otto », j'ai dit.

— Quoi ? Otto ? Vous voulez dire le Standardführer Kasper ? Qu'a-t-il à voir là-dedans ?

— Il a été réaffecté, vous voyez...

— Oui. Il prend le poste de Gotha.

— Je devais partir avec lui.

— A quel titre ?

— Il m'a demandé de l'épouser.

Il a bondi, aussi rayonnant que le Roi Soleil. « Mais c'est merveilleux, Edmonde ? Pourquoi ne m'a-t-on rien dit ? »

— Je voulais vous faire la surprise, Heinrich.

— Très chère fille ! Voyons maintenant ! Voyons ! Je tiens à conduire la mariée à l'autel ! Hein !

Adieu la Russie.

Une demi-heure plus tard, j'appelais Otto, lui flanquant une peur bleue. « Himmler a découvert ton trafic de marché noir avec Naima. — J'ai haleté. — Il est complètement outré. »

— Oh, mon Dieu !

— Il a même menacé de te faire passer en cour martiale.

— Qu'est-ce que je vais faire, Edmonde ?

— Je lui ai raconté qu'on était fiancés, ça devrait le tempérer un peu.

— Fi... fiancés ?

— Il faut qu'on se marie, Otto, vite. Il adore les mariages. Surtout les mariages S.S.

— D'accord. Tout ce que tu veux.

Nous nous sommes mariés en novembre. Un vrai gala, un festival du parti, avec des croix gammées accrochées aux murs, Himmler conduisant l'épousée à l'autel, et Frau Himmler s'affairant et commandant tout le monde, comme une mère poule. Hermann est passé, plus ou moins lucide, et Bormann représentait le Führer.

Au fond d'une valise, j'ai trouvé une des robes du soir blanches de Frau Frankovitch, parfaite pour la circonstance.

Après la cérémonie, nous sommes sortis de la chapelle entre deux longues colonnes de grenadiers S.S. qui tenaient leurs sabres croisés.

Un chien fou, l'écume à la gueule, a traversé la route pour nous attaquer, en aboyant et en montrant les dents. C'était un énorme doberman.

Un policier l'a abattu avec un Lüger.

Au bord de l'autoroute Eisenach, un simple signe — SS WVHA — avec une flèche pointant vers la forêt. Un long chemin, pas plus large que notre limousine, serpentait à travers les arbres jusqu'à une haute grille.

Derrière la grille, le Camp Gotha.

Otto et moi y sommes arrivés un matin de novembre. A l'ouverture de la grille, un haut-parleur a fait retentir une marche. Nous avons roulé le long d'une allée, croisant un bataillon de fusiliers S.S. au garde-à-vous, une caserne, une étable ocre, des pelouses, des parterres de fleurs et des bassins. Nous nous sommes arrêtés devant une coquette villa verte avec des volets blancs.

Frau Kasper et son mari étaient à la maison.

Heureusement, il y avait deux chambres, ce qui nous permettait, à Otto et à moi, de ne plus faire semblant de coucher ensemble. Je m'étais rendue compte lors de notre nuit de noces qu'il ne s'intéressait pas à mon corps. Nos trois semaines de « lune de miel » à Vienne s'étaient révélées aussi chastes qu'une neuvaine.

Je ne m'en souciais pas. Au contraire. L'idée d'une intimité physique avec lui ne m'attirait pas le moins du monde. Pouah ! Cette toute première rencontre, il y a des années et des années, à — où était-ce ? Stuttgart ? Munich ? Ulm ? — m'avait largement suffi.

— Choisis.

Il m'a montré les deux chambres, confirmant ainsi formellement notre séparation. J'ai opté pour celle de derrière, qui donnait sur un verger de pêches, une haute clôture et la forêt.

Debout à la fenêtre, j'ai allumé un cigare et parcouru des yeux mon nouvel horizon. Dans le verger, une vieille femme vêtue d'un genre de chemise de nuit noire élaguait des branches. De l'autre côté de la clôture, deux gardes, dont l'un avec une jambe de bois, faisaient les cent pas.

Carrément sinistre.

Mais la maison était jolie. Propre et nette, fleurant bon le pin. Accroché au mur, un horrible tableau, du style *Cerf aux abois*. Je l'ai décroché et jeté dans le poêle à charbon.

Après avoir enfilé ma cape de pluie, je suis descendue dans la cour. Un carré de pelouse entouré de barbelés. Un saule. Des buissons. L'hiver s'annonçait mélancolique.

Qu'est-ce que t'en penses, papa ? Horrible, non ?

Une haute haie longeait l'autre côté de la route. Je l'ai suivie en contournant le camp, jusqu'à ce que je découvre une ouverture dans le feuillage. Je m'y suis introduite, et là, devant mes yeux, sur la plaine boueuse, s'ouvrait le gouffre de l'enfer.

Une centaine de baraques bien alignées, et devant chaque rangée, massée, une formation immobile de mille prisonniers.

Sidérée, j'ai fait une rapide multiplication : dix fois mille...

Bon Dieu ! Dix mille personnes !

Fascinée, je me suis approchée.

La moitié était des hommes, en pyjamas noirs, l'autre moitié des femmes, en chemises de nuit noires, cinq mille d'un côté, cinq mille de l'autre, tous silencieux et immobiles, debout sous la pluie, comme une Nécropolis de colonnades funéraires.

Un homme grand au nez cassé et au crâne chauve, des raies blanches peintes sur les manches de son pyjama, s'est incliné et m'a saluée avec une trique.

— Je me présente, Zintsch, Madame, à votre service.

Je réprimai l'envie d'aller me blottir loin de lui. « Heil Hitler », ai-je marmonné.

— Hélas, Madame, il ne nous est pas permis d'acclamer le Führer.

Il était répugnant. Je l'ai dépassé, l'estomac retourné.

— Pourquoi se tiennent-ils comme ça, Zintsch ?

— Ils vous attendent, Madame, si vous voulez bien les inspecter.

Vingt mille yeux de lézards se sont braqués sur moi tandis qu'il me guidait parmi les rangées, leur regard fixe me bombardant de désespoir.

— Les baraques de 1 à 50 sont masculines, expliquait-il, les baraques de 51 à 99 féminines, la 100 est pour les gitans.

— Et qui êtes-vous, Zintsch ?

— Moi, Madame, il m'a montré sa trique, je suis le maître Bâton.

D'autres hommes et femmes portaient des pyjamas aux manches rayées de blanc. Ils ont salué à mon passage.

— Où sont les gitans ?

— Les gitans, en avant et au centre !

Quatre-vingts femmes et vingt hommes sont sortis en traînant la jambe de la dernière formation, pour se mettre mollement au garde-à-vous devant nous, leurs sombres visages olivâtres braqués sur moi.

C'étaient donc eux, les démons des nuits de printemps, les ombres qui sortaient des bois au crépuscule, pour me voler mon enfance.

Je les ai observés. Se souvenaient-ils de moi ? Sûrement, parce que je les reconnaissais tous — sauf une. Une de ces vipères, un des visages qui ne semblait pas à sa place. Une fille dans la colonne du milieu, blonde, le teint clair, les yeux bleus, plus grande que les autres.

— Qui est-elle, Zintsch ?

— Uiberreither, Madame. Le précédent commandant, l'Oberführer Pleiger, l'a mise au 100 pour lui donner une leçon.

— Edmonde ?

Otto et un autre officier s'avançaient à grandes enjambées dans la boue.

— Qu'est-ce que tu fabriques ?

— Je jette un coup d'œil.

— Tu ne devrais pas te trouver dans cette partie du camp, ma chérie.

— Pourquoi pas ?

— C'est contre les règles.

— Arrête de te conduire comme un larbin, Otto. C'est *toi* qui établis les règles ici.

L'autre officier — un beau jeune homme, pas plus de vingt ans, un bandeau sur l'œil gauche, a ri. Otto l'a présenté. Il s'agissait de l'Haupsturmführer Karl-Jesko Weber.

— Elle a raison, Kasper, il gloussait. C'est vous le patron maintenant. Zintsch ! Il a claqué des mains. Un peu de musique.

— Oui, monsieur l'Haupsturmführer. Il a donné le signal avec sa trique, en aboyant « musique ! ».

Les dix mille prisonniers se sont mis à fredonner et à siffler l'ouverture du *Mariage de Figaro* de Mozart.

Tous les matins à sept heures, les prisonniers sortaient en rangs du camp pour aller dans la forêt, où ils passaient la journée à abattre des arbres, couper des bûches et déraciner des bosquets. Quand j'ai demandé à Karl-Jesko ce qu'ils étaient censés accomplir, il a ri. Il riait toujours mais je me suis bientôt rendu compte que ça tenait à un état permanent d'hystérie.

— Ils construisent une route.

— Une route pour où ?

— Nulle part.

Je suis partie observer la route à plusieurs reprises. Large et nivelée, elle tournait sans cesse en rond, coupée par des dizaines de croisements, et ne menant, effectivement, nulle part.

« Mais, quel est l'objectif ? »

« Ça les occupe. » Il a haussé les épaules, et ouvert une nouvelle bouteille de vodka. Il en buvait au moins quatre litres par jour, et flottait continuellement dans le brouillard.

— Ne pourraient-ils faire quelque chose d'utile ?

— Quoi, par exemple ?

— Je ne sais pas. Repeindre la maison, peut-être.

— D'accord.

Le lendemain une centaine d'entre eux se sont présentés à la villa. Ils ont plâtré et peint tous les murs et les plafonds, verni les planchers et rebardé le toit. Puis, en rangs, ils sont repartis, silencieux, comme des zombies.

En janvier, j'ai découvert le secret de la route.

Un soir, je passais par hasard devant les baraques au moment de l'appel des prisonniers. Ils paraissaient moins nombreux qu'avant. En fait, certaines formations ne comptaient plus que quelques centaines d'hommes et de femmes.

Je les ai comptés. Quatre mille ! Dix mille moins quatre mille...

Incroyable ! En six mois on avait perdu six mille personnes. Je n'arrivais pas à l'admettre.

— Que leur est-il arrivé, Otto ?

— Ils sont morts.

C'était presque pire qu'à Stalingrad ! En quatre-vingt-dix jours, la Sixième armée avait perdu vingt-deux divisions !

« Que faites-vous de tous les corps, Karl-Jesko ? »

Il a rigolé, rigolé, rigolé. Il m'a montré la file de spectres en pyjamas qui sortait par la grille en fredonnant et en sifflant la *Huitième* de Beethoven. Un wagon rempli de cadavres frais les suivait.

J'ai demandé à l'un des Bâtons de me seller un cheval, pour galoper hors de vue. Je les ai regardés enterrer une rangée de corps et bâtir une route par-dessus.

Il s'agissait d'un camp politique. Tous les prisonniers étaient accusés de trahison du parti. Cinquante pour cent appartenaient aux sociaux-démocrates, vingt pour cent au centre-catholique, dix pour cent étaient hanovriens, et le reste communistes. Il y avait également quelques ex-nazis. Et certains, comme Zintsch ou les gitans, n'étaient que des épaves.

Dès février, une fois par mois, des trains se sont mis à arriver à la petite gare, dans une clairière près de la grille du fond, et cinq ou six mille proscrits gagnaient les baraques pour remplacer les morts. La moitié d'entre eux vivait trois semaines. Le reste allait sous la route.

« Fräulein 100 », comme tout le monde l'appelait, se débrouillait toujours pour survivre.

Elle m'intriguait, et je me suis rendue au bureau de la caserne pour lire son dossier. Elle s'appelait Faustina Uiberreither. Née à Braunschweig en 1922. Arrêtée par la Gestapo en 41 au cours d'une purge parmi les étudiants de l'université de Bonn. Elle était en deuxième année de droit.

Me voyant étudier le dossier, Karl-Jesko s'est

empressé d'ajouter quelques détails hilarants à son histoire.

« Le vieux Pleiger, votre estimé prédécesseur, lui a épargné les groupes de travail pour en faire sa cuisinière. Il l'a également installée dans sa pauvre couche... ah ah ah... pauvre, et même monacale. Mais elle a dû faire je ne sais quoi qui lui a déplu, peut-être sa cuisine ne lui convenait-elle pas, alors il l'a balancée avec les gitans, et tout le monde dit... ah ah ah... qu'elle lui a jeté un sort, parce que le lendemain, il clabotait en faisant des pompes dans le verger. »

Je l'ai trouvée derrière la baraque 100, en train de peigner ses longs cheveux crasseux avec une fourchette. A mon arrivée, elle s'est tournée, et nous sommes restées un moment à nous jauger.

— Les gitans ont peur de vous. Elle a désigné les fenêtres. Des visages de rapaces basanés et impassibles nous observaient. Ils disent que vous êtes leur juge. Ils veulent savoir de quoi on les accuse.

— De s'approprier les biens d'autrui. Ce sont des voleurs.

— Quinze d'entre eux sont morts aujourd'hui, il n'en reste que onze. Vous êtes-vous déjà dit que vous serez jugée aussi ? Qu'il vous faudra rendre compte de toutes ces morts un jour ou l'autre ?

— Alors, il me faudra un bon avocat ! Vous me défendrez ?

Son sourire l'a illuminée, nettoyée, m'a fait suffoquer de pitié. Ses dents étaient jaunes.

— Venez avec moi — je l'ai prise par la main — et j'arrangerai vos cheveux.

— Non — Elle s'est dégagée — Je reste ici.

— Ne jouez pas au martyre, Faustina. Faites ce que je vous dis.

A la villa, je lui ai coupé et lavé les cheveux. Puis je lui ai fait prendre un bain et brosser les dents. Son corps nu, tout en os, m'a fendu le cœur.

Sa chemise de nuit grouillait de vermine. Je l'ai brûlée et j'ai téléphoné au sergent du ravitaillement de m'en apporter une nouvelle.

Elle protestait amèrement. « C'est trop cruel ! » Au bord des larmes elle se refusait à pleurer. « Je ne pourrai plus supporter de retourner dans un groupe de travail. »

« Ce ne sera pas nécessaire », l'ai-je rassurée. Elle ne me croyait pas, bien sûr, convaincue que je la torturais. Pauvre fille ! Je l'ai couchée dans ma chambre, où elle a dormi douze heures d'affilée. Je passai la nuit sur un divan dans le salon.

Otto tenait une telle cuite qu'il ne s'est même pas rendu compte de sa présence. Mais quand Zintsch a découvert que je l'avais enlevée, il s'est montré à la fois indigné et servile.

« J'aurais dû être informé, Madame, a-t-il minaudé. Après tout, je suis chef Bâton. Tout changement dans le planning de travail relève de ma responsabilité. Vous ne m'avez même pas consulté. » Son visage hideux s'est crispé dans une vexation polie. Il attendait mes excuses.

La crise qu'il espérait se présentait enfin, j'en étais sûre. Je lui donnais l'occasion de me forcer à affirmer mon autorité.

J'ai pris ma cravache dans le placard, pour en cingler son crâne rasé. Surpris, il a battu en retraite.

— Zintsch, ai-je sifflé. A genoux. Demandez pardon pour votre offense.

Il s'est agenouillé. « Désolé, Madame, mais... »

Je l'ai de nouveau cinglé. « A présent, dehors. Non, attendez, d'abord, portez ce divan à l'office. »

Il s'est rattrapé la semaine suivante quand, découvrant que la vieille femme responsable de notre jardin avait dénudé tous les arbres de leurs branches, réduisant le verger à un squelette de poteaux, il l'a matraquée à mort. Quelques mètres de routes supplémentaires ont été construits.

J'ai demandé à Otto de l'assigner à un groupe de travail. Il a refusé.

— J'ai besoin de lui, a-t-il grommelé.

— Pour quoi faire ?

— Tout ce dont je suis incapable. Il assure la bonne marche des choses. S'il te plaît, laisse-le en paix, Edmonde.

Le lendemain, un nouveau jardinier s'est présenté. Un des gitans.

Faustina s'est installée à l'office. Elle cuisinait et s'occupait de la maison. Les jours, les semaines et les mois passaient. Son corps prenait du poids, des courbes et de la poitrine. Ses cheveux propres poussaient, blonds et fins. La Sixième armée se rendait, et Stalingrad s'ajoutait à la longue liste des villes jamais prises. Von Mannstein prenait le commandement du front sud. En Egypte, le Corps africain se faisait éjecter. Les Américains et les Anglais envahissaient la Sicile et l'Italie. Otto devenait Oberführer, et Karl-Jesko Sturmbannführer.

Nous sommes allés fêter ça à Gotha. Assis dans une boîte de nuit crapoteuse, des chapeaux en papier sur la tête, on se jetait des confetti en mangeant du canard rôti. L'endroit était bondé d'officiers de la Luftwaffe et de la Wehrmacht avec leurs petites amies. Ils sont tous partis, petit à petit. D'abord un ou deux couples, puis trois ou quatre autres, puis tout le monde. Il n'est bientôt resté que nous.

« Où sont-ils tous allés ? » j'ai demandé.

Karl-Jesko a ricané comme un chacal dément. « Ils ont peur de nous. Quand les loups sortent de la forêt, les moutons se cachent. »

— Ça me rappelle mon père, a ruminé Otto, quand il revenait de l'abattoir, puant le sang des pourceaux égorgés. Et que les voisins ricanaient et l'appelaient l'Exécuteur Tout-Puissant.

Karl-Jesko a fait la grimace. « Votre père travaillait dans un abattoir, Oberführer Kasper ? »

— Mon père possédait l'abattoir, Sturmbannführer

Weber. Personne ne voulait lui serrer la main, mais tout le monde mangeait sa viande. Cochons d'enculés, comme dirait Edmonde.

— Bizarre.

Karl-Jesko a cessé de rire. Juste un instant.

— Bizarre ? Pourquoi ?

— Mon père était croque-mort.

— Qu'est-ce qu'il y a de si bizarre ?

— Nous sommes là, Otto, tous les deux, ah ah ah ah, perpétuant les traditions familiales. Nous obéissons certainement à une loi secrète de l'hérédité.

— Exact, ai-je acquiescé. Mon père était acteur, et me voilà à présent premier rôle d'un numéro de monstres.

On a bu cinq bouteilles de *vin rosé* et Otto s'est cuité. On l'a porté, inconscient, dans la voiture pour le ramener au camp. On l'a mis au lit avant de s'asseoir dans le salon devant une tasse de café.

Kark-Jesko devenait pâteux et amoureux. Il a essayé de m'embrasser. Mais pas question. Je l'ai repoussé.

— S'il vous plaît, suppliait-il. J'ai une érection pas possible ! Il a pris ma main pour la poser sur la bosse entre ses cuisses. Tenez-le, rien qu'un moment.

— Tenez-le vous-même.

— Je le fais, cent fois par jour, mais ça a besoin du contact d'une femme.

Je n'avais pas senti un pénis depuis cet après-midi lointain dans le sous-sol de la Gestapo, rue... rue... Comment s'appelait cette rue ?

Le corps de Sanders flottait sur le fleuve de ma conscience. J'éprouvai soudain le besoin de le toucher à nouveau, de le *sentir*, de le tirer doucement, de le faire palpiter entre mes doigts, de le regarder gicler. « Montrez-le-moi. »

— Vraiment ?

— Sortez-le.

— L'embrasserez-vous, Edmonde ?

— Peut-être.

— Vous l'avez déjà fait ?
— Oh oui.
— Mis dans votre bouche ?
— Oui.
— Ça vous dégoûte ?
— Me dégoûter ? Pas plus qu'une banane.
— Une banane ? — hi hi hi hi — une banane !
— Cessez de braire, vous allez réveiller Otto.

Il a débouclé sa ceinture, et baissé son pantalon. « Préparez-vous, a-t-il roucoulé, il arrive. » Il a tiré quelque chose de son slip, quelque chose de pliant et de serpentin. « Voilà ! » Il l'a placé dans ma main. C'était froid et dur, et *creux !* J'ai baissé les yeux sur lui, étonnée. Ce n'était pas un pénis ! C'était un bout de tuyau en caoutchouc, noué ! « Vous voyez ! — Il hurlait de rire. — Je l'ai perdu en Belgique. — Il hululait. — C'est pas bête ! Avez-vous jamais vu quelque chose de plus absurde ? ah ah ah ! oh ! ah ! oh! »

Puis il a sangloté.

Je me suis levée d'un coup, je l'ai tiré jusqu'à la porte pour le jeter dans la cour.

Quel horrible cochon d'enculé ! Comment *s'appelait* cette rue ? Rue Balzac ? Avenue Marceau ? Rue François-Ier ? Merde ! Est-ce que je perdrais la mémoire ? Non, le porc de la Gestapo s'appelait Ohlendorf, ça je m'en souvenais. Et son successeur, ce paillard crétin à face de bison, Rauss. Non, Reitsch... non, *Roesch* ! Oui, Roesch !

Je suis allée dans la cuisine chercher un verre d'eau. Pareil à un fantôme, l'ange de la vengeance se tenait dans l'ombre de la porte de l'office, ses yeux me jetant des étincelles.

« Tous des dégénérés », a murmuré Faustina.

Je me suis inclinée, perdant presque l'équilibre. Je devais être plus cuitée que je ne le pensais. « Laissez-moi rappeler au procureur, ai-je dit, que chacun a ses petits défauts. »

« Racaille S.S. »

Elle portait une de mes *chemises de nuit*. Tendue par sa nouvelle maturité, sa transparence laissait paraître les mamelons. Je me suis surprise à m'approcher d'elle, mes mains douloureuses du désir de la toucher. Je l'ai prise dans mes bras, serrée contre moi. Comme ses lèvres s'écartaient pour protester, je les ai embrassées.

Elle s'est dégagée pour s'enfuir à l'office. Je l'ai suivie, déchirant sa chemise. Nous nous sommes effondrées en travers du divan. Je l'ai garrottée et j'ai enfoui ma tête dans ses seins.

— Laissez-moi, a-t-elle craché. Partez.

A coups de coudes et de griffes, elle nous a fait tomber par terre, avant de réussir à s'échapper. Je l'ai poursuivie jusque dans la cuisine où elle s'était retirée. « Ne me touchez pas, a-t-elle sifflé. Je ne veux pas de vos mains sur moi. »

— D'accord. — Je me suis appuyée contre la porte, essoufflée. — Demain je vous renvoie chez Zintsch.

— Je le savais.

— Pas possible. Je ne le savais pas moi-même jusqu'à cette minute.

— Je le savais. J'ai toujours su que vous alliez me renvoyer. C'est l'unique raison pour laquelle vous m'avez amenée ici.

— Ce n'est pas vrai.

— Si.

— Bonne nuit, Faustina.

Prise de vertige, je suis entrée dans ma chambre. O malheur ! Je me sentais nauséabonde ! Qu'ils aillent tous se faire mettre ! Elle est arrivée dans l'ombre, derrière moi.

— Très bien, disait-elle, très bien.

— Très bien quoi ?

— Que voulez-vous que je fasse ?

— Couchez-vous, retirez ça.

Elle a tiré la *chemise de nuit* par-dessus sa tête et s'est faufilée sous les couvertures. Déshabillée en un rien de temps, mes vêtements éparpillés sur le sol, je me suis glissée près d'elle. Elle avait les pieds glacés, et ses mains sentaient la pomme de terre. Pauvre fille ! Rue Galilée... Voilà le nom que je cherchais...

Faustina dans mes bras, j'ai sombré dans un sommeil peuplé de rêves enneigés.

Le chien m'a réveillée juste avant l'aube. Je me suis assise, recroquevillée, Faustina ronflait. Les aboiements provenaient du verger. Sautant du lit, j'ai ouvert les volets.

Il neigeait.

A l'autre bout de la clôture, un doberman regardait la villa en aboyant.

Puis Karl-Jesko est parti en permission. Et Otto a trouvé un garçon. Ou plutôt, Zintsch lui en a trouvé un. Dans un nouvel arrivage de débris, se trouvait un crétin de dix-huit ou dix-neuf ans, appelé Haase, un dirigeant des Jeunesses d'Hitler de Koblenz, convaincu d'immoralité.

Je l'ai découvert un matin, assis dans la cuisine en train de boire du chocolat, la robe de chambre d'Otto sur le dos, un de mes cigares à la bouche.

Il me souriait d'une oreille à l'autre. « Salut, qui êtes-vous ? »

C'était une petite brute empâtée au visage inexpressif, avec des yeux de yack et des dents en or. J'ai appelé Zintsch pour qu'il m'en débarrasse.

Otto est rentré pour le déjeuner, réellement sobre ! Non seulement ça, mais il avait passé toute la matinée dans la forêt à superviser en personne les derniers enterrements. Il arborait le masque épanoui d'un nouveau marié !

« Où est le jeune Haase ? » a-t-il gazouillé ?

J'ai délivré mon ultimatum : « Pas question qu'il vive ici, Otto. »

— Pour quelle raizzon ?

— Quoi ?

— Z'ai dit, pour quelle raizzon ?

Je n'en croyais pas mes oreilles. Il *zézéyait !* « D'abord, on manque de place. Je ne supporterais pas d'avoir cet abruti dans mes pattes toute la journée. Deuxièmement, si un inspecteur de la WVHA débarquait, il trouverait peut-être à redire, en découvrant la maisonnée transformée en ménage homosexuel à trois. »

— En ménaze à quatre. Et Faustina alors ?

— De toute évidence, Faustina est notre domestique. Haase ne peut vraiment passer pour rien d'autre que ce qu'il est, un foutu prostitué mâle.

— Tu as raizzon. — Il a écarté le sujet d'un air insouciant. — Nous en avons collé cinquante-cinq sous la route ce matin.

Zintsch a mis Haase au travail dans la grange. La nuit, après le couvre-feu, il venait à la villa pour en repartir le matin avant que je me lève.

Ainsi allait la vie.

Les nuits étaient longues. Otto et Haase grognaient, vibraient et se cognaient aux murs des heures et des heures durant. Et dans notre lit, Faustina et moi demeurions allongées, côte à côte comme des cadavres. Son seul commentaire était : « Dieu les punira ! »

J'ai tout essayé pour la faire fondre, mais elle restait sans réaction. Finalement, en désespoir de cause, je lui ai écarté les jambes de force, pour la violer avec ma langue. Son corps résistait, même pendant le spasme. Puis je l'ai tirée, pour m'empaler sur son visage. Le contact de ses lèvres était comme une faux taillant dans les plus profondes strates de ma frustration, me délivrant de mon tourment en une glorieuse explosion, un jaillissement merveilleux.

Son seul commentaire était : « Tu n'es qu'un organe. »

Après, on le faisait simultanément, nuit après nuit, deux machines femelles, la bouche enfouie l'une dans l'autre, comme des forets creusant des puits artésiens.

Et nos orgasmes étaient aussi automatiques que des alarmes antivol.

Son seul commentaire était : « C'est fini ? Je peux dormir maintenant ? »

Quand j'essayais de lui parler, elle ronflait. Quand j'essayais d'embrasser ses mamelons froids, elle les protégeait de ses bras. Quand j'essayais de lui toucher la joue, elle détournait la tête.

Une nuit je me suis réveillée électrisée pour découvrir ses bras autour de moi et son visage sur mon épaule. J'ai pleuré comme une idiote, mais silencieusement, pour ne pas la gêner. Voilà qui donnait un sens à la guerre mondiale !

Et tous les matins, juste avant l'aube, le chien aboyait, de l'autre côté de la clôture.

Mannstein reprenait Kharkov et des milliers de tanks et de canons russes étaient détruits. Petit Joseph faisait une proclamation spéciale à la radio en l'appelant le « miracle des Donetz ». A Gotha et à Eisenach, les cloches d'église sonnaient toute la journée et nos prisonniers se tenaient au garde-à-vous, fredonnant et sifflant le troisième mouvement de la *Cinquième* de Beethoven. Puis Guderian était affecté à l'inspection générale des armes Panzer et tout le monde commençait à parler de Fall Zitadelle, qui allait mettre fin à la guerre en un seul combat.

1943 devait être, pour l'Allemagne, l'année du Phénix.

« Ztaline vaincu, zézayait Otto, comme un petit maître. Les pauvres Yankeez et les Zanglais z'effondreront. »

« Otto, l'ai-je prévenu, si tu continues à prononcer comme ça, je te promets que je t'assomme avec la matraque de Zintsch. »

— Ça amuse Will.

— Qui ?

— Haase. Son prénom est Willi.

— Eh bien, moi, ça ne m'amuse pas.

Il m'a regardée froidement. « Dommage. »

— Je te le dis pour ton propre bien, espèce d'idiot ! — J'étais furieuse, je ne sais pas pourquoi. — On dirait une horrible vieille tapette.

— Je *suis* une horrible vieille tapette, ma chérie.

Voilà où il en était. Pourquoi s'en exaspérer et de quel droit me plaindre ? Je portais la responsabilité de ce mariage contre nature, pas lui. Pour le meilleur et pour le pire, pouah, dans la maladie comme dans la santé. « Mais oh ! le malheur de ça Iago ! »

« Tu sais comment Will m'appelle ? a-t-il ricané. Grand-père ! »

Bon, j'ai pensé, peut-être la guerre sera-t-elle vraiment finie cette année et alors je pourrai divorcer, et alors, et alors quoi ? En même temps, il avait arrêté de boire. C'était déjà quelque chose de positif.

L'été est arrivé à Thuringe. Les branches des pêchers, dans le verger, bourgeonnaient. Des roses camouflaient les barbelés et des nuages de poussière s'élevaient du camp chaque fois que quelqu'un bougeait.

Et jour après jour, notre route errante serpentait dans la forêt, telle une caravane perdue, laissant dans son sillage un interminable pavement de tombes.

Et les horloges tictaquaient, et les heures sonnaient. *5 h 00 :* L'aboiement du chien me réveille. *5 h 30 :* Le haut-parleur réveille les prisonniers qui partent travailler en sifflant, comme le vent dans une maison vide. *6 h 00 :* Haase quitte la villa en claquant la porte avec insolence. Otto prend son petit déjeuner seul dans la cuisine, se rase, et s'en va à son tour. *6 h 30 :* Dès qu'elle l'entend partir, Faustina se glisse hors du lit et prend un bain. *7 h 00 :* Je prends ma douche et je m'habille. Assises dans la cuisine, silencieuses, on boit un ersatz de café en mangeant des crackers. J'écoute les nouvelles du matin à la radio de Berlin, puis de Vienne, puis de Budapest, puis de Bruxelles. Faustina lit et relit des vieux exemplaires de *Marie-Claire* que j'ai rapportés de Paris. Les publicités la fascinent. *C'est surtout aux femmes qui ne peuvent supporter aucune autre gaine qu'il faut recommander la gaine* SCANDALE. *« Mon mari ne pouvait en croire ses yeux ! Il dit que je parais dix ans plus jeune ! » « J'ai maigri et mon fiancé me trouve dix ans plus élégante ! » « Attention à votre* INTESTIN *- Fructines Vichy. »* Je regarde la lumière changer dans ses yeux. Je sais exactement quand elle va rire, sourire, ou se renfrogner. J'adore les yeux de cette fille ! J'adore la manière dont ils s'arrondissent, se plissent, clignent et louchent, et étincellent de vert, de bleu, de gris et de beige. *7 h 30 :* Le jardinier gitan arrose la pelouse, brûle des déchets, essuie les marches. Sa présence est pénible. J'attends d'être sûre qu'il soit dans la cour de devant pour m'échapper par celle de derrière, ou vice versa. *8 h 00 :* Je prends un cheval à l'étable pour galoper jusqu'au lac. Si je suis d'humeur, je me déshabille et prends un bain. Le 2 juin, un serpent d'eau m'a mordue derrière le bras. Incapable de sucer la plaie, persuadée que j'allais mourir en moins d'une heure, je me suis assise sur le bord pour attendre, terrifiée et résignée, furieuse et indifférente. J'ai fumé un cigare. Je me suis masturbée. J'ai prié. J'ai plongé et fait un petit tour à la nage. Rien ne s'est passé. Je me suis rhabillée, j'ai enfourché mon cheval et galopé jusqu'à l'autoroute où j'ai regardé passer une colonne de tanks Panther Mark V neufs. *10 h 30 :* Retour à l'étable. Je rends le cheval à Haase. Il ricane, ses dents en or pareilles à des clous. Je traverse le camp. Les baraques vides puent. Les Bâtons rassemblent les cadavres de la nuit pour les empiler dans un wagon. Deux suicides de mâles, quatre vieilles femmes et deux gitans. *11 h 30 :* Faustina m'attend devant une nouvelle tasse de café. Les lits sont faits, la lessive étendue dans le verger, les planchers astiqués. Je quitte mes vêtements d'équitation pour mon uniforme et lis pendant une heure. J'ai trouvé un lot de romans en anglais dans une boutique de livres d'occasion à Eisenach, donc j'ai à nouveau mis de côté *Anthony Adverse* pour dévorer — oh, des quantités de choses ! *The Wisdom of Father Brown*, *Fer de lance*, *Ivanhoe*, *Northwest Passage*, *Oliver Twist*, *All this and Heaven too*, *The Daughter of Fu Manchu*, *The Egyptian Cross Mystery*, *Rebecca*, *Murder on the Orient-Express*, *The Warlord of Mars*, *U.S.A.* de John Dos Passos, et *The Web and the Kock* de Thomas Wolfe. *Midi :* Otto et moi déjeunons ensemble. Puis il fait généralement une sieste avant d'aller au bureau. A présent qu'il est sobre et stable, il passe toutes ses matinées sur la route et ses après-midi à son bureau. De temps en temps il se faufile jusqu'à l'étable pour voir son « Will » adoré. La garde S.S. les appelle Tristan et Isolde. *13 h 30 :* Certains jours, si un véhicule est disponible, je me rends à Gotha. Il y a trois cinémas et un grand magasin. Je vois un film, fais quelques courses et vais prendre un gâteau dans une pâtisserie. Quand je marche dans la rue, tout le monde me dévisage. Ils savent qui je suis et d'où je viens. Au magasin, le directeur lui-même s'empresse de me servir. Quand j'entre dans le salon de thé, toute conversation cesse immédiatement. On m'offre la meilleure table et un menu spécial. Les autres clients se lèvent pour partir. Il n'y a que dans l'obscurité du cinéma que je peux être anonyme et discrète. Je regarde des merdes insipides, du genre, Elilde Krahl dans *Anuschka*, ou Margit Symo dans *Styx*, ou Laura Solaris dans *Guépéou*. Des films horribles pour demeurés ! Mais je ne les manquerais pour rien au monde ! Un après-midi, papa s'est assis à côté de moi. Il s'est affalé, comme d'habitude, et a posé ses pieds sur le fauteuil de devant. Et soudain, comme par magie, toutes les années se sont effacées. Je me retrouvais petite fille, avec une âme toute neuve. J'étais impatiente que le film finisse pour que nous puissions rentrer ensemble à la maison, et je priais pour qu'il ne s'arrête jamais, pour qu'on reste à jamais ainsi. Le bonheur m'étouffait. Impossible d'avaler. L'écran se brouillait de larmes. Je me recroquevillais dans mon siège contre lui, comme un python assoupi, farci d'une grosse boule de félicité. Un immense donjon de certitude m'entourait, et j'ai dormi en paix, des siècles durant. Edmonde, Princesse de la Tranquillité, sereine dans le sépulcre bâti par son père, le Roi de l'Amour. Puis, les lumières se sont allumées, et je me suis réveillée. Il était parti. *14 h 00 :* Mais je vais rarement à Gotha à présent. Après le déjeuner, avec Faustina, on sort la planche Oui-ja pour essayer de communiquer avec n'importe quel esprit traînant dans les environs. Elle reçoit des messages d'un nommé Alecto, de courts communiqués sibyllins, tels que « tuseras » ou « çaviendra ». Je n'obtiens que du baragouin « Uwkmvjazsiqbe » ou équivalent. Deux fois cependant, deux jours de suite, la même phrase glaçante est apparue clairement : « mefiedesmarches ». *14 h 30 :* Je prends mon Lüger et pars me promener dans les bois. Je suis décidée à trouver ce damné chien et à le tuer. Quelque chemin ou piste que je suive, je tombe inévitablement sur notre route du Hollandais volant et son dernier chargement de morts, empilés comme du bois de cheminée. Et il y a les prisonniers, peinant avec la diligence grave de coolies. Ils creusent, coupent, scient, comme si leur travail absurde avait un sens, comme s'ils allaient rentrer chez eux à la fin de la journée pour retrouver femmes, maris et enfants avec le chèque de la paie. Et où vont-ils aller ? Derrière la clôture, dans leurs baraques fétides, pour manger une soupe à l'eau, avec même pas assez de calories pour nourrir un cafard, et peut-être mourir d'épuisement et de malnutrition avant l'aube. Pourquoi n'essaient-ils pas de s'échapper ? Ils sont des milliers, surveillés par cinq ou six sentinelles, Zintsch, et quelques Bâtons. Attendent-ils un quelconque Spartacus pour les rallier ? Pourquoi l'un d'entre eux ne fait-il pas au moins éclater le crâne de Zintsch avec sa pelle ? Comment peuvent-ils respecter ce vampire ? Tandis que je regarde, une fille brûlée de soleil tombe. On tire son corps à côté des autres cadavres. *16 h 00 :* Je me présente au bureau pour aider Otto et les employés avec la paperasse. Le taux de mortalité est effrayant !

21 juin : 92
22 juin : 120
23 juin : 85
24 juin : 109
25 juin : 72
26 juin : 94
27 juin : 63

18 h 30 : Le sifflement de maison hantée s'approche du camp. Puis on peut entendre le fredonnement. Ce soir c'est Schubert. La *Symphonie inachevée* en *ré* mineur. La procession funéraire des prisonniers passe la grille en rang. Zintsch les tient immobiles pendant une heure pendant que les Bâtons fument leur ration de cigarettes. Voici venu le moment des exécutions. Une femme de la baraque 65 a perdu une chaussure en bois. Une femme de la baraque 62 a cassé une hache. Un homme de la baraque 8 a cassé une scie. Un homme de la baraque 22 et une femme de la baraque 86 se sont fait prendre en train de forniquer. Un gitan de la baraque 100 s'est fait prendre en train de voler des baies. Deux hommes de la baraque 34, un homme de la baraque 46 et une femme de la baraque 58 ont dormi au-delà du réveil et ont manqué à l'appel. On les tire tous au centre du terrain de parade pour les matraquer à mort. Zintsch tue le gitan parce qu'il sait que je regarde. *19 h 30 :* Un bain, un cigare, un schnaps et *la Fille de Fu Manchu*. Je le finis. Il y a sept ou huit volumes de la même série : *le Masque de Fu Manchu*, *l'Ombre de Fu Manchu*, *la Fiancée de Fu Manchu* et autres. J'aimerais tous les lire. Quoi maintenant ? Devrais-je reprendre *Anthony Adverse* ou commencer *Passage Nord-Ouest* ? *20 h 00 :* Faustina a préparé des *tomates farcies aux champignons*. Otto mange comme un porc. « Will » et les meurtres en masse lui réussissent. Gorgonzola et gâteau aux pommes pour le dessert. *20 h 30 :* Zintsch frappe humblement à la porte pour rapporter qu'un de ses Bâtons a la chaude pisse. Comme les relations sexuelles avec les prisonniers sont interdites, les privilèges du type sont automatiquement supprimés, et Otto ordonne qu'on le transfère au groupe de travail. Il sera décédé en vingt-quatre heures. Les ex-Bâtons ne survivent jamais à la première journée sur la route. *21 h 30 :* Il y a une pièce à la radio, *Médée* d'Euripide, avec une distribution de Bavarois inconnus. Les vers d'ouverture du chœur sont déconcertants : « Si l'on n'avait jamais coupé les arbres de la forêt Palion pour construire l'*Argo*, Jason n'aurait jamais fait voile vers Colchis pour chercher la Toison d'Or, et il n'y aurait pas eu d'histoire à raconter. » Quelle étrange manière d'interpréter les événements ! Comme si tout ce que nous faisons avait une conséquence sur ce qui nous arrivera ou ne nous arrivera pas. Prédire l'avenir demande la maîtrise d'un champion d'échecs qui préparerait un million de mouvements à l'avance. Qui pourrait anticiper à ce point ? Impossible ! Une fois, papa devait soixante-dix mille marks au Bureau des Impôts de Munich. Il est allé voir un fonctionnaire pour lui dire qu'il ne pouvait pas payer, parce que, ne travaillant pas depuis un an, il était fauché. Et le fonctionnaire a répliqué : « C'est votre problème, mon ami, vous auriez dû prendre certaines précautions. » Comment papa aurait-il pu savoir qu'il serait au chômage pendant un an ? Et même s'il l'avait su, quelles « précautions » aurait-il pu prendre ? D'après les journaux, Munich a été bombardé deux fois cette semaine. J'espère que le Bureau des Impôts a été transformé en tas de merde ! *23 h 00 :* Je vais au lit. Puis Faustina entre dans ma chambre et se déshabille au clair de lune. De la regarder dévoiler ses hanches et ses jambes, ses épaules et sa poitrine, me met l'eau à la bouche. Elle se glisse entre les draps, me tournant le dos pour m'éviter. Je pousse mon ventre contre son derrière et embrasse son cou et son épine dorsale. Elle secoue le corps, comme un cheval qui chasserait une mouche de sa croupe. C'est sa manière d'affirmer son rejet. Peu importe. Elle est là, remplissant mes bras et ma bouche, que ça lui plaise ou non. On entend Haase arriver et rôder jusqu'à la chambre d'Otto, butant contre une chaise de la cuisine et agitant toutes les poignées de portes. Ils s'y mettent immédiatement, et font résonner les ressorts du lit dans toute la maison. *Boumboum, blablabla.* Faustina renifle en secouant la tête. Je la retourne doucement et goûte ses mamelons. Elle est aussi rigide qu'une poutre, mais sa peau réagit en un instant, rebelle aux entraves de ses interdits. Oui, nous y voilà... le premier frémissement involontaire ! Mes doigts sont dix légions romaines traversant l'Euphrate pour envahir Parthes. Je suis César aux portes d'Alésia et Scipion l'Africain envahissant Carthage. Tous mes ennemis se prosternent devant moi et mes cuisses sont sur la face de Parthenios. Et maintenant ses lèvres me rendent un hommage, à leur corps défendant. Après des meurtres en masse, sa langue est toujours un peu plus coopérative. Avec un peu de chance, elle va même gémir ce soir... *5 h 00 :* L'aboiement du chien me réveille.

Karl-Jesko est revenu de permission avec les dernières nouvelles du front de l'Est. Fall Zitadelle s'est avéré être un fiasco : une attaque frontale maladroite sur l'artillerie groupée et les tranchées russes à Kursk. Tous nos superbes tanks Panzer neufs ont été écrasés.

La guerre ne finirait pas cette année.

Puis j'ai commencé à remarquer les larcins. Des *petites* choses disparaissaient. Des œufs, des pommes, des raisins, un paquet de cigarettes, des bonbons, des biscuits. C'était évidemment le jardinier gitan. J'ai surveillé chacun de ses gestes sans pouvoir le surprendre. J'ai fait venir une femme-Bâton — je crois que c'était une femme, mais elle avait un visage d'élan — pour qu'elle garde la maison en mon absence. Mais des choses continuaient à disparaître. Un peigne, une bobine de fil, des allumettes, deux melons, une poire.

« Qu'est-ce que ça peut faire ? maugréa Otto. Arrête d'en faire un drame. »

— Dénoncez-le à Zintsch, suggéra Karl-Jesko.

— Non. Je veux d'abord le surprendre.

Mais je n'y arrivais pas. Le cochon d'enculé était trop rusé.

Cette histoire m'est complètement sortie de la tête quand on a reçu un coup de téléphone de Berlin. Il venait du Reichsicherheits Hauptamt (RSHA), et un des hauts assistants d'Himmler, un nommé Eichmann, était en ligne. Il a informé Otto que dorénavant Gotha serait placé sous l'autorité immédiate de quelque chose du nom de « Amt VI ? »

Comme ni l'un ni l'autre n'avaient aucune idée de quelle branche il était question, on a demandé à Karl-Jesko. En entendant la nouvelle, ses traits se sont brouillés. « La gloire nous attend, a-t-il prévenu. C'est un des grands mythes du RSHA. »

— Quelle est sa fonction ? s'est enquis Otto.

— Traiter avec les minorités.

— De quelle manière ? me suis-je renseignée.

— A la manière d'Amt VI. Il a ricané. Il va falloir élargir la route.

Quelques jours plus tard, notre premier train de Juifs arrivait. Douze mille ! Des hommes, des femmes, des enfants, des Polonais, des Hongrois, des Allemands, des Français, des Russes, des Italiens. Une populace incroyable de corbeaux, à peine capables de marcher. Ils remplissaient toutes les baraques, trop faibles pour se joindre aux groupes de travail, ou même pour se présenter à l'appel.

Zintsch était déconcerté. « Qu'est-ce que je vais en *faire* ? » se plaignait-il.

Le sergent de l'approvisionnement était également

troublé. « Je n'ai pas assez d'uniformes pour tant de gens, a-t-il déclaré. Ils devront garder les vêtements avec lesquels ils sont arrivés, et c'est contraire au règlement. »

La première nuit, six mille d'entre eux sont morts. Nous nous étions tous habitués aux multiples décès, mais cette masse soudaine de cadavres nous a émus. Les prisonniers « physiquement aptes » ont passé trois jours à les enterrer. Notre route s'est agrandie d'un coup de deux kilomètres.

La semaine suivante, un nouveau train entrait en gare, avec onze mille déportés de plus.

— Mon Dieu ! a gémi Otto, je ne peux tout simplement pas loger toutes ces créatures.

— Débrouillez-vous, a roucoulé Karl-Jesko, ou ils trouveront quelqu'un d'autre pour le faire. Pensez à Kursk.

Kursk, oui. Ça nous pendait au nez comme un linceul. Après notre défaite, la Wehrmacht battait en retraite dans toute la Russie, et on redoutait de plus en plus d'être envoyé à l'Est.

Cette nuit-là, Otto a pris une cuite pour la première fois depuis des mois. Lui et Haase ont fait une java de tous les diables. Ils ont dansé, chanté et batifolé jusqu'à trois heures. Le matin, leur nid d'amour n'était qu'un marécage de vomi et de schnaps. Pouah ! Faustina refusait de toucher ce gâchis, je l'ai donc fait nettoyer par Zintsch et ses Bâtons.

Il y avait maintenant vingt-cinq mille prisonniers entassés dans les baraques, y compris les prisonniers Gentils. Il fallait en « évincer » au moins deux tiers, et éliminer leurs corps, pour faire de la place au prochain arrivage.

Amt VI a résolu le premier problème. Ils nous ont envoyé des bus énormes capables de contenir deux cents passagers chacun. Longs et larges, les véhicules avaient sur leur toit de grands réservoirs remplis — comme l'un des techniciens du RSHA venu les apporter nous l'a expliqué — d'oxyde de carbone.

Ils stationnaient dans la cour de la gare, et à l'arrivée du prochain train, on a immédiatement fait monter un millier de Juifs à bord des machines, pour les gazer avant de les conduire dans la forêt où on a déchargé puis enterré leurs cadavres. Puis, retour à la gare pour un millier de plus, et ainsi de suite, toute la journée. Ainsi, en cinq ou six heures, était-il possible d'en détruire dix mille sans aucun effort.

Karl-Jesko a résolu le second problème. Il y avait dans les bois un ruisseau sans nom, toujours à sec pendant l'été et profond seulement de quelques centimètres pendant l'hiver. Il lui est venu à l'idée que ça ferait une route parfaite. Il a simplement fait déblayer le fond boueux et enterrer les corps en suivant son cours. Ce qui évitait la nécessité éreintante de déraciner des arbres et d'arracher des racines. De plus, en utilisant des pioches et des pelles, on pouvait creuser une large tranchée en quelques minutes. Et en travaillant sans arrêt, inhumer deux ou trois, ou même quatre ou cinq couches de cadavres au rythme de cent toutes les demi-heures.

Zintsch et les Bâtons se chargeaient des bus, tandis que le groupe de travail, fortifié par des rations supplémentaires et un bonus de bière, s'occupaient de décharger et de creuser.

Des trains arrivaient sans cesse à la gare, parfois deux par mois, mais on maintenait toujours la population du camp à un nombre raisonnable de six ou sept mille.

Otto avait droit à un mois de congé, à partir du premier janvier. Mais il a pris une telle cuite au réveillon du Nouvel An qu'il s'est effondré. Il devait passer trois semaines dans une clinique de Gotha. Je suis allée seule à Berlin.

Quel cafard. La ville bombardée n'était qu'un tas de ferraille. Des rues entières avaient disparu. Toutes les boutiques, les théâtres, les cinémas et les restaurants étaient fermés, la plupart des gens vivaient dans des caves.

Déjeuner avec Heinrich, dîner et cocktails avec Hermann, et l'après-midi, inauguration d'un Centre de vétérans de la guerre avec petit Joseph et Frau Goebbels.

Ils étaient tous fermement convaincus que la victoire était proche.

Heinrich : Simple question de persévérance, le Führer sait ce qu'il fait.

Hermann : Attendez de voir les nouveaux bombardiers en train de se construire !

Joseph : L'alliance russo-britannique ne passera pas l'année. Des capitalistes et des impérialistes d'un côté, des communistes-marxistes de l'autre, peuh ! Ils se sauteront à la gorge avant le printemps. On attend des messages de paix de Washington et de Londres d'un moment à l'autre maintenant.

Frau Goebbels : Je serai si heureuse quand cette terrible guerre se terminera, que je puisse enfin vêtir décemment mes enfants et les emmener au bord de la mer.

Quel optimisme écœurant !

Impossible de trouver Lisa, et Eva était à Munich. Après quelques jours d'ennui et d'errances je suis retournée à Gotha.

Je suis arrivée à trois heures de l'après-midi, un taxi m'a conduite jusqu'au chemin que j'ai remonté à pied jusqu'au camp. J'ai bien failli ne jamais l'atteindre.

Les arbres étaient nus, la forêt était noire. Le vent sentait la glace. Une flaque était gelée. Un chien aboyait.

Je me suis arrêtée pour écouter.

Je connaissais ce son. Le doberman. Il était quelque part sur l'allée cavalière, près du lac.

Inquiète, j'ai pressé le pas. Je n'étais pas armée. S'il m'attrapait à découvert, il me mettrait en morceaux.

Nouvel aboiement. Beaucoup plus proche.

Cours, Edmonde !

J'ai couru. A quelle vitesse pouvait-il se déplacer ? Il me restait environ deux kilomètres jusqu'à la grille. Dernier virage, le reste du chemin allait tout droit.

Retiens-le, papa. Accorde-moi trois minutes.

D'accord, file !

J'ai lâché ma valise, mis de côté mon pardessus, et ôté mes chaussures.

Nouvel aboiement, juste derrière moi.

J'ai couru le long de l'allée, des ailes aux talons. Les arbres défilaient, les poteaux télégraphiques planaient. Je volais. J'ai traversé le pont du ruisseau, une clairière, puis un tunnel de branches dénudées.

L'aboiement me poursuivait, plus fort, toujours plus fort. Je pouvais entendre les pattes racler le sol durci à toute vitesse.

Plus vite, Edmonde !

Je ne regardais pas en arrière.

Encore cinq cents mètres. Pourvu que je n'aie pas une crise cardiaque. Voilà la grille ! Mes poumons éclataient. Je pouvais entendre les grognements du monstre.

La grille ! Elle s'est ouverte, grinçant sur ses gonds. La sentinelle m'a regardée bouche bée. « Qu'est-ce qui se passe, Frau Kasper ?

« Rien. J'ai tenté un sourire. J'entretiens la forme. »

Je l'ai envoyé récupérer mes chaussures, ma valise et mon manteau. Au moment où je prenais l'allée, deux bus sont passés, vides, portes ouvertes. La tuerie était terminée pour aujourd'hui. Je me demandais comment s'en tirait Otto. Il fallait que je fasse quelque chose à propos de ce cochon d'enculé de chien ! Bien sûr, ce n'était pas le même doberman... La bête de Naima Josephson. La tête me tournait. Un autre bus vide est passé. Et pourtant le receveur de la poste, à Bad Tölz, Herr Lahse, avait un chien policier. Une fois, l'animal l'avait suivi jusqu'à Munich.

La villa ressemblait à une cabane de sorcière. Une

bicoque dans une clairière au pays du chagrin. Je suis entrée au salon pour m'asseoir sur le sofa, haletante.

Quelque chose n'allait pas. *Quoi ?* Les vibrations semblaient différentes. La porte du placard était ouverte. Ainsi que la commode. Il y avait une odeur dans l'air... une puanteur de gitan...

J'ai baissé les yeux. Un sac de gros canevas était posé sur le tapis. J'ai tendu le bras pour l'ouvrir et le vider sur le sol. Il a déversé une savonnette, des cigares, une bouteille de schnaps, un bocal d'olives, une boîte de crackers. Butin !

J'ai bondi sur mes pieds. *Il était ici !* Dans la maison ! Je le tenais ! J'ai pris mon Lüger dans un tiroir avant d'entrer dans ma chambre.

Faustina se tenait à quatre pattes à côté du lit. Elle avait dans sa bouche le pénis de Haase, debout devant elle. Le gitan était derrière elle, sur son dos, enfoncé dans son derrière.

Ils m'ont tous regardée, l'air naturel et indifférent, comme si je n'étais qu'une intrusion mineure, une simple passante sans réelle conséquence sur leur petite sauterie. Bizarrement, je ne me sentais pas outragée. J'ai tout de suite compris leurs intentions. C'était leur pitoyable vengeance. La revanche de Haase sur Otto, celle de Faustina sur moi, celle du gitan sur nous tous. Il s'est approché de moi.

Je savais ce qu'il allait faire. Je le lisais dans ses yeux de faucon. Il se retrouverait sous la route du ruisseau le lendemain, et il avait bien l'intention de m'emmener avec lui.

Je lui ai tiré en pleine face.

Faustina et Haase sont sortis comme des rats derrière moi pour courir dans la cuisine.

Je suis retournée au salon fumer un cigare.

Karl-Jesko ne pouvait s'arrêter de rire. « L'amour est enfant de Bohême, chantait-il, il n'a jamais jamais connu de loi. Et si je les mettais dans le bus ? »

— Non. Dans le groupe de travail. Qu'ils creusent leur tombe.

— Pour creuser, ils vont creuser. Le lit du ruisseau est complètement gelé.

— Bien.

— Will va manquer à Otto.

— On lui dira que son absence l'a fait dépérir.

Et c'est exactement ce qui s'est passé, ou presque. Haase est mort trois jours plus tard. Tout le monde était surpris qu'il ait même duré aussi longtemps. Je chevauchais chaque matin et chaque après-midi jusqu'au ruisseau pour le regarder s'éteindre. Quand il a finalement succombé, sa carcasse n'occupait, dans la fosse, pas plus d'espace qu'un enfant.

Faustina, par contre, survivait. Zintsch l'a d'abord affectée à l'équipe qui déchargeait les cadavres des bus, puis comme ça restait sans effet, il l'a mise à briser la couche de glace du ruisseau avec une massue. Amaigrie, quasiment édentée — l'un des Bâtons l'avait frappée sur la mâchoire avec sa matraque — elle demeurait aussi vaillante qu'un bœuf.

Otto est revenu de la clinique, pâle, mou, blafard. Il passait la plupart du temps au lit, à prendre sa température et à avaler des pilules. Je lui ai dégoté un autre garçon, un joli petit Hongrois dodu d'environ seize ans.

Je m'occupais également de mes propres besoins. Je choisissais une fille dans les divers arrivages — ou parfois deux, et même une fois trois — ne sélectionnant que les meilleurs spécimens, naturellement, et les gardant avec moi pour un mois ou une semaine. Charlotte, Elvire, Dagmar, Christabel, Hanna, Alexandra, Govanna, Valerina, et des dizaines d'autres.

Quand je m'en lassais, je m'assurais qu'elles ne soient pas détruites par Zintsch et sa bande. Je leur trouvais du travail à la cuisine, à l'étable, au bureau, ou au ravitaillement. J'ai même transformé une des baraques en dispensaire, pour que certaines puissent être infirmières (c'est finalement devenu un bordel florissant pour la garde S.S.).

La seule qui m'ait marquée, c'était Mina. Une Juive d'Amsterdam. Son mari, diamantaire, avait été un des hommes les plus riches de Hollande. Elle n'avait aucune idée d'où il se trouvait ni de ce qu'étaient devenues ses deux filles.

Aussi triste que Niobé, elle se montrait au lit la personne la plus sensible et la plus clémente que j'aie jamais connue. On restait allongées à se murmurer notre tendresse toute la nuit, chacune sachant exactement quand et où toucher et embrasser, donner et recevoir, demander ou refuser.

Elle était adorable, une bénédiction, ma providence, et un baume pour mon âme.

Je l'ai perdue.

Le doberman n'est sorti du bois qu'une fois cet hiver-là. Et pourtant je l'attendais toutes les nuits. Les aboiements m'ont réveillée à cinq heures, à l'aube de la Saint-Patrick. J'ai sauté du lit, pris mon Lüger dans la commode et ouvert le volet. J'ai vu une ombre se déplacer sur la neige. J'ai tiré.

Le chien s'est sauvé à toute vitesse vers les arbres. L'ombre est restée sur le sol.

Je suis sortie dans la cour.

C'était Mina. Etendue près de la clôture, le bras allongé à travers le grillage, tenant un bol de porridge. La balle lui avait percé la nuque, lui arrachant presque la tête.

J'ai refusé de la mettre dans le ruisseau. J'ai trouvé un ravin écarté, dans la profondeur des bois, et je l'y ai enterrée. J'ai creusé moi-même la tombe.

Papa et moi assistions seuls à son enterrement.

Il s'est caché dans un bosquet, derrière moi, et quand j'ai chanté,

De profondis clamavi ad te
Domine, Domine, exaudi vocem
meam. Fiant aures auae
intendentes in vocem
Deprecationis meae,

il a répondu,

Si iniquitates observaveris
Domine, Domine, quis sustinebit ?

Et à cause de Mina, j'ai accordé un sursis à Faustina. Ma colère tombait, fondait en même temps que la neige. Je l'ai enlevée du groupe de travail pour en faire un Bâton. Zintsch écumait de rage sans oser protester.

Pauvre Faustina. Elle est devenue l'une des furies les plus malveillantes du collectif. Les autres prisonniers, à cause de son caractère irascible et de ses dents cassées, l'appelaient Frau Fang (la Dame de Proie).

Une fois encore, j'ai immédiatement compris ce qui la motivait. Le printemps était dans l'air, le vent exhalait à travers la clôture un arôme d'espoir. Au-delà de la forêt, au-delà de Gotha, au-delà de Thuringe, on pouvait commencer à deviner l'effondrement d'une nation à l'agonie. Tout le monde savait que nous étions en train de perdre la guerre. Et la soudaine méchanceté de Faustina se fortifiait du désir de *durer* coûte que coûte jusqu'au jour où notre défaite, balayant le camp, la délivrerait.

Avril est arrivé, puis mai, et juin.

Le lit du ruisseau dégelait, devenait plus facile à creuser. Les trains arrivaient régulièrement, toutes les deux semaines. De longues rangées de Juifs montaient à bord des bus qui les emportaient.

Otto a émergé de la villa et s'est mis à aller au bureau, chancelant mais sobre. Amt VI l'a promu Brigadführer. Mais personne ne s'y trompait. Le véritable commandant du camp était Karl-Jesko. On le voyait partout à la fois, fonçant de-ci, de-là, comme un joyeux Monsieur Loyal, à la gare quand arrivaient les trains, sur les toits des bus, tripotant les réservoirs de gaz, au ruisseau supervisant les travaux, au bureau envoyant des rapports. Toujours à ricaner et plaisanter, toujours hilare et hystérique.

Il a trouvé une vingtaine de musiciens parmi les prisonniers et réquisitionné, je ne sais où, des instruments. Les fredonnements et sifflements se trouvaient donc maintenant remplacés par un orchestre, qui jouait Wagner, Verdi, Strauss et Donizetti.

Il s'est également trouvé une mascotte. Dans l'un des chargements se trouvait un grand Noir maigre, un prisonnier de guerre capturé en Italie. Karl-Jesko l'a pris sous son aile, lui a mis un tissu autour des reins, des plumes dans les cheveux ; il lui a donné une lance et un bouclier et l'a nommé son garde du corps personnel. La vision des deux cavalant dans le camp, le clown allemand borgne et le lancier noir à plumes, faisait même rire les Juifs, quelquefois.

Et il connaissait toujours les nouvelles avant tout le monde. C'est lui qui nous a appris que l'armée américaine avait débarqué en Normandie et marchait sur Paris.

— Ce ne peut être vrai ! protestait Otto, tous les Américains se battent à Hawaï contre les Japonais.

— Ils ont plus de vingt divisions en France, insistait Karl-Jesko, toutes motorisées.

— Et les Russes ? j'ai demandé.

— Ils sont de ce côté du Dniester en marche vers la Roumanie, a-t-il gloussé, s'ils continuent, la prochaine fois qu'Himmler menacera de vous envoyer sur le front de l'Est, il voudra certainement parler de Leipzig !

« Vous n'êtes qu'un fantaisiste, protestait Otto. Vous n'êtes qu'un foutu cancanier irresponsable ! »

En juillet, une nouvelle rumeur courait. Un groupe d'officiers de la Wehrmacht avait tenté d'assassiner Hitler et de chasser le régime nazi par un coup d'Etat.

Pour une fois, Karl-Jesko a été surpris. Otto en restait ébahi. « Propagande ennemie ! hoquetait-il, ils essaient de nous miner le moral. »

Moi-même, je n'y croyais pas. Le corps d'officiers ne pouvait avoir changé aussi radicalement depuis 33. Ces cochons d'enculés étaient toujours incapables d'une action énergique.

Mais je me trompais. Petit Joseph a confirmé l'histoire à la radio. Il a annoncé l'arrestation et l'exécution sommaire de quantité de généraux et de colonels.

La digue craquait vraiment !

Otto et Karl-Jesko, et le Bulgare d'Otto et l'esclave sénégalais de Karl-Jesko se sont tous cuités dans le verger, et ils ont passé la nuit évanouis sur l'herbe.

Les Américains sont entrés dans Paris en août. Les prisonniers *savaient*. Un matin j'ai découvert le nom d'Eisenhower écrit sur le mur de la villa, à la craie rouge, blanche et bleue. (Le général Eisenhower était le Commandant en chef des armées alliées à l'Ouest.)

Puis les Britanniques ont pris Bruxelles. Et les Russes ont traversé le Siretul et foncé par Bucarest vers le Danube.

« Dieu merci, nous n'avons rien à craindre de nos ennemis, raillait Karl-Jesko. Nous ne sommes que d'innocents constructeurs de routes. »

Puis j'ai reçu une lettre de Lisa, transmise au camp par mon ancien bureau du WHA à Berlin. Son mari avait été impliqué dans le complot des officiers et arrêté. Elle me demandait de trouver où il avait été interné, elle voulait lui rendre visite. Je pouvais la contacter à l'adresse de sa mère, à Dresde.

J'ai téléphoné au bureau central d'Amt VI à Berlin, et parlé à Eichmann lui-même. Il m'a informée que le général Heye avait été fusillé par un peloton d'exécution le 2 août à Colmar.

Doux Jésus !

J'ai essayé d'appeler Lisa à Dresde, mais la ligne était coupée. Alors, je lui ai écrit.

Chère Marie-José

J'ai fait des recherches et appris...

Marie-José ? Mais à quoi pensais-je ? Merde ! J'ai déchiré la lettre et j'ai recommencé.

Chère Lisa,

J'ai fait des recherches et appris que ton mari était sorti de prison le 2 août, totalement innocenté. Il est à présent sur le front du Saar pour se battre contre la Troisième armée américaine. Tu auras certainement de ses nouvelles sous peu, si ce n'est déjà fait. Quant à moi je...

J'ai rempli deux pages de mensonges, de bavardage et de faux espoirs.

Cette nuit-là, je suis allée dans le bureau, et avec la machine miméographe du chef de service, j'ai émis des papiers d'identité et un laissez-passer au nom de la civile Fräulein Hildegarde Steuben. Je les ai imprimés avant d'y apposer un timbre officiel et des initiales. De retour à la villa, je les ai mis dans un petit sac de voyage avec une jupe, un pull-over, un imperméable, des bas, des sous-vêtements, *Anthony Adverse*, une paire de chaussures et cent cinquante mille marks.

Le lendemain je me suis rendue à Gotha. J'ai envoyé la lettre à Lisa et déposé mon sac à la consigne de la gare, ainsi qu'une bicyclette que j'avais achetée.

Comme dirait mon *Dictionnaire d'argot américain : better to be safe than sorry* — mieux vaut prévenir que guérir.

Le nègre est mort de froid en novembre. Le Bulgare est mort de pneumonie. Quatre mille prisonniers sont morts parce que la nourriture se faisait rare.

Otto survivait, mariné dans le schnaps tout l'hiver. Mais ô horreur ! il s'était remis à zozoter. Il chuintait et sifflait comme une vipère tout au long de la journée, à m'en rendre pratiquement folle. En fait, en diverses occasions, j'ai sérieusement songé à l'assassiner. C'était horrible ! Il se muait en cocotte psychotique, joues poudrées, yeux maquillés, rouge aux lèvres. Une fois je l'ai surpris à se toucher devant un miroir, vêtu de mes bas et de mon slip. Et toutes les nuits, il mettait un pyjama noir crasseux et prétendait être un prisonnier. Je devais jouer le rôle du Bâton, le battre avec une ceinture, le forcer à nettoyer la cuisine ou frotter le sol de la salle de bains ou cirer mes chaussures et autres choses de ce genre. Si je me sentais trop lasse pour m'adonner à ces bêtises, il piquait des crises de dépit et mouillait son lit.

J'ai rappelé Amt VI et parlé à Eichmann, pour lui dire que ça ne pouvait pas continuer. Il devait trouver un nouveau commandant. Il m'a assuré que tout irait bien. Tout officier, affirmait-il, impliqué dans la « normalisation du paramètre juif », passait par ces phases d'instabilité. C'était généralement dû au surmenage et à une conscience aiguë. Il recommandait des somnifères et de l'exercice.

Merde !

Quant à Karl-Jesko, comme à son habitude, le désastre lui profitait autant qu'à un vampire. Fidèle à son image, il a immédiatement découvert une méthode pratique pour se débarrasser des prisonniers morts. Le groupe de travail a rapporté des centaines de bûches de la forêt pour les entasser transversalement au milieu du terrain de parade. Puis il a allumé un immense bûcher et brûlé les corps dans les flammes. La puanteur nous soulevait le cœur, mais le feu chauffait tout le camp.

« *Facilis descensus Averno !* » divaguait-il.

Heureusement, aucun train ne venait plus. Des forteresses volantes bombardaient quotidiennement la voie ferrée, nous épargnant ainsi l'épreuve d'avoir à creuser le ruisseau.

En décembre une armée S.S. Panzer contre-attaquait les Américains dans les Ardennes. On s'est pratiquement fait pulvériser. Les rares Panther et tanks Tigres réchappés étaient perdus, et des divisions entières réduites au néant.

Et ces cochons d'enculés de Russes se trouvaient maintenant sur la Vistule.

Pouah !

Au jour de l'An, le doberman est entré par la clôture. Le matin, j'ai découvert des traces de pattes dans la neige, juste sous ma fenêtre. J'ai passé toute la journée à suivre sa trace partout dans le camp. De la villa à l'étable, de l'étable à la gare, de la gare à la villa, puis aux baraques.

Je me suis finalement convaincue que les prisonniers devaient l'avoir capturé pour le manger. (Deux semaines auparavant, Zintsch avait surpris plusieurs d'entre eux en train de faire cuire la jambe d'un cadavre.)

Alors, une catastrophe absolument abominable nous a frappés. La température s'est soudain élevée à dix-huit degrés. En une nuit la neige avait fondu, et il s'est mis à pleuvoir.

Il a plu pendant cinq jours.

Le ruisseau transformé en torrent rugissant, tous les morts sont sortis de leurs tombes pour dériver vers le lac.

Incroyable !

Des milliers et des milliers de corps flottaient à la surface de l'eau, comme des algues, à perte de vue, en une immense mer des Sargasses charriant des visages verts, des membres décomposés, des pieds, des ventres enflés.

Karl-Jesko, debout sur la rive, ricanait et hurlait :

« Regardez, c'est Will ! Oh, un Bâton ! Youpi, un gitan ! »

Otto est descendu du camp pour assister au spectacle. Il s'est pâmé comme une vierge.

Faustina et Zintsch se sont enfuis terrorisés au premier regard.

Quant à moi, je me sentais incapable de réagir à cette vision macabre. Pour une quelconque raison absurde, me revenait sans cesse le souvenir de mon année en prison, l'été des élections. Je me rappelais clairement les résultats. Les socio-démocrates avaient gagné 133 sièges au Reichstag, les catholiques du centre 75, les communistes 89, et le N.S.D.A.P., 230.

Et je me rappelais aussi l'homme voûté, mal coiffé, qui m'attendait sur le bord de la route à ma libération : « Mon nom est Adolf Hitler. »

Eichmann a téléphoné à Otto cette nuit-là pour lui ordonner de cesser les exécutions, de se débarrasser des bus et de « dissimuler les résultats — ce sont ses propres mots — du programme Amt VI ». Nous avions un mois pour nous conformer à ses instructions.

Otto était consterné. « Qu'est-ce qu'il veut dire ? ne cessait-il de répéter, qu'est-ce qu'il veut dire ? Qu'est-ce que c'est que tout ça ? Qu'est-ce que je suis censé faire ? »

Otto s'avérait inefficace face à ce cas d'urgence. Il avait carrément viré au crétin glousseur. Complètement aberrant !

Et pour tout arranger, la température baissant à nouveau, le lac avait gelé, réfrigérant son magma terrifiant, le solidifiant jusqu'à la prochaine fonte. Des bras, des têtes et des jambes jaillissaient de la glace d'une rive à l'autre. « Dissimuler les résultats » devenait tout à fait hors de question.

Puis j'ai reçu une nouvelle lettre de Lisa me suppliant de venir la voir à Berlin. Elle vivait à la Maison Harnack.

Otto était complètement paniqué. « Tu ne peux pas te sauver maintenant ! — Il ne zozotait plus, Dieu merci ! — Il faut que tu m'aides à organiser les choses ! »

— Organiser quoi ?

— Tout.

— Mais quoi ?

— Il faut se débarrasser des corps !

— On ne peut rien faire, Otto, avant que la glace ne fonde. Je serai de retour dans quelques jours. Tu peux te débrouiller sans moi jusqu'à samedi ou dimanche.

A minuit, je partais au volant d'un des bus.

Les routes étaient froides, noires et désertes. Thuringe, une maison de glace abandonnée dans un *no man's land* aussi désolé que la Sibérie. J'ai conduit toute la nuit sans croiser un seul véhicule. Mais dans tous les villages, des poubelles reposaient soigneusement au bord du trottoir, dans l'attente des éboueurs de l'aube. C'était rassurant. C'était peut-être la solution à notre problème d'évacuation au camp. On pourrait envelopper les cadavres comme des ordures, et les déposer dans les rues de Gotha pour le ramassage.

C'est en atteignant Elbe, au petit matin, que j'ai vu les premiers réfugiés. Des colonnes interminables d'hommes, de femmes, d'enfants, de chevaux, de charrettes, de fourgons, de bicyclettes, fuyant le Nord et l'Est, grouillant comme un essaim vers l'Ouest et les Américains.

A un barrage, un fusilier de la Volksturm m'a dit que les Russes avaient passé Dantzig, Poznan et Breslau et s'avançaient sur l'Oder. Merde ! Plus question de l'imminence de la défaite. Elle était sur nous, son souffle contre notre nuque.

Je suis entrée dans Berlin à huit heures du matin, pour immédiatement me faire arrêter par la Gestapo. On m'accusait d'avoir déserté mon poste en présence de l'ennemi. Si ce n'était pour le bus, on m'aurait probablement lynchée au premier lampadaire.

J'ai pris l'officier responsable à part pour lui raconter que j'étais en mission spéciale.

« Quel genre de mission ? a-t-il demandé, soupçonneux. — Quel gros crétin, avec son pardessus de cuir et son Lüger accroché sur ses larges hanches, il se prenait pour le shérif de Tumbstone. — Tout le monde est en mission spéciale de nos jours. C'est quoi votre histoire ? »

— Je dois conduire certaines personnes au Sud, ai-je murmuré confidentiellement, des personnes importantes de la chancellerie.

— La chancellerie ? Il avait mordu. Montrez-moi vos ordres.

— Mes ordres sont verbaux.

— C'est ce qu'on va voir. Venez.

On est montés ensemble dans le bus, et on a traversé les décombres. Je pataugeais vraiment dans la semoule. Je n'avais pas compté qu'il m'accompagne. Nom de Dieu ! Que faire une fois à la chancellerie ?

Mais je n'aurais pas dû m'inquiéter. Arrivés à la grille, on est tout de suite tombés sur Bormann qui pissait contre une boîte à lettres. Il s'est traîné jusqu'au bus en boutonnant son pantalon. « Heil, camarade Kerrl ! a-t-il lancé. Que cherchez-vous ? »

— Je suis venue me joindre à vous sur les barricades, camarade.

Il a ri. Quand le demeuré de la Gestapo a vu les relations familières que j'entretenais avec un authentique dirigeant du parti, il s'est excusé en décampant dans les ruines.

Bormann m'a guidée à travers le jardin et en bas,

très bas, tout en bas des marches qui conduisaient au bunker du Führer. « Quand la guerre sera-t-elle finie ? » lui ai-je demandé.

— Hier, a-t-il répondu.

— Bormann, te rappelles-tu le jour où tu m'as rendu visite à la prison de Landshut ?

— Je m'en souviens, Kerrl. Il a souri. Penserais-tu à ce que je pense, par hasard ?

— Peut-être. A quoi penses-tu ?

— Qu'on n'en serait pas là aujourd'hui si on n'avait pas gagné ces sacrées élections.

On a franchi la porte de métal pour pénétrer dans le labyrinthe.

Les sombres passages souterrains étaient aussi bondés que le métro. Des commis, des secrétaires, des messagers allaient et venaient en criant et en semant des papiers. Petit Joseph est sorti d'un bureau en réclamant un téléphone. Des officiers de la Wehrmacht nous croisaient, sinistres, avec des porte-documents et des cartes. Heinrich était là, tournant en rond au milieu d'une volée de généraux S.S. En me voyant, il s'est approché pour poser sa main sur mon épaule. Il pleurait.

— Il a décidé de rester à Berlin.

Je demeurai interloquée. « Qui ? »

— Le Führer. Il refuse de déserter la capitale.

Bormann a juré. « Depuis quand le savez-vous ? »

— Il me l'a dit lui-même.

— Quand ?

— A l'instant.

Bormann nous a repoussés dans un couloir.

— Nous devons être braves — Heinrich a ôté ses lunettes pour s'essuyer les yeux — il ne nous faut pas flancher maintenant.

— Non, monsieur.

— Il faut tenir.

— Oui, monsieur.

— Il y a encore de l'espoir. A Stettin, Reinhardt

contre-attaque sur Zukhov. Et Sepp Dietrich, Dieu le bénisse, attaquera le front de Koneiv par la Neisse, — il a soupiré — ils vont certainement stabiliser la situation.

— Bien sûr, monsieur.

De quoi parlait-il ? Je n'arrivais pas à respirer. L'air était comme de la boue.

— Edmonde !

Hermann est apparu devant moi, le regard fou, énorme, dégoulinant de sueur. « C'est vrai ? — Il m'a serré le bras de sa main potelée. — Tu as amené un bus pour le conduire à Munich ? »

Comment diable était-il déjà au courant ? « Oui, je peux prendre cent cinquante passagers avec moi. » Ça devenait ridicule ! Hitler et son quartier général s'échappant de Berlin dans une chambre à gaz d'Amt VI ! Dingue !

— Dieu merci ! Hermann m'a embrassé la joue, m'imprégnant de sueur. Tu es un ange de miséricorde !

— Il ne partira pas, a affirmé froidement Heinrich, il reste ici.

— Ici ? — Hermann s'est jeté sur lui, toute sa graisse tremblant —, dans ces égouts, ridicule !

— Ces égouts, Herr Reichsmarschall, sont nos Thermopyles.

— Hein ? Un tic sur ses bajoues, Hermann clignait des yeux. Corrigez-moi si je me trompe, Herr Himmler, mais si je me souviens, heu... — Il était drogué, je reconnaissais les symptômes. — Les Thermopyles ? N'est-ce pas là que les Perses vaincus ont tous été massacrés et les Spartes victorieux exterminés ?

— Il s'agissait d'une bataille sacrificielle, Herr Göring, comme l'est notre combat ici.

— Et puis-je demander, Heinrich, si vous entendez prendre part au combat et au sacrifice ?

— Mes ordres sont de poursuivre au nord, à Brême.

— Je vois.

Un haut-parleur a appelé mon nom : « Frau Kasper !

Frau Kasper est priée de se présenter aux quartiers du Führer. Merci. »

Hermann m'a de nouveau agrippé le bras. « Essaie de le raisonner, Edmonde ! Il faut qu'il sorte de ce trou à rats avant qu'il soit trop tard ! »

Je me suis enfoncée dans un dédale. A l'intérieur de niches, un tas de maniaques s'agitaient en hurlant dans des téléphones. Dans la galerie du fond, une fille dormait profondément sur un standard. Dans un des bureaux, des couples dansaient sur de la musique. J'ai reconnu l'air, tiré d'un film de Fred Astaire.

Must you dance
Every dance
With the same fortunate man ?
You have danced with him since the music began
Won't you change partners
And dance with me ?

Mon Dieu ! Ginger Rogers et Fred Astaire, qui tourbillonnent avec légèreté sur des terrasses blanches, des escaliers blancs, au seuil d'immenses portes blanches, devant des fontaines blanches... Qu'ils étaient souples et délicieux ! Et leurs chansons tellement mélancoliques et nonchalantes !

And then
You may never have to change partners again !

Dans une autre pièce, Frau Goebbels et tous ses enfants étaient assis sur un banc, comme une rangée d'effigies. Je me suis arrêtée pour dire bonjour.

Elle m'a regardée d'un air morne. « C'est le seul moyen, chuchotait-elle, il n'y a rien d'autre à faire. Nous n'avons plus le choix. »

Eva s'est glissée derrière moi et m'a prise par la main pour me conduire dans la retraite du Führer.

Elle a fermé la porte, et nous nous sommes serrées l'une contre l'autre.

— Je ne savais pas que tu étais à Berlin !

Nous avons pleuré.

— Je suis arrivée hier soir.

— Je viens moi-même d'arriver.

— Je sais. Tout le monde parle de toi. Ils veulent savoir ce que tu viens faire ici. Ses doigts ont caressé mon visage. Tu es venue pour moi, Edmonde ?

— Evidemment.

— Douce petite Edmonde.

Elle a posé ses lèvres sèches contre les miennes, dans une tentative de baiser. Impossible.

— Il faut que tu partes d'ici, ces putains de Russes arrivent.

— Qu'ils viennent.

Elle s'est assise sur le lit et m'a attirée vers elle.

— Mais ils seront ici d'une minute à l'autre, Eva !

— Quelle importance ! — Elle a appuyé sa tête contre mon épaule. Tu es venue pour moi. Comme c'est merveilleux !

— Oui, je te ramène à Gotha avec moi.

— Tu es la seule amie que j'ai jamais eue. Tu t'en rends compte ?

— Je sais, Eva. Il faut partir maintenant.

— Je ne peux pas.

— Pourquoi pas ?

— Parce qu'on va se suicider.

Je l'ai regardée. Elle souriait, comme dans un beau rêve endormi. « Eva, ce n'est pas sérieux ! »

— Si. On va verrouiller toutes les portes, et mourir ici, tout simplement.

Un rêve. Oui, c'était ça. Ils dormaient tous et nous étions dans un rêve souterrain.

— Qui va mourir ?

— Lui et moi. Ensemble. Et tout le monde. Toi aussi, si tu le désires. On va empoisonner la chienne au déjeuner.

— Quelle chienne ? ai-je demandé stupidement.

— *Sa* chienne. La petite Blondie. Elle a touché le mur de ciment doux et frais. C'est comme dans la caverne de la carrière. Tu te souviens ? On ne trouvait pas la sortie, et on croyait qu'on allait mourir. Mais notre heure n'était pas venue. Il nous restait des années et des années. A présent, notre caverne n'a plus d'issue, Edmonde.

Elle avait raison. Son heure était venue. Elle ne pourrait jamais échapper à son rêve.

Je pensai à mon sac de voyage dans la gare de Gotha. J'en aurais bientôt besoin. Demain. Et de la bicyclette aussi. Le moment était venu de fuir.

Parviendrais-je à quitter cet horrible endroit ? J'ai regardé le plafond. A quelle profondeur étions-nous ? Et si je ne pouvais pas m'échapper ? Mon Dieu ? D'où venait l'oxygène ? Et si la machinerie tombait en panne ? Où se trouvait la sortie ? M'arrêterait-on si j'essayais de partir ? Thermopyles ? Sacrifice ? Merde !

Papa ! Tu es là ? Viens me chercher, papa, je t'en prie !

— Il faut que je te dise quelque chose. — Elle était de nouveau dans mes bras — Edmonde ?

— Oui, Eva. De quoi s'agit-il ?

— Devine.

— Je ne peux pas. Je suis trop... ma tête est... *Papa, nom de Dieu ! Viens ici !*

— Tu ne devines pas ?

— Non...

— Il a fait sa demande en mariage.

Un rêve ! Un hideux, suffocant rêve nazi ! *Oh, papa, j'étouffe !*

— Vraiment ? Quelle bonne nouvelle !

— On mourra mari et femme.

— S'il te plaît, Anna, arrête de parler de mourir... — *Anna ?* D'où venait-*elle* ? Je veux dire Eva. Oh, je ne sais plus où j'en suis ! Ni ce que je dis ! — A quand le mariage, ma chérie ?

— Ils sont en train de chercher un pasteur.

La porte s'est ouverte. Hitler est entré. « Je ne fais aucune confiance à Sepp Dietrich, disait-il. Je veux Steiner. Tu as vu Blondie, Eva ? Edmonde ! Quelle charmante surprise ! »

Je me suis levée. Rayonnant, il m'a pris les mains, pour ne plus les lâcher. « Bonjour, mon Führer. »

— Jour ? Il fait jour ? Je ne vois plus le temps passer. Laissez-moi vous regarder ! — Me tenant à bout de bras, il a louché sur moi, le visage plissé. — Vous me rappelez Paris. Ses monuments magnifiques. L'Opéra, la place de la Concorde. Vous êtes venue à mon mariage, n'est-ce pas ?

— Bien sûr, mon Führer.

Eva s'est glissée entre nous, un sourire radieux plein d'une exaltation débile. « Mes deux êtres adorés », sanglotait-elle.

Il lui a tapoté l'épaule. « Le pasteur est là, Eva, mais on n'arrive pas à trouver Blondie. »

Le mariage a eu lieu dans une pièce de ciment vide, avec une lumière rouge au plafond. On ressemblait tous à des fantômes de saphir. Je me suis retrouvée juste derrière les épousés, Hermann à mon côté, oscillant et grognant. Les effets de sa dernière piqûre s'épuisaient et il devait s'appuyer contre le mur pour éviter de tomber. Son estomac grondait. Le pasteur pérorait inlassablement. Hitler, les mains croisées, baissait les yeux. Eva s'est retournée vers moi une fois, les yeux brillants. Deux gargouilles violettes se tenaient de l'autre côté de la salle. Bormann et Heinrich. Et tout autour de nous, la dynastie des Goebbels, les enfants avec des bouquets, petit Joseph, une bouteille de champagne dans les bras, Frau Goebbels pleurnichant dans un mouchoir.

Hermann m'a soufflé à l'oreille : « Je dois aller aux toilettes. » Il s'est retiré en renversant un tabouret. Personne ne lui prêtait attention. Dans le couloir, une femme rugissait : « Qui a débranché mon téléphone ? »

La cérémonie se terminait enfin. Joseph a fait sauter le bouchon du champagne et nous avons tous porté un toast aux jeunes mariés. Puis Hitler, dressé dans la lumière rouge, pareil à un vieux chef sioux ténébreux, a fait un petit discours.

« Camarades, a-t-il dit, vous avez été avec moi, chacun d'entre vous, depuis le tout début de ma lutte, partageant mes échecs comme mes victoires, mes déceptions comme mes triomphes. Je n'exige pas de plus grande preuve de votre loyauté — il *me* regardait droit dans les yeux — que votre présence à mon côté aujourd'hui, au moment où mon combat tire à sa fin. Je vous remercie du fond du cœur pour votre fidélité. »

Puis, après nous avoir serré la main, il est retourné dans ses quartiers avec Eva — deux somnambules se mouvant dans une brume vermillon. Au moment où elle passait devant moi, j'ai murmuré : « Au revoir, Eva », mais elle ne m'a pas entendue.

— Venez, Kerrl — petit Joseph m'a tirée dans le couloir —, il nous faut plus de champagne. Il m'a poussée dans un coin sombre, et prise dans ses bras. — J'attendais ce moment depuis longtemps, petite putain ! Il grognait en essayant de m'embrasser. J'ai détourné le visage. — Qu'est-ce qui ne va pas ? Plus rien ne peut nous arrêter maintenant, si ? Il s'est reculé pour déboutonner son pantalon. Puis il a frotté sa bosse contre moi. — Allons, allons maintenant. Il me martelait en tirant sur mon manteau.

— La voilà ! a crié quelqu'un. Blondie ! Blondie ! Blondie ! Joseph s'est retourné. Je me suis faufilée derrière lui pour m'enfuir dans le couloir.

— Blondie, ici Blondie ! Blondie !

Partout autour de moi, des maréchaux, des amiraux, des ministres, des Gruppenführers, des Obergruppenführers et des chefs de service, galopaient dans l'obscurité en sifflant et en claquant des doigts.

J'ai ouvert une porte. C'était un placard. Une fille, debout, la jupe roulée sous les hanches, a poussé un cri strident. Un officier couvert d'une cape était agenouillé devant elle. Il s'est retourné, impatient. Heinrich !

J'ai claqué la porte avant de traverser en courant un autre passage, vers un autre corridor. *Où est cette putain de sortie, papa ! Méfie-toi des marches ! Tu te rappelles ce que disait la planche Oui-ja ? mefiedes-marches ! Si je ne trouve pas ces putains d'escaliers, je vais mourir dans ce trou, papa !* Une autre galerie, encore des salles.

Puis la porte de métal s'est ouverte devant moi et trois soldats ont pénétré dans le bunker. Les bousculant, je me suis ruée dans les escaliers. Plus haut, toujours plus haut !

La lumière du jour m'illuminait. Je suis sortie dans le jardin.

A l'image de Berlin, la maison de Harnack n'était plus qu'une carcasse saccagée. La façade béante découvrait ses planchers bringuebalants. Pas une âme en vue. J'ai garé le bus sur une montagne de gravats pour pénétrer dans ce qui restait du foyer principal.

Un homme reposait dans un hamac entre deux piliers. Il semblait dormir, mais n'avait plus de nez ni de mâchoire, et le trou dans sa poitrine grouillait de vers gros comme des crayons.

Dans un coin dégagé se tenait une planche à messages, avec des centaines de bouts de papiers. J'ai trouvé facilement la note de Lisa ; elle était épinglée au cadre.

Chère Edmonde,

Qu'est-ce qui te retient ? Je t'ai attendue toute la semaine, jour après jour. Peut-être ne viendras-tu pas après tout. Mon fils a été tué dans un raid aérien, à Düsseldorf. Richard est mort aussi, fusillé à Colmar. Tu m'as menti à ce propos, n'est-ce pas ? Ça ne fait rien. A Dresde j'ai été violée par trois garçons. Ils ont pris mon argent et mes papiers, et mes bijoux. Depuis,

je n'ai pas arrêté de saigner. Oh, Edmonde, pourquoi n'es-tu pas venue ? Si tu lis ça, tu me trouveras en bas, au sous-sol.
Lisa.

J'ai mis une heure à creuser un tunnel dans l'escalier bloqué par des pierres et des planches.

Le sous-sol, débordant d'ordures, était envahi par les rats. Je pouvais les entendre cancaner et gambader autour de moi.

Je n'avais pas peur. Papa me suivait de près, et ils ne l'attaqueraient jamais.

Lisa pendait par le cou à une corde attachée au crochet d'une poutre. Sous elle, une grosse flaque de sang séché, couverte d'insectes, s'étalait sur le sol.

Pauvre fille.

Je me suis interdit de pleurer ou même de penser. Je l'ai laissée telle quelle. Ainsi, elle resterait à l'abri des rats. Et en plus... Elle paraissait s'y trouver bien.

Je vous ai raconté, n'est-ce pas ? Comment on avait l'habitude de se cacher dans le garage de papa pour fumer nos Wings. Et je crois que je vous ai aussi raconté qu'elle était ma Pamina. J'ai également mentionné, je pense, que... mon Dieu !... Je la tenais souvent serrée contre moi, à lui couper le souffle, en chantant :

Zum Leiden bin ich auserkoren ;
Denn meine Tochter fehlet mir...

Qu'ai-je à ajouter ?

Les rues étaient remplies de femmes qui construisaient des barricades, de petits garçons qui creusaient, de vieillards qui pointaient des fusils à travers les gravats. J'ai roulé toute la journée vers le sud, et à la tombée de la nuit je n'avais pas dépassé Zehlendorf, Dubrowstrasse.

Et là, Dieu bénisse ma chance, je suis tombée sur le

même détachement de la Gestapo dirigé par le même crétin de cochon d'enculé qui m'avait arrêtée le matin.

— Où sont vos passagers tellement importants ? a-t-il ricané.

— Ils ont décidé de rester pour se battre.

— Tant mieux pour eux. Puisque vous n'êtes plus en mission spéciale, vous pouvez nous conduire à Tegelort.

Tegelort ! Ciel ! C'était dans la direction opposée, à un million de kilomètres. « D'accord, montez. »

Il a sauté à mon côté. Les autres — à peu près quinze ou vingt — sont montés à l'arrière.

Nous avons traversé Schlachtensee, dans Grünevald. Appuyé contre moi, il a glissé sa main sur mes genoux. Oh, pouah !

— Comment c'est ton nom, petite ?

— Charlotte Brontë.

— Moi, c'est Schwabe. Si on faisait de la musique ensemble, hein, Charlotte ?

— Vous êtes musicien, Schwabe ?

Il a ri en me chatouillant le genou. Il y avait ces deux boutons sur le tableau de bord. Un qui bloquait la porte arrière, l'autre qui libérait le gaz du réservoir, sur le toit. J'ai appuyé sur les deux.

On a entendu tout un vacarme de coups et de cris, derrière nous.

— Qu'est-ce qui se passe ?

— Oh, j'ai oublié de vous prévenir — Je riais — Gaston, mon python domestique, est à l'arrière.

— Garez-vous !

J'ai sorti mon Lüger et tiré en plein sur son oreille. Puis je l'ai balancé du bus et j'ai refait demi-tour vers le sud. Loin des abords de Berlin, je pouvais augmenter ma vitesse. Une fois de plus, j'ai roulé toute la nuit, par les mêmes routes désertes, les mêmes villages morts, avec les poubelles alignées sur le trottoir.

Juste après l'Elbe, j'ai dû m'arrêter à un barrage de la Wehrmacht. J'ai raconté au capitaine que je transportais des victimes de la bataille de Berlin au cimetière militaire de Thuringe. Quand les soldats ont ouvert la porte de derrière et découvert les cadavres entassés, ils ont poussé des hennissements d'horreur en me faisant signe de continuer.

Je suis arrivée à Gotha à l'aube. La première personne que j'ai rencontrée, marchant d'un pas décidé le long d'une rue déserte, était « Frau Fang », alias Faustina !

Elle portait des vêtements civils. *Mes* vêtements — mon manteau de fourrure, mes chaussures parisiennes, un de mes sacs à main !

« Faustina ! »

Elle s'est arrêtée pour se retourner. Quand elle m'a vue, elle a décampé dans une ruelle.

Je n'ai pas essayé de la suivre. Dans quel but ? Je lui souhaitais de prendre la poudre d'escampette et d'échapper à la Gestapo. Adieu, Faustina !

Mais comment diable avait-elle pu échapper à Zintsch ?

C'est alors que j'ai commis une bêtise. J'ai changé de plan. Au lieu de prendre mon sac et ma bicyclette à la gare et de me tirer aussi vite que possible, je suis allée au camp, voir ce qui s'était passé en mon absence.

Aucune sentinelle ne gardait la grille grande ouverte.

J'ai dépassé la caserne. Vide.

Je suis descendue du bus pour marcher jusqu'à la villa. Au bout de l'allée, la tête de Zintsch dépassait d'un tonneau d'eau glacée. Il était violet. Des glaçons scintillaient sur son crâne chauve. Il vivait. Ses yeux et ses lèvres remuaient. Il m'a regardée, l'œil vide, en couinant.

« Zintsch. Je me suis penchée sur lui. Où est mon mari ? »

Ses mâchoires se sont ouvertes puis refermées. Je pouvais voir bouger sa langue, comme s'il essayait de parler. J'ai secoué le tonneau pour tenter de le déloger. Il a chaviré, tournoyé dans l'allée, au-delà de l'étable, et roulé, roulé encore sans s'arrêter.

Je suis entrée dans la villa, frappée par l'odeur de sang rance dès le pas de la porte. Etalé sur le sofa, Karl-Jesko, gris et raidi par la *rigor mortis*, avait les mains attachées derrière le dos. Son pénis de caoutchouc lui enserrait la gorge. Il souriait, bien sûr. Il est probablement mort en jappant de rire.

Je suis allée dans la chambre.

Le corps d'Otto pendait par sa ceinture au portemanteau dans le coin. Il n'avait plus de tête.

La bouche emplie d'un jus amer, l'estomac soulevé, j'ai dû aller dans la salle de bains. J'ai craché ma bile dans le lavabo, tourné le robinet pour m'asperger le visage d'eau. Et dans le miroir, j'ai vu sa tête au fond de la cuvette, le regard fixé sur l'horizon du siège.

Je suis retournée dans le salon. Sortant de la cuisine, le doberman grondait doucement. J'ai pris la fuite, lui claquant la porte au nez.

Un orchestre jouait l'ouverture du *Mariage de Figaro*.

Je me suis retournée.

Des milliers de prisonniers étaient massés sur la pelouse et dans l'allée. Les musiciens se tenaient en formation sur le bord, soufflant dans leurs cuivres, grattant leurs violons.

J'ai rouvert la porte et fait un pas en arrière. Le chien a bondi comme l'éclair. J'ai couru dans le salon, par la cuisine et la porte de derrière.

J'ai filé par la cour et le verger, sauté sur la clôture.

Ils me poursuivaient, comme une armée de lépreux clopinants, se déversant de la cuisine et des deux côtés de la villa. Le doberman en tête. Il sauta, ses mâchoires sur mes talons. Retombée de l'autre côté des barbelés, je me suis précipitée dans la forêt.

Ils hurlaient derrière moi, me huaient, me conspuaient, gémissaient, me jetaient des pierres, renversant la clôture, piétinant les fourrés, se disputant l'honneur d'être le premier à m'attraper.

Mais je me sentais capable de les distancer. Ils étaient trop faibles pour soutenir mon rythme. Mon principal souci restait ce cochon d'enculé de chien ! Je devais camoufler mon odeur, ou il m'aurait d'une seconde à l'autre !

Heureusement, j'ai atteint le ruisseau avant qu'il ne me rattrape. La glace, sur ses bords, n'était profonde que de quelques centimètres. J'ai sauté dessus pour la faire craquer, plongé mes pieds dans l'eau pour effacer mes effluves. J'ai descendu son cours, faisant craquer sa surface en courant, restant dans les petits fonds, mes jambes fatiguées maintenant un trot régulier, sans relâche. *Crack ! Crack ! Crack ! Crack !*

Finalement, les aboiements résonnèrent assez loin derrière moi pour que je puisse risquer de regagner la terre ferme d'un chemin. J'ai poursuivi, galopant plus vite.

Devant moi se trouvait le lac !

J'ai couru sur la glace, glissant entre les saillies de jambes, de têtes, de bras et de visages des cadavres gelés.

J'ai arrêté de courir et mon élan m'a portée en avant comme un patineur. J'ai glissé facilement et rapidement sur une douzaine de mètres. Puis j'ai recouru, re-arrêté, reglissé.

J'ai regardé en arrière. Le doberman et la horde sortaient du bois sur la rive. Ils m'ont vue. Une clameur unanime s'est élevée, comme le rugissement d'un stade bondé.

Devant moi un trou d'eau s'est ouvert. Je l'ai contourné. La glace commençait à craquer. Je me suis propulsée dans les airs, planant, l'effleurant du bout des pieds. Elle continuait à se fendre, à craquer. Avec exactement le même son que les os de Sanders.

Je dérapais, tournoyais, tombais. J'ai glissé sur mon derrière en plein dans la tête et les épaules d'une femme gelée qui tenait un enfant dans ses bras.

Nous nous sommes regardées. Ses yeux marron écarquillés, une grimace de dégoût sur son visage. Le bébé était bleu de froid, avec des taches.

J'ai regardé au-delà. Ici, tous les corps étaient droits, pris dans la glace jusqu'à la poitrine — une douzaine d'hommes, quatre ou cinq femmes... Et le Sénégalais, nu, d'un noir d'encre, toujours coiffé de plumes.

Ils me regardaient tous, méprisants, sournois, un public de basilics dédaigneux.

Je me suis adressée à eux : « Mesdames, messieurs, pour mon premier numéro, j'aimerais chanter *Wien nur du allein, Wird stets die Stadt meiner Traüme*, accompagnée au clavecin par mon père... »

Debout, Edmonde, allez, arrête de faire le clown !

Un tourbillon de brouillard a roulé sur le lac. Bien ! Ils ne pouvaient pas me voir. Et je ne pouvais pas les voir. Je me suis redressée. En fait, je n'y voyais rien. J'ai croisé le nègre qui m'a souri dans la brume.

Le chien continuait d'aboyer et des voix meuglaient autour de moi. Il y a eu un énorme clic-clic-clic sec, et la glace a volé en éclats, comme un panneau de verre. Puis un chœur de hurlements et de bêlements s'est répercuté.

L'eau m'arriva aux genoux, puis aux chevilles. Je me retrouvai en train de grimper la pente escarpée de la rive.

La gare de Gotha était ouverte, mais déserte. Pas un seul passager ni employé. J'ai brisé d'un coup de revolver le cadenas de la consigne, ôté mes bottes, mes chaussettes et mon uniforme. J'ai trouvé mon sac de voyage et enfilé les sous-vêtements propres, les bas, les chaussures, la jupe, le pull-over et l'imperméable. J'ai mis dans ma poche les faux papiers, les cent cinquante mille marks, et *Anthony Adverse*. Puis j'ai soulevé la bicyclette de son crochet pour la pousser dehors. Je l'ai enfourchée et je suis sortie de la ville en pédalant, par des petites rues.

Adieu, Edmonde Kerrl !

J'étais maintenant Fräulein Hildegarde Steuben, fugitive...

Pédaler tout au long de la journée à travers la campagne mélancolique était une résurrection. Toutes les fenêtres du paradis s'ouvraient et les paysages déserts et brumeux prenaient un air élyséen.

J'ai croisé une seule personne, une vieille femme qui tirait de l'eau à un puits. Elle s'est enfuie à mon approche, laissant tomber son seau.

J'ai passé la nuit dans une auberge de village, au bord d'une mare. J'ai pris ma précieuse bicyclette dans ma chambre avec moi, parce que le cochon d'enculé de tenancier avait une tête de bandit. A quatre heures du matin, il a essayé de grimper dans mon lit, et je lui ai fracassé la tête avec un pot de chambre.

Repartie à l'aube, j'ai à nouveau pédalé toute la journée, me laissant guider par le soleil, dans un enchevêtrement de routes secondaires, de chemins rustiques, vers l'ouest, le nord-ouest, le sud-ouest, mais jamais l'est.

J'ai erré ainsi une semaine, évitant les villes et les nationales, achetant de la nourriture dans des fermes retirées, dormant là où me trouvait le crépuscule — une nuit dans une grange, l'autre dans une chapelle ou dans un hangar à bateaux. J'avais toujours faim et froid, mais je me sentais tellement ivre de liberté que cette dureté même m'était une joie. Les bois et les rivières, les routes et les prairies du matin et de l'après-midi, l'aube et le coucher du soleil se suffisaient à eux-mêmes. Ils étaient mon luxe.

Ce fut, hélas, trop bref, le glas sonnait et la saison changeait.

Dans un gymnase aux abords de Marburg, j'ai soudoyé le gardien pour qu'il me laisse prendre une douche. Il a allumé la chaudière et j'ai passé une heure sous l'eau chaude, à me frictionner à vif. Ca m'a coûté mille marks.

Au moment où je m'habillais, il est entré en titubant d'un air tragique dans le vestiaire, sanglotant de tout son cœur. La guerre était finie ; il venait d'entendre l'annonce à la radio.

Trois jours plus tard, je voyais mes premiers Américains, à Frankfurt-am-Main.

Francfort était en pleine ébullition. Je me suis fondue au désordre, et personne ne faisait attention à moi. J'ai loué une chambre dans un entrepôt, où j'ai vécu cinq mois. J'ai trouvé un boulot, d'abord à la poste, puis dans un jardin d'enfants. Finalement j'ai travaillé pour le P.X. américain. J'aurais pu voler toutes les cigarettes, les vêtements et la nourriture que je voulais et gagner une fortune au marché noir. Mais je n'en ai rien fait. Je me montrais honnête, stable, et j'économisais mon salaire. Quand j'ai eu assez de « script » (l'argent de l'occupation) j'ai pris une plus grande chambre dans un hôtel catholique, près de l'aéroport.

C'est là que le doberman m'a retrouvée.

On dit que dans le calme profond, profond, qui suit un terrible orage, les requins deviennent fous et attaquent tout ce qui vit dans l'océan. J'ai lu ça dans une histoire romantique sur les mers du Sud. J'ai oublié le nom, mais on en a tiré un film dans les années trente, avec Dolores Del Rio dans le rôle principal.

En allant travailler un matin, j'ai entendu les aboiements familiers. Le chien a jailli des buissons pour me sauter à la gorge. Je crois que c'était le doberman. Ou peut-être un chien-loup, ou un chien de berger. Enfin, il a déchiré mes vêtements et m'a balafré le visage, les bras et les épaules.

Je me suis ruée dans une boulangerie pour m'y

cacher, terrifiée, jusqu'à ce que les pompiers viennent le chercher. Il y avait deux nonnes dans la boutique. Juste avant de m'évanouir, j'ai entendu l'une qui disait à l'autre : « Dieu la punit probablement d'avoir couché avec les soldats américains. »

Je saignais de partout. C'est ce qui a dû attirer les requins. On m'a emmenée à l'hôpital, et voilà que le médecin était un des anciens prisonniers du camp. Il m'a reconnue.

La police militaire est venue le lendemain pour me conduire d'une traite à Nuremberg. Il semblait que les Alliés me cherchaient depuis des mois, et mon arrestation a eu un retentissement international.

Les requins français insistaient pour qu'on m'extrade immédiatement à Paris, où on me réclamait, morte ou vivante, pour toutes les atrocités commises pendant l'Occupation. On m'accusait d'être une Torquemada de la Gestapo et d'avoir torturé et assassiné non seulement Marie-José, Mad et Sanders, mais des dizaines d'autres héros de la Résistance et aussi des pilotes de la R.A.F.

Les requins russes voulaient me juger à Moscou. Tous les membres du Comité central, Staline lui-même en tête, ont signé une pétition ampoulée énumérant la liste incroyablement longue de tous mes crimes en Ukraine. Entre autres choses, j'étais censée avoir personnellement exécuté chaque partisan et commissaire du peuple capturé par l'armée du groupe Sud, pendant les campagnes de 1941-1942. Y compris une certaine Vera Kuznetsov, que le folklore communiste surnommait maintenant la Combattante de la Liberté Vierge des Steppes. (Sergueï Prokofiev écrivait un oratorio à la gloire de ses exploits, et on était en train de filmer sa biographie à Kharkov.) Et, ô ironie des ironies ! Ils se sont débrouillés pour découvrir cet absurde mensonge que j'avais fait à von dem Bach-Zelewski, et on m'a formellement accusée d'avoir pratiqué la vivisection humaine !

Merde !

Même les requins de l'Abwehr ont nagé hors des ténèbres. On les considérait comme la seule organisation hors parti qui ait existé pendant le règne d'Hitler, et donc comme seul représentant de la démocratie et de l'honneur dans une politique allemande autrement puante. Leur inculpation me rendait responsable de la disparition mystérieuse d'un de leurs vaillants agents antinazi, Hans Kreutz ! Ce petit rat sournois ! On avait découvert son journal dans un coffre de banque, et plusieurs passages mentionnaient mon nom. Naturellement, aucune référence à son interception de la lettre compromettante de Heye, ou à son chantage sur Lisa ! Il était maintenant Herr Jeanne d'Arc, et *moi*, la fanatique totalitaire qui l'avait brûlé sur son bûcher. Pouah !

Mais l'accusation numéro un était le camp Gotha. Tout le reste n'était rien en comparaison. Les horreurs trouvées flottant dans le lac et déterrées de dessous la route, le lit du ruisseau, avaient soulevé le cœur de la terre entière. Et on me mettait sur le dos chacun des corps putréfiés.

Avant même le procès, tous les journaux me condamnaient allègrement. Du jour au lendemain, je suis devenue :

LA CONDUCTRICE MACABRE DU BUS À GAZ ! Le *Sun* de Chicago.

LA VAMPIRE GAULEITER. Le *Daily News* de New York.

LA SINISTRE GARDIENNE DE GOTHA. *Time magazine*.

LA GRETCHEN DE LA GESTAPO. Le *Stars and Stripes*.

LA LADY MACBETH LESBIENNE DE L'HORREUR. Le *Daily Mirror* de Londres.

LA REINE DE LA NUIT. P.M.

LA HAUTE PRÊTRESSE S.S. DE LA FANGE. Le *Saturday Evening Post*.

LA DEMOISELLE DES DAMNÉS ! Le *Figaro*.

Bref, j'ai été jugée et condamnée pour atrocité.

Le principal témoin de l'accusation était une certaine Faustina Uiberrheiter, alors avocate à Berlin Est. Les juges, en entendant son témoignage, en avaient les larmes aux yeux. Ah, quand elle leur a raconté que je lui avais donné à choisir entre devenir Bâton ou mourir dans un bus à gaz, des spectateurs sanglotants criaient : « Scandale ! Scandale ! »

La veille de mon dernier jour de procès, j'ai fini *Anthony Adverse*.

Le lendemain j'étais condamnée à être pendue.

Eh bien, ainsi finit mon histoire.

Il est onze heures quarante-cinq. On vient me chercher à minuit.

Assise là, en train de les attendre, je me surprends à chanter cette vieille chanson que nous a apprise Mlle de Marigny, à l'Ecole de jeunes filles :

Promenons-nous dans les bois
Pendant que le loup n'y est pas,
Si le loup y était,
Il nous mangerait...

Tout ce que j'ai jamais demandé à la vie, c'est de faire de longues, longues promenades avec mon père, de déambuler avec lui, côte à côte, vivants tous les deux.

Ne pas mourir aurait été si agréable.

Après la promenade, on serait retournés ensemble dans la maison de Bad Tölz. On aurait dîné avant de se rendre à Munich, peut-être pour voir un film. Puis tu serais allé au théâtre et moi, je suppose que je serais allée revoir *Die Zauberflöte*, au cas où ça se jouerait. Peut-être même aurais-je enfin résolu le mystère de la Reine de la nuit.

Tu aurais vieilli et j'aurais grandi, et sûrement nous aurions résidé dans la Maison du Seigneur à jamais.

Quel dommage que nous ayons dû rencontrer le loup dans les bois et être dévorés.

Oh, papa, le prêtre est venu cet après-midi et nous avons prié et il m'a dit d'être courageuse, il croyait que j'avais peur.

Peur ?

Pauvre imbécile, ne sait-il pas que nous avons rendez-vous ce soir, toi et moi.

Je te retrouverai au théâtre, après le spectacle. Quand tu sortiras de la ruelle, je serai là, assise sur ce banc, de l'autre côté de la rue, tu te rappelles ?

Tu crieras mon nom et je courrai vers toi — mon Dieu ! Je n'en puis plus d'attendre — courir vers toi et être de nouveau ensemble, enfin — ensemble, ensemble, côte à côte — et nous marcherons le long des avenues et des rues infinies du désir de nos cœurs — et nous marcherons éternellement, marcher, marcher, marcher...

Ils arrivent.

Je t'en prie, papa, sois-là, je t'en prie !

Ils sont tous en kaki, comme les Chemises brunes.

Il fait un froid glacial dans la cour. Il fait clair comme de jour sous les projecteurs.

Le vent souffle, le vent du nord, qui apporte l'hiver, la neige, et Noël. Mais plus de ça pour moi.

Voici les marches. *Mefiedesmarches*. Et ce gros serpent doit être le bourreau. Mais attendez. Avant qu'on me passe cet horrible sac sur la tête, j'ai le droit de dire quelque chose. Qu'est-ce que je vais raconter ? Il y a quelque chose de terriblement banal dans les dernières paroles des criminels endurcis sur le gibet. Je dirai simplement : « Auf Wiedersehen, cochons d'enculés ! »

Rivages/noir

Joan Aiken
Mort un dimanche de pluie (n° 11)

Robert Edmond Alter
Attractions : Meurtres (n° 72)

Marc Behm
La Reine de la nuit (n° 135)
Trouille (n° 163)

Tonino Benacquista
Les Morsures de l'aube (n° 143)
La Machine à broyer les petites filles (n° 169)

Pieke Biermann
Potsdamer Platz (n° 131)
Violetta (n° 160)

Paul Buck
Les Tueurs de la lune de miel (n° 175)

Edward Bunker
Aucune bête aussi féroce (n° 127)
La Bête contre les murs (n° 174)

James Lee Burke
Prisonniers du ciel (n° 132)
Black Cherry Blues (n° 159)

W.R. Burnett
Romelle (n° 36)
King Cole (n° 56)
Fin de parcours (n° 60)

Jean-Jacques Busino
Un café, une cigarette (n° 172)

George Chesbro
Une affaire de sorciers (n° 95)
L'Ombre d'un homme brisé (n° 147)
Bone (n° 164)

Andrew Coburn
Toutes peines confondues (n° 129)

Michael Collins
L'Égorgeur (n° 148)

Robin Cook
Cauchemar dans la rue (n° 146)
J'étais Dora Suarez (n° 116)
Vices privés, vertus publiques (n° 166)

Peter Corris
La Plage vide (n° 46)
Des morts dans l'âme (n° 57)
Chair blanche (n° 65)
Le Garçon merveilleux (n° 80)
Héroïne Annie (n° 102)
Escorte pour une mort douce (n° 111)
Le Fils perdu (n° 128)
Le Camp des vainqueurs (n° 176)

James Crumley
Putes (n° 92)

Mildred Davis
Dark Place (n° 10)

Thomas Disch/John Sladek
Black Alice (n° 154)

Wessel Ebersohn
La Nuit divisée (n° 153)

Stanley Ellin
La Corrida des pendus (n° 14)

James Ellroy
Lune sanglante (n° 27)
A cause de la nuit (n° 31)
La Colline aux suicidés (n° 40)
Brown's Requiem (n° 54)
Clandestin (n° 97)
Le Dahlia noir (n° 100)
Un tueur sur la route (n° 109)
Le Grand Nulle Part (n° 112)
L.A. Confidential (n° 120)
White Jazz (n° 141)

Howard Fast
Sylvia (n° 85)
L'Ange déchu (n° 106)

Kinky Friedman
Meurtre à Greenwich Village (n° 62)
Quand le chat n'est pas là (n° 108)
Meurtres au Lone Star Café (n° 151)

Barry Gifford
Port Tropique (n° 68)
Sailor et Lula (n° 107)
Perdita Durango (n° 140)

David Goodis
La Blonde au coin de la rue (n° 9)
Beauté bleue (n° 37)
Rue Barbare (n° 66)
Retour à la vie (n° 67)
Obsession (n° 75)

Russell H. Greenan
Sombres Crapules (n° 138)
La Vie secrète d'A. Pendleton (n° 156)

Joseph Hansen
Par qui la mort arrive (n° 4)
Le petit chien riait (n° 44)
Un pied dans la tombe (n° 49)
Obédience (n° 70)
Le Noyé d'Arena Blanca (n° 76)
Pente douce (n° 79)
Le Garçon enterré ce matin (n° 104)
Un pays de vieux (n° 155)

John Harvey
Cœurs solitaires (n° 144)

George V. Higgins
Les Copains d'Eddie Coyle (n° 114)

Tony Hillerman
Là où dansent les morts (n° 6)
Le Vent sombre (n° 16)
La Voie du fantôme (n° 35)
Femme-qui-écoute (n° 61)
Porteurs-de-peau (n° 96)
La Voie de l'Ennemi (n° 98)
Le Voleur de temps (n° 110)
La Mouche sur le mur (n° 113)
Dieu-qui-parle (n° 122)
Coyote attend (n° 134)
Le Grand Vol de la banque de Taos (n° 145)

Chester Himes
Qu'on lui jette la première pierre (n° 88)

Dolores Hitchens
La Victime expiatoire (n° 89)

Geoffrey Homes
Pendez-moi haut et court (n° 93)
La Rue de la femme qui pleure (n° 94)

William Irish
Manhattan Love Song (n° 15)
Valse dans les ténèbres (n° 50)

William Kotzwinkle
Midnight Examiner (n° 118)

Jonathan Latimer
Gardénia rouge (n° 3)
Noir comme un souvenir (n° 20)

Michel Lebrun
Autoroute (n° 165)

Bob Leuci
Captain Butterfly (n° 149)

Ted Lewis
Le Retour de Jack (n° 119)
Sévices (n° 152)

Richard Lortz
Les Enfants de Dracula (n° 146)

John D. Mac Donald
Réponse mortelle (n° 21)
Un temps pour mourir (n° 29)
Un cadavre dans ses rêves (n° 45)
Le Combat pour l'île (n° 51)
L'Héritage de la haine (n° 74)

John P. Marquand
Merci Mr Moto (n° 7)
Bien joué, Mr Moto (n° 8)
Mr Moto est désolé (n° 18)
Rira bien, Mr Moto (n° 87)

Helen McCloy
La Somnambule (n° 105)

William McIlvanney
Les Papiers de Tony Veitch (n° 23)
Laidlaw (n° 24)
Big Man (n° 90)
Étranges Loyautés (n° 139)

Jim Nisbet
Les damnés ne meurent jamais (n° 84)
Injection mortelle (n° 103)
Le Démon dans ma tête (n° 137)
Le Chien d'Ulysse (n° 161)

Hugues Pagan
Les Eaux mortes (n° 17)
La Mort dans une voiture solitaire (n° 133)

Bill Pronzini
Hidden Valley (n° 48)

Bill Pronzini/Barry N. Malzberg
La nuit hurle (n° 78)

Michel Quint
Billard à l'étage (n° 162)

Diana Ramsay
Approche des ténèbres (n° 25)
Est-ce un meurtre ? (n° 38)

Roger Simon
Le Clown blanc (n° 71)

Les Standiford
Pandémonium (n° 136)

Richard Stark
La Demoiselle (n° 41)
La Dame (n° 170)

Paco Ignacio Taibo II
Ombre de l'ombre (n° 124)
La Vie même (n° 142)
Cosa Fácil (n° 173)

Ross Thomas
Les Faisans des îles (n° 125)
La Quatrième Durango (n° 171)

Jim Thompson
Liberté sous condition (n° 1)
Un nid de crotales (n° 12)
Sang mêlé (n° 22)
Nuit de fureur (n° 32)
A deux pas du ciel (n° 39)
Rage noire (n° 47)
La mort viendra, petite (n° 52)
Les Alcooliques (n° 55)
Les Arnaqueurs (n° 58)
Vaurien (n° 63)
Une combine en or (n° 77)
Le Texas par la queue (n° 83)
Écrits perdus - 1929-1967 (n° 158)
Le Criminel (n° 167)
Écrits perdus - 1968-1977 (n° 177)

Masako Togawa
Le Baiser de feu (n° 91)

Armitage Trail
Scarface (n° 126)

Marc Villard
Démons ordinaires (n° 130)
La Vie d'artiste (n° 150)

Donald Westlake
Drôles de frères (n° 19)
Levine (n° 26)
Un jumeau singulier (n° 168)

Janwillem Van De Wetering
Comme un rat mort (n° 5)
Sale Temps (n° 30)
L'Autre Fils de Dieu (n° 33)
Le Babouin blond (n° 34)
Inspecteur Saito (n° 42)
Le Massacre du Maine (n° 43)
Un vautour dans la ville (n° 53)
Mort d'un colporteur (n° 59)
Le Chat du sergent (n° 69)
Cash-cash millions (n° 81)
Le Chasseur de papillons (n° 101)

Harry Whittington
Des feux qui détruisent (n° 13)
Le diable a des ailes (n° 28)

Charles Willeford
Une fille facile (n° 86)
Hérésie (n° 99)
Miami Blues (n° 115)
Une seconde chance pour les morts (n° 123)

Charles Williams
La Fille des collines (n° 2)
Go Home Stranger (n° 73)
Et la mer profonde et bleue (n° 82)

Timothy Williams
Le Montreur d'ombres (n° 157)

Daniel Woodrell
Sous la lumière cruelle (n° 117)
Battement d'aile (n° 121)

Rivages/mystère

Francis Beeding
La Maison du Dr Edwardes (n° 9)

Algernon Blackwood
John Silence (n° 8)

John Dickson Carr
En dépit du tonnerre (n° 5)

William Kotzwinkle
Fata Morgana (n° 2)

John P. Marquand
A votre tour, Mister Moto (n° 4)

Rex Stout
Le Secret de la bande élastique (n° 1)
La Cassette rouge (n° 3)
Meurtre au vestiaire (n° 6)

Josephine Tey
Le plus beau des anges (n° 7)

Achevé d'imprimer le 4 février 1994
sur les presses de l'Imprimerie «La Source d'Or»
63200 Marsat
Dépôt légal Février 1994
Imprimeur N° 5066

2e édition

